KB078601

한서우

성운을 먹는 자

성운을 먹는 자 9

김재한 퓨전 판타지 소설

초판 1쇄 찍은 날 § 2015년 12월 24일
초판 1쇄 펴낸 날 § 2015년 12월 31일

지은이 § 김재한
펴낸이 § 서경석

편집책임 § 이창진
디자인 § 신현아

펴낸곳 § 도서출판 청어람
등록번호 § 제387-1999-000006호
등록일자 § 1999. 5. 31
어람번호 § 제1-2320호

주소 § 경기도 부천시 원미구 부일로 483번길 40 서경B/D 3F (우) 14640
전화 § 032-656-4452 팩스 § 032-656-4453
http://www.chungeoram.com
E-mail § chungeorambook@daum.net

ISBN 979-11-04-90576-6 04810
ISBN 979-11-04-90287-1 (세트)

FUSION FANTASTIC STORY

김재한 퓨전 판타지 소설

성운을 먹는 자

경계 너머에

9

목차

제46장
일인전승(一人傳承)

성운을
먹는자

1

이자령은 형언하기 힘들 정도로 복잡한 감정을 느끼고 있었다. 그 감정은 평소 차갑고 깐깐해 보이는 그녀의 얼굴에 묘한 표정을 만들어냈다.

그 앞에는 제자인 진예가 헤실헤실 웃고 있었다. 올해로 스무살 처녀라고는 믿을 수 없을 정도로 해맑아 보여서…….

'한 대 때려주고 싶군.'

그런 생각이 들었다.

물론 큰 공을 세운 제자에게 폭력을 휘두르는 것은 어불성설이다. 진예를 내보낸 지 채 일주일도 안 지났거늘, 이렇게 큰 공을 세우고 돌아올 줄이야.

하지만 왜 이렇게 납득이 안 될까? 생각 없이 웃고 있는 진예 때문인지 아니면 뒤에서 머쓱한 표정을 짓고 있는 형운 때문인지 모르겠다.

"놈들이 우리 앞마당에서 그런 발칙한 짓을 하고 있었단 말이지?"

국경 지대 역할을 하는 북방 설원은 광활하다. 아무리 백야문이 설산의 패자로 인정받는다고는 해도 그들의 인원은 설산의 문제들을 해결하는 것만으로도 벅찼다.

하지만 그래도 분노가 치솟는다. 그들의 존재 이유라고 할 수 있는 빙령을 강탈해 간 것으로도 부족해서 설원에서 사악한 연구를 진행하고 있었다니, 어디까지 그들을 능멸할 속셈이란 말인가?

'용서 못 한다.'

흑영신교에게 공격당한 후로 이자령은 마음속에서 분노의 칼을 갈고 있었다.

때가 온다면 기꺼이 이 칼로 흑영신교를 지옥으로 보내 버리리라. 이전에 황실에서 토벌했을 때 이상으로 철저한 파멸을 선사할 것이다.

"어쨌든 이번 일은… 잘했다. 그리고 귀혁의 제자, 네게도 감사하도록 하지. 이번 일은 우리 쪽에서 빚을 졌다."

"괘념치 않으셔도 됩니다. 빙령에 대해서는 저도 책임을 느끼니까요."

"네 사부와는 달리 듣기 좋은 소리를 늘어놓기를 좋아하는구나. 하지만 설산의 사람은 은혜도, 원한도 잊지 않는다. 언젠가 그 사실을 알게 되는 때가 올 것이다."

뭐라고 말하든 빚을 졌다는 말을 철회할 생각이 없어 보였다.

형운도 더 따지고 들지 않았다.

이자령이 말을 이었다.

"그럼 이제 자세한 이야기를 들을 차례군. 어떻게 해서 놈들의 소굴을 발견하고 빙령의 조각을 되찾았는지 말해보거라."

'올 것이 왔군.'

사실 형운은 이 문제 때문에 진예와 같이 올지 말지 많이 망설였다. 하지만 확실하게 매듭을 지어둘 필요가 있다고 여겨서 각오를 굳히고 왔다.

오는 동안 고민을 많이 하기는 했지만, 형운은 결국 솔직하게 과정을 털어놓기로 했다. 어차피 진예도 같이 겪은 일인 데다가 그녀는 거짓말에는 소질이 없어 보였기 때문이다.

이야기를 듣는 내내 이자령은 극도로 불쾌해 보이는 표정을 짓고 있었다. 하지만 형운에게 화를 내는 대신 맹수가 으르렁거리는 것 같은 흉흉한 기세로 중얼거렸을 뿐이었다.

"마인 놈만으로도 모자라서 자객 나부랭이한테까지 도움을 받다니… 본 문이 어쩌다가 이런 꼴을 당하게 되었는지."

2

진예는 곧바로 다시 길을 떠났다.

그녀를 세상에 내보낸 목적은 황실의 마교 대책반에 합류시키기 위해서였다. 예기치 않게 큰 공을 세웠다고는 하나 이제 와서 백야문에 며칠씩 머물러 있을 이유가 없었다.

제자를 배웅한 이자령은 백야문 내부를 거닐었다. 자연스럽게 그녀의 발길이 높은 지대에 있는 건물들로 향했다.

이자령의 발걸음이 멈춘 곳은 백야문에서 가장 높은 곳에 지어진 건물, 고인이 된 태상문주 오운혜가 쓰던 거처였다.

지금은 아무도 쓰고 있지 않은 곳이라 적막이 감돌았다. 장례를 치르면서 고인의 물건을 정리했기 때문에 남아 있는 것도 없었다.

"혼마……."

공식적으로 백야문은 마인인 한서우를 배척한다. 하지만 선대 문주였던 오운혜는 비공식적으로 한서우와 교류를 나누었으며 그가 설산에 들어오는 것을 묵인했다.

'한서우는 마인이기는 하지만 본성이 선하니 우리의 우방이 될 수 있는 인물이다. 그는 빙령과도 인연이 닿아 있으니 무작정 적대하지 말고 사문을 위한 일이 무엇일지 잘 생각하고 판단하거라.'

오운혜는 이자령이 문주직을 계승할 때 그런 충고를 해주었다.

하지만 이자령은 한서우를 믿을 수 없었다. 그녀는 이미 많은 마인을 보아왔기 때문이다.

추악한 본성을 지녔으면서도 선량한 이웃의 가면을 쓴 채 사람들에게 존경과 사랑을 받아온 마인들이 얼마나 많았던가?

돌이켜 보면 한서우는 늘 백야문에 양보해 왔다. 어떤 일에서 서로 얽혀도 백야문도들을 해하지 않기 위해 노력했으며, 이자령이 살심을 드러내도 맞서지 않고 피하기에 급급했다.

그러나 드러난 모습만을 보고, 현재의 선함만을 보고 마인을 믿을 수 있는가?

이자령은 고인이 된 사부를 존경한다. 하지만 존경한다고 해서 사부가 행한 모든 일을 옳다고 여기는 것은 아니다.

그리고 개인적인 감정과, 중대한 의무를 진 조직을 이끄는 수장으로서의 판단은 별개로 두어야 하는 법이다.

"적어도 이번 일은 그자에게 빚을 졌군요. 인정하겠습니다."

이자령은 죽은 사부가 이곳에 머무르고 있기라도 한 것처럼 굳이 목소리를 내어 말했다.

"그자도 그렇고 귀혁의 제자 놈도 그렇고, 본 문에 도움은 되는데 마음에 안 드는 것들이 많아서 큰일입니다. 이래서 문주 따위는 하고 싶지 않았는데 사부님께서 억지로 떠맡기시는 바람에……."

이자령이 한숨을 쉬었다.

3

한서우는 설운성에 오래 머무를 생각이 없었다. 형운과 진예가 백야문에 다녀오는 동안, 흑영신교의 연구 기록을 낱낱이 살펴보고는 떠날 채비를 했다.

자혼은 일찌감치 떠났다.

"이번 일은 제법 재미있었어. 혹시 내가 필요한 일이 있으면 불러주렴."

그녀는 현숙한 여성의 얼굴로 말하고는 형운과 서하령, 진예에게 붉은 가죽끈을 하나씩 나눠주었다. 받아 들고 보니 안쪽에서 은은한 기운 풍겨나는지라 일종의 기물임을 알 수 있었다.

형운이 물었다.

"이건 뭐죠?"

"이 끝을 잡고 당기면 드러나는 알맹이에다가 진기를 주입하면 나를 부를 수 있어. 혹시 의뢰할 일이 생기면 쓰도록 해. 특별히 첫 번째 의뢰는 반액으로 깎아줄 테니까."

"……."

"어머, 그런 눈으로 보지 마. 내가 자객이기는 하지만 꼭 사람 죽이는 일만 하지는 않으니까. 뭔가를 찾는 일도 잘하고, 누군가를 보호해 주는 일도 잘하지. 원래 애송이들은 상대 안 하지만 너희는 크게 될 싹이 보여서 투자하는 거야."

자혼은 한쪽 눈을 찡긋해 보이고는 떠나갔다.

마곡정이 투덜거렸다.

"아니, 왜 나한테는 안 주는 거야?"

"넌 별로 크게 될 싹이 안 보였나 보지."

"……."

서하령의 가차 없는 한마디에 마곡정의 표정이 팍 일그러졌다.

형운이 위로한답시고 말했다.

"지금 받은 사람들은 배경에 누가 있는지가 크게 작용했을 거야. 너무 신경 쓰지 마."

형운은 귀혁의 제자고, 서하령은 별의 수호자의 장로들 중에서도 정점에 선 이정운의 손녀이며 성운의 기재다. 진예도 백야문주인 이자령의 제자이며 성운의 기재다. 형운의 말대로 각각의 배경도 크게 작용했음이 틀림없었다.

"쳇."

물론 마곡정에게는 별로 위안이 안 되는 소리라서 토라진 기색이 풀릴 기미가 보이지 않았다.

한서우가 말했다.

"이번에는 다들 수고했다. 뭔가 해주고 싶은데 딱히 해줄 만한 것은 없군. 돈을 주기도 뭐하고, 마인인 내가 무공을 봐주기도 좀 애매한데… 원한다면 해줄 수는 있겠다마는."

그런 말을 하는 한서우는 머쓱해 보였다. 후배들에게 한 수지도해 주고 싶기는 하지만 마공을 연마한 마인이라는 입장이 난처하다.

"저야 한 수 가르쳐 주시면 좋죠."

하지만 형운은 붙임성 있게 달라붙었다. 이전에 일월성신의 진정한 힘을 깨달았을 때도 그의 조언에 크게 도움받았다. 마다할 이유가 없었다.

서하령도 나섰다.

"저도 한 수 배우고 싶네요. 가능하다면 음공에 대해서 조언을 듣고 싶은데…….."

음공을 연마한 사람은 정말로 희귀하다. 귀혁조차도 음공에는 별다른 조예가 없고 지식만을 가졌을 뿐이다.

그렇기에 서하령은 지금까지 음공에 대해서는 비급과 기록만을 토대로 삼아서 독학해 왔다. 기껏해야 귀혁에게 가끔 성취를 보이고 조언을 듣는 정도였다.

그런 그녀에게 있어서 한서우가 한 수 가르쳐 주겠다고 나선 것은 놓칠 수 없는 기회였다. 비록 마공이라고는 하나 음공의 고수이지 않은가?

한서우도 기꺼워했다.

"서 소저는……."

"하령이라고 부르셔도 돼요."

"흠. 그래도 되겠나?"

"까마득한 선배이신데요."

"그럼 그렇게 하지. 하령이 너는 음공을 누구에게 배웠느냐? 내가 알기로 귀혁은 음공에는 조예가 없는데……."

"독학했어요. 자료는 많았거든요."

"정말 놀랍군."

한서우의 눈이 휘둥그레졌다.

"음공은 정말 까다로워서 음공의 고수들은 전인을 찾는 데 애를 먹지. 심지어 평생 동안 찾아 헤매도 제대로 된 제자를 거두지 못해서 기록만을 남기고 맥이 끊기는 경우도 허다한데… 허어, 어쩌면 내가 그동안 주인을 못 찾은 기술들의 맥을 이어 줄 수도 있겠어."

한서우는 마인이었지만 마공이 아닌 무공들도 많이 알고 있었다. 혼원교가 긴 역사 속에서 비축해 둔 수많은 무공이 그의 안에 내재되어 있다.

인간이라면 그 많은 무공들을 세세하게 기억하는 것이 불가능할 것이다. 그러나 혼원교가 만들어내려던 신적인 존재의 실패작인 그는 인간의 기억력과는 좀 다른 방식으로 수많은 지식들을 보존해 왔다.

진예도 이번 일로 한서우를 경계하는 마음이 많이 풀어졌는지라, 한서우는 며칠 동안 일행들의 무공을 봐준 다음 떠났다.

떠나는 그를 배웅하며 형운이 물었다.

"저 기록들, 정말 제가 가져가도 괜찮을까요?"

"어차피 내게는 더 이상 필요 없는 것들이다. 의미 있게 쓰는 편이 낫겠지."

한서우는 흑영신교 지부에서 강탈해 온 빙설마 연구 기록을 전부 형운에게 넘겨주었다.

며칠 동안 검토해서 알아야 할 것은 다 알았고, 필요하다고 생각하는 부분은 필사해 두었다. 형운이 원본을 별의 수호자로 가져간다면 공적도 좀 챙기고 흑영신교를 상대할 대책을 세우는 데도 도움이 될 것이다.

한서우가 말했다.

"대신 앞으로 출세하면 외면하지나 말거라."

"그럴 리가요. 신세는 꼭 갚겠습니다."

"그럼 인연이 닿으면 또 보도록 하지."

한서우는 왔을 때처럼 홀쩍 떠나갔다. 그러면서 그는 확신했다.

'저 녀석의 앞날은 나와 깊게 연관되어 있다.'

예지 능력자로서의 직감이었다. 하지만 한서우는 굳이 형운에게 그 사실을 말하지 않았다.

때가 되면 또 만나서 힘을 합치게 되리라. 세상에서 배척받는 입장에서 그런 인연이 있다는 것은 얼마나 즐거운 일인가?

4

순식간에 저편으로 멀어져 가는 한서우를 보며 진예가 중얼거렸다.

"사부님은 왜 저분을 그토록 싫어하시는 걸까?"

마인이 어떤 존재인지는 진예도 잘 알고 있다. 당장 흑영신교도들이 백야문을 공격해 왔을 때의 일만 하더라도 평생 동안 잊을 수 없을 것이다.

하지만 한서우는… 확실히 다른 마인들과는 달랐다.

같이 지내보니 그가 피치 못할 사정으로 인해 마인이 되었을 뿐, 나쁜 사람이 아니라는 확신이 들었다.

돌이켜 보면 그는 흑영신교의 공격 때도 백야문의 편에서 싸워주지 않았던가? 이번에도 위험을 무릅쓰고 흑영신교의 비밀지부를 공격, 빙령의 조각을 되찾게 해주었으니 진예만이 아니라 백야문 전체가 큰 신세를 진 셈이다.

이자령은 진예보다 오랜 시간 동안 한서우를 알았을 테니 그가 어떤 사람인지도 충분히 파악하고 있을 것이다.

그런데도 왜 그렇게 원수처럼 적대하는 것일까? 한서우가 백야문에 보이는 호의를 생각하면, 환영은 못 할지언정 묵인은 할 수 있을 것 같은데…….

"사람에게는 입장이라는 게 있으니까요."

문득 형운의 목소리가 들려왔다. 진예가 바라보자 형운이 머쓱하게 웃으며 말을 이었다.

"우리 사부님이 말씀하셨어요. 내가 좋게 보는 누군가가 다른 누군가에게는 용서할 수 없는 원수일 수도 있으며, 때로는 서로의 진심을 알면서도 입장 때문에 칼을 겨눠야 하는 것이 세상이라고……."

이제는 형운도 그 말을 이해할 수 있을 것 같았다.

아무리 사람들에게 협객으로 인정받는다 하나 한서우가 마인이라는 사실은 변하지 않는다. 자혼이 자객이라는 사실도 마찬가지다.

형운이 보는 것은 한서우의 현재다. 지금의 그가 올바르게 살아가는 모습을 보여주었기에 그를 받아들였다.

그러나 지금 올바르게 살아간다는 이유로, 인류를 저버려야만 연마할 수 있는 마공을 터득한 자를 받아들일 수 있는가?

또한 개인으로서 그의 선의를 믿을 수 있다고 하더라도 조직에 속한 자로서는 그럴 수 없다면, 그것이 이상한 일인가?

이자령은 아마도 수많은 마인을 보아왔으리라. 빙령의 수호와 백야문을 최우선적으로 생각하는 그녀가 한서우를 받아들이지 않는 것은 오히려 당연한 일이라고도 생각된다.

'사부님은 어떻게 생각하실까?'

과거에 귀혁은 한서우와 서로 목숨을 걸고 싸운 바 있었다. 현재로서는 상상하기 어렵지만, 어쩌면 형운에게도 그럴 날이 올지도 모른다. 세상일은 한 치 앞도 알 수 없는 법이니.

스스로의 마음과, 별의 수호자라는 조직의 일원으로서의 입장 사이에서 선택을 강요받는 때가 온다면… 그때 자신은 과연 후회하지 않을 선택을 할 수 있을까?

한서우가 떠난 뒤, 형운 일행은 설운성에서 대기할 것을 명령받았다. 흑영신교 비밀 지부에서 강탈한 빙설마 연구 자료 때문이었다.

별의 수호자 입장에서 볼 때 이 자료는 천금 같은 가치를 지녔다. 총단으로 이송하는 과정에서 흑영신교 측에서 탈환을 노릴 위험성도 충분하니 충분한 호위 병력을 붙이는 것이 당연한 선택이었다.

설운성 지부에서 50명도 넘는 무인이 차출되었고 총단에서 일행을 이끌 만한 고수를 파견하겠다고 통보해 왔다.

형운은 그 고수를 보고는 깜짝 놀랐다.

"사부님이 직접 오실 줄은 몰랐어요."

"마침 총단에 머물고 있던 중이었단다. 요즘은 내가 나가는 일이 별로 없었던 것이 다행이지."

빙긋 웃으며 대답한 것은 귀혁이었다.

총단에 있던 그는 이번 일을 듣고는 단숨에 달려왔다. 일이 결정되고 나자 진해에서 설운성까지 채 하루도 안 걸려서 달려와서 모두를 놀라게 했다.

진예가 머뭇거리며 인사했다.

"안녕하세요. 백야문의 진예입니다."

"반갑군. 이야기는 들었네. 황실로 갈 때까지는 편안한 마음으로 지내도록 하게나."

진예를 황실의 마교 대책반까지 데려다주는 것은 형운이 이
자령으로부터 정식으로 의뢰받은 일이다. 귀혁도 그녀를 대할
때 예의를 갖추었다.

곧 귀혁은 형운과 서하령만을 데리고 이야기를 나누었다.

"보고서를 보니 혼마와 암야살예가 개입했다고 썼더구나."

"네."

형운은 서하령과 논의해서 보고서를 적당히 꾸민 내용으로
작성했다. 곧이곧대로 작성했다가는 안 좋은 소리를 들을 게 뻔
했기 때문이다.

보고서 내용상으로는 흑영신교의 비밀 지부를 찾은 것은 진
예가 빙령과 교감한 결과로 되어 있었다.

처음에는 어디까지나 그녀의 교감을 좇아서 탐색차 갔는데
그곳에서 흑영신교도들과 맞닥뜨려서 전투를 벌이게 되었고,
비밀 지부의 존재가 드러났고, 일단 물러나기로 했지만 스스로
를 이십사흑영수라고 밝힌 흑혈마검이 마인들을 이끌고 추격해
와서 위기에 빠졌을 때 한서우와 자혼이 난입했다…….

귀혁이 물었다.

"정식 보고서로서는 나쁘지 않았다. 유용한 정보가 많으니
장로회에서도 높이 평가할 것이다. 실제로는 어땠느냐?"

곧이곧대로 보고하지 않았음을 꿰뚫어 보는 태도였다. 형운
이 머쓱하게 웃었다.

"음. 사실은 한서우 선배님이 주도적으로 움직이셨어요."

귀혁에게 사실을 감출 이유는 없었다. 형운은 실제로 겪은 일
을 가감 없이 이야기했다.

이야기를 들은 귀혁이 혀를 찼다.

"혼마 그 작자가 아이들을 위험한 일에 끌어들이다니……."

"사부님, 저도 이제 아이 소리 들을 나이는 지났는데요."

형운이 쓴웃음을 지었다. 그도 올해로 스물이거늘 귀혁에게는 여전히 아이로 보이는 모양이다.

"그리고 이번 일은 감사하게 생각하고 있어요. 아무래도 빙령에 대해서는 저도 책임감을 느끼고 있어서."

"흠……."

형운이 그렇게 말하니 귀혁도 더는 한서우를 탓할 수 없었다. 그가 투덜거렸다.

"내 제자가 공적에 눈이 멀어서 사부의 걱정하는 마음을 무시하다니……."

"아니, 절대 그런 게 아닌데요?"

"됐다."

"사부님도 참……."

"자혼이 줬다는 표식이나 줘보거라."

귀혁이 화제를 돌렸다. 형운이 품에 갖고 있던 붉은 가죽끈을 건네주자 그것을 들고 이리저리 살펴본다.

"진짜를 줬군. 요사스러운 자객 녀석이 애들 상대로 영업을 하다니……."

"사부님도 갖고 계신가요?"

"갖고 있다. 유감스럽게도 그 녀석은 쓸모가 너무 커서, 언젠가 필요할지도 모른다는 미련이 생기지."

"사람 죽이는 일 말고 보호하는 일이나 추적하는 일도 잘한

다던데요."

"그래. 대가는 굉장히 비싸지만 뛰어난 재주를 지닌 것만은 사실이다. 놈의 능력을 보았느냐?"

그 말에 형운이 자기도 모르게 눈살을 찌푸렸다. 자혼의 변신 능력은 형운에게 굉장히 꺼림칙한 인상을 주었던 것이다.

귀혁이 말했다.

"보았나 보구나. 놈의 변신 능력은 상식을 초월하지. 기환술사들 중에 모습을 바꾸는 능력이 비범한 자들이라 할지라도 놈의 발끝에도 미치지 못할 것이다."

"어떻게 그럴 수가 있지요? 그분은 자기가 변하는 과정조차 감추지 않았어요. 뻔히 보고 있는 앞에서 완전히 다른 사람으로 변해 버려요. 얼굴도, 골격도, 목소리도, 심지어 기질마저도. 사람이 어떻게 그런 능력을 가질 수가 있는지······."

"그건 사람의 능력이 아니다."

"네?"

형운이 눈을 크게 떴다. 가만히 듣고 있던 서하령이 끼어들었다.

"혹시 영수의 능력인가요?"

"그렇단다."

"왠지 그런 느낌이 들었어요."

서하령이 이런 추측을 하게 된 것은 그녀 자신이 영수의 혈통이었고, 또 형운을 가까이서 봐왔기 때문이었다. 유설과 합일한 형운이 영수의 능력을 사용할 때와 자혼이 변신할 때 비슷한 느낌이 들었던 것이다.

하지만 그 비슷함은 너무나도 희미한 잔향 같은 것이라서 오 감을 모두 기감으로 활용하는 천라무진경이 아니었다면, 그리 고 자혼을 곁에서 관찰할 기회가 없었다면 잡아낼 수 없을 단서 였다.

귀혁이 말했다.

"나도 자세히 아는 것은 아니지만, 그 자객 놈의 사문은 일인 전승(一人傳承)으로 계승되어 온 일맥이라고 한다."

강호에는 일인전승의 일맥이 많다.

하지만 무맥(武脈)에 한해서 보자면 일인전승은 부질없는 환 상이다.

칼끝에 목숨을 걸고 사는 강호의 무인들은 언제라도 목숨을 잃을 수 있었다. 단 한 명의 계승자만으로 대를 이어나가는 무 맥이라면 너무나도 쉽게 그 전승이 끊길 것이다.

암야살예 자혼의 사문은 특별했다.

그 일맥은 딱히 무맥도 아니고, 그렇다고 해서 자객의 일맥도 아니었다. 결과적으로 현재의 계승자인 자혼이 자객으로 활동 하고 있을 뿐이다.

먼 옛날, 인간을 사랑해 인간과 맺어지고 싶어 한 영수가 있 었다.

그 영수는 인간과 맺어지기에는 너무나도 이질적인 존재였 다. 그럼에도 연모의 정을 이루기 위해 둔갑술을 갈고닦아 인간 으로 변할 수 있게 되었지만, 자신은 그저 모습만을 바꿀 수 있 을 뿐 본질적으로 인간과는 다른 존재일 수밖에 없다는 사실에 탄식했다.

인간의 모습으로 상대를 사랑하고, 같은 시간을 공유할 수는 있다. 하지만 그의 본질이 인간과 동떨어져 있었기에 자손을 남기는 것은 불가능했다.

사랑하는 인간이 자식을 소망하였기에, 그는 결사적으로 그 원을 이루어줄 방법을 연구했다.

하지만 그 노력은 너무 오랜 시간이 걸렸다. 사랑하는 인간이 늙어 죽을 때까지 방도를 찾지 못한 것이다.

그는 깊은 슬픔에 빠졌지만, 하던 일을 멈추지는 않았다. 오히려 광기 어린 집념으로 끝을 보고자 했다.

"영수가 얻은 답은 심상경에 있었다."

심상경에 도달한 자는 스스로의 존재를 기화(氣化)할 수도, 다시 육화(肉化)할 수도 있었다.

그렇다면 기화한 인간과 자신이 하나로 합일함으로써 인간의 본질을 얻는 게 가능하지 않을까?

이것은 형운과 유설이 합일한 것과는 다른 경우다.

한쪽이 일방적으로 다른 한쪽에 자신을 주는 것이 아니라 대등한 두 개체의 본질을 하나로 엮어서 새로운 존재로 거듭나고자 하는 시도였다.

영수는 이 연구를 실현하기 위해 자신과 합일할 인간을 찾아 헤맸다.

그리고 살날이 얼마 남지 않은, 심상경에 도달한 무인을 찾아내어 그에게 동의를 구하는 데 성공했다.

"그렇게 해서 탄생한 것이 그 자객 놈의 시조에 해당하는 인물이다. 놈들은 당대의 계승자가 수명을 다하게 되면 후계자에게 영수와 인간이 합일함으로써 탄생한 무언가를 물려주는 방식으로 대를 이어간다고 하더구나."

"세상에. 정말이지 기괴한 일맥이로군요."

"보기에 따라서는 마도의 무리라고 할 수 있을 정도지. 하지만 형운아, 강호에는 원래 기괴한 놈들이 많은 법이다. 그놈은 그중에서도 특별히 요상한 경우에 속할 뿐이고."

"흠……."

"어쨌든 이건 잘 갖고 있도록 해라. 요긴하게 쓸 때가 올지도 모르니."

"네."

형운은 귀혁에게서 돌려받은 붉은 가죽끈을 품에 갈무리했다.

6

한동안 화기애애하게 이야기를 나눈 뒤, 귀혁이 서하령에게 말했다.

"하령아, 자리를 비켜주지 않겠느냐? 둘이서 나눠야 할 이야기가 있단다."

"네."

서하령은 순순히 자리를 비켜주었다. 그녀가 성운을 먹는 자 일맥의 계승자이기는 하지만 입장상 공유할 수 없는 이야기가 있음을 잘 알고 있었다.

둘이 남게 되자 귀혁이 물었다.

"혼마와 자객 놈은 어떻더냐?"

형운은 귀혁이 묻는 바를 알아들었다.

형운은 이전에도 한서우를 보았지만, 이전에는 기를 시각화해서 보는 능력을 얻기 전이었다. 이번에 보고 얻은 정보는 이전과는 천지 차이일 것이다.

형운이 말했다.

"두 분 다 내공은 8심이었어요. 다만……."

"다만?"

"암야살에 그분은 확신을 못 하겠는데요? 변신할 때마다 기맥의 형태나 기심의 숫자마저도 변하기 때문에……."

"흠. 네 눈으로도 완전히 파악할 수 없다니 놀라운 일이구나."

형운의 눈이 얼마나 놀라운 능력을 지녔는지는 이미 무수한 실험을 통해 검증이 끝난 후였다. 귀혁 자신도 형운에게 기심의 수와 기맥의 상태 등을 낱낱이 읽히는 것을 피할 수 없거늘, 자혼에 대해서는 확신을 할 수 없다니…….

"그런데 혼마 그 작자는 지금쯤 9심이 되지 않았을까 싶었는데 8심에서 정체해 있었다니 의외로군."

이존팔객이 강하다는 것은 누구나 알지만 그들의 내공 수위를 아는 자는 드물다. 다들 자신의 무공에 대한 정보가 드러나는 것을 원치 않으며, 내공 수위라는 것은 직접 상대해 보지 않고서야 파악하기 어려운 것이니 당연했다.

별의 수호자의 정보력으로 파악한 바로는 9심에 도달한 자는 대륙을 통틀어 세 명뿐이었다.

귀혁과 설산검후 이자령, 그리고 이존팔객에 속하지 않는 강자 청해용왕 진본해.

하지만 이 셋이, 정확히는 귀혁을 제외한 두 명이 9심이라는 것이 파악된 것은 귀혁도 관여했던 진야 사건 때의 일이다. 벌써 17년이 다 되어가는 일이니 그동안 다른 누군가가 9심에 도달했다고 해도 이상하지 않았다.

귀혁은 9심에 도달할 만한 후보 몇을 알고 있었는데 한서우는 그중에서도 유력했다. 아직까지 8심에 머무르고 있다는 사실이 납득이 가지 않을 정도로…….

형운이 말했다.

"한서우 선배님은… 8심이기는 한데 좀 이상했어요."

"구체적으로 어떻게 말이냐?"

"기심 중 하나는 머리에 있는데, 그게 다른 기심보다 월등히 많은 기운을 담고 있던데요?"

기심을 머리에 두는 것은 흔치 않은 일이다. 심령을 다루는 무공을 연마한 이들이 아니면 이런 경우를 찾기 어려웠다.

"그리고 기심 말고 기심 비스무리한 것들이 온몸에 산재해 있는데 이걸 뭐라고 해야 할지……."

형운이 본 바로 한서우는 기맥 사이사이에 작은 기심이라고 할 만한 기의 응집체가 위치해 있었다. 지금까지 본 누구와도 닮지 않은 형태라서 굉장히 놀라웠다.

귀혁이 턱을 쓰다듬었다.

"내 경험에 비추어 보면, 혼마는 한순간에 발하는 힘에 비해 여력은 끝이 보이지 않았지. 그게 네가 본 특성 때문일지도 모

르겠구나. 8심에 머물러 있는 것도 그것과 관련이 있는지
도…….'

과거에 귀혁은 한서우와 사투를 벌여서 서로 저승 문턱까지
다녀온 경험이 있었다. 그때 이후로 지금까지 죽 한서우에 대해
서 품고 있던 의문 하나가 풀린 것 같았다.

문득 형운이 물었다.

"사부님. 한 가지 여쭤봐도 될까요?"

"뭘 말이냐?"

"사부님은 왜 한서우 선배님과 싸우셨던 거예요?"

"내가 그 작자와 싸운 게 한 번뿐은 아닌데 언제가 궁금한 것
이냐?"

"네?"

형운이 놀랐다. 귀혁이 피식 웃었다.

"끝장을 볼 기세로 싸웠던 것은 한 번뿐이지만 그 외에도 몇
번 부딪쳤었지. 서로 입장이 다르다 보니 그렇게 되는 것이 이
상한 일은 아니었다. 반대로 광세천교와 흑영신교를 토벌할 때
처럼 서로 같은 편에 서서 협력했던 적도 있었고."

"그랬군요."

형운은 귀혁과 한서우가 서로에 대해서 이야기할 때 적의도,
호의도 아닌 복잡한 감정을 내비치던 이유를 이해할 수 있을 것
같았다.

귀혁이 말했다.

"사투를 벌였을 때는, 혼원교의 신물(神物) 때문이었다."

혼원교의 신물은 인간을 마음을 현혹하여 금단의 힘에 손을

대도록 유도하는 사특한 물건이었다.

　마인들과 기환술사들 사이를 조용히 전전하던 그 물건이 별의 수호자의 손에 흘러들어 가서 무인 하나를 어둠으로 이끌었다. 하지만 마공을 연마하기 시작한 후로도 워낙 교묘하게 처신했기에 꼬리를 잡힌 것은 상당한 시일이 지난 후였고, 별의 수호자는 그 원흉이라고 할 수 있는 혼원교의 신물의 처리를 고민했다.

　하지만 결정을 내리기도 전에 한서우가 지부를 급습, 신물을 강탈해 갔다.

　"놈에게 있어서 혼원교의 신물은 무슨 일이 있더라도 양보할 수 없는 것이었으니 당연하다면 당연한 행동이었지. 하지만 내가 놈과 사투를 벌이게 된 것은 그것을 강탈해 갔다는 사실 때문만은 아니었다."

　한서우는 별의 수호자 지부를 발칵 뒤집어놓으면서도 누구하나 죽이지 않았다. 이 사실 때문에 귀혁은 그와 이야기를 해볼 가치가 있다고 여겼다.

　장로회에서는 한서우의 위험성을 충분히 인지했기에 하운국에 상주하는 세 명의 오성 중 둘을 투입하는 강수를 두었다. 하지만 운 장로의 입김으로 인해서 귀혁을 제외한 다른 오성들만이 참여했다.

　이에 귀혁은 영성으로서가 아니라 폭풍권호로서, 조직의 움직임과는 별개로 한서우를 쫓았다.

　"그때 상당히 거금이 들었지."

　"왜요?"

"자혼에게 의뢰를 했으니까."

한서우는 별의 수호자가 막대한 인력을 투입하여 펼친 추적 망을 예지 능력에 기대어 비켜 가고 있었다. 하지만 자혼은 그런 그를 포착하는 데 성공, 귀혁에게 위치를 알려주었다.

귀혁은 폭풍권호로서 그의 앞에 서서 대화를 시도했다.

"문제는 신물을 어떻게 처리할 것이냐였다."

한서우는 신물을 영적인 의식을 통해서 자신이 거둠으로써 세상에서 없애려고 했다.

그러나 귀혁은 무조건 신물을 파괴해야 된다고 생각했다.

아무리 한서우가 인명을 존중하는 선량함을 보였다고는 하나, 저토록 사악한 힘을 지닌 물건을 취할 경우 어떻게 변할지는 알 수 없는 노릇 아닌가? 자칫하다가는 살아 움직이는 재앙이 탄생할 수도 있었다.

"서로의 입장은 좁혀지지 않았고, 결국 우리는 일전을 벌이게 되었다."

둘은 합의하에 별의 수호자의 추적망에서 벗어난 뒤, 사람의 발길이 닿지 않는 오지에서 일전을 벌였다.

결과는 형운도 알고 있는 대로다.

"물론 그 과정에서 신물을 파괴했으니 내가 이긴 싸움이라고 할 수 있겠지."

"……."

귀혁의 이야기에 홀딱 빠져 있었던 형운은 귀혁이 마지막으로 덧붙인 말에 피식 웃고 말았다. 그것을 본 귀혁이 살짝 눈썹을 치켜떴다.

"설마 그 마인 놈이 자기가 이겼었다고 하더냐?"

"아니, 그러시진 않았어요."

"흠. 그럼 그렇지."

형운은 뭐라고 말해야 할지 몰라서 웃기만 했다. 그러다가 물었다.

"아, 그러고 보니……."

"또 뭐냐?"

"빙백설야공은 어떻게 할까요?"

서하령을 내보낸 이유 중에 하나였다. 귀혁이 물었다.

"어느 정도나 본 게냐?"

"제 생각에는……."

형운이 잠시 고민하다가 말했다.

"제가 알게 된 것을 말씀드리면, 아마 스승님은 빙백설야공을 완벽하게 재현하실 수도 있을 것 같은데요?"

"음……."

그 말에 귀혁이 고민했다.

빙백설야공은 냉기를 다루는 데 있어서는 최고봉이라고 할 수 있는 절학이다. 무인이 이 무공을 탐내는 것은 당연한 일이었다. 설령 자신이 익힐 수 없다고 하더라도, 귀혁은 무학자로서 그 요체를 알고 싶었다.

하지만 자신이 형운이 파악한 것을 토대로 빙백설야공을 재현한다면, 별의 수호자의 다른 누군가가 알게 될 가능성도 있었다. 비밀이 새어 나간다면 백야문을 적으로 돌릴 수도 있다는 문제가 생긴다.

"그 문제는 좀 더 생각해 보고 결정하도록 하마."

결국 귀혁은 그 문제는 일단 보류하기로 했다.

7

형운 일행이 설산으로 갈 때의 강행군에 비해 총단으로 돌아가는 길은 비교적 느긋했다.

인원수가 50명 이상으로 불어났으니 당연한 일이었다. 기록들을 제외한 화물은 없었고 전원이 말을 타고 이동했기에 이동 속도가 빠르기는 했지만 그래도 진해까지 돌아오는 데 3주라는 시간이 걸렸다.

"와……."

별의 수호자 총단에 들어온 진예는 신기해하며 주변을 두리번거렸다.

황궁에 가본 경험이 있기는 하지만 성도의 탑을 중심으로 한 총단의 웅장함과 화려함은 눈을 뗄 수 없었다. 게다가 총단으로 들어오는 순간 기온이 확 변하는 것이 놀라웠다. 진해성도 비교적 북쪽에 있기 때문에 3월이 되었음에도 날씨가 차가운데 총단은 완연한 봄 날씨가 아닌가?

"덥다……."

하지만 사람이 살기에 가장 좋은 상태를 유지하는 총단의 기온은, 설산에서 살던 진예 입장에서는 덥고 갑갑했다. 서하령이 말했다.

"여기서는 겉옷을 입지 않아도 돼. 그래도 더우면 내가 시비들한테 말해서 여름용 옷을 하나 맞춰줄게."

"시비들······."

"응?"

"아니, 시비들이 옷을 지어준다니 하령이도 높은 사람이구나 싶어서."

"내가 높은 사람이 아니라 우리 할아버님께서 높으신 분이 지."

"진예 소저."

두 사람의 대화에 형운이 끼어들었다.

"혹시 거처는 어쩌실 건가요? 미리 소식을 보내둬서 머무실 곳을 마련해 두기는 했습니다만······."

"나랑 같이 있을게. 그게 진예도 편하지 않겠어? 오늘은 푹 쉬고 내일은 나랑 같이 시내로 놀러 가자. 내가 안내해 줄게."

"응. 좋아."

서하령의 제안에 진예가 고개를 끄덕였다. 형운이 말했다.

"알겠습니다. 그럼 황실 쪽으로 출발하는 일정이 결정될 때 까지 편하게 지내시고, 필요한 게 있으면 하령이한테 말씀하세 요."

진예를 통한 백야문의 의뢰는 이미 들었다. 비약과 검, 그리 고 마기나 저주에 저항하는 기능을 지닌 기물의 대량 주문이었 다.

별의 수호자 입장에서는 기꺼운 거래였다. 백야문은 오지에 처박혀서 살고 있지만 대가를 지불할 능력이 충분했기 때문이 다. 그들은 빙령을 통해서 얻은 설빙석(雪氷石)이라는 특별한 보석을 보유하고 있었는데 이것은 보석으로서도, 그리고 기환술을 위한 소재로도 큰 가치를 지녀서 아주 비싸게 거래되었다.

8

"고생하셨어요!"

형운이 거처로 돌아오자 예은이 반겨주었다. 반갑게 웃는 그녀에게 형운이 말했다.

"아, 우울하다."

"…오랜만에 사람 얼굴을 보자마자 무슨 말씀을 하시는 거예요?"

"예은이 너를 보니 벌써부터 앞으로 먹어야 할 것들이 생각나서 그만."

형운이 피식 웃었다. 여기까지 오는 동안에는 이것저것 맛있는 것을 많이 즐겼다. 하지만 이제 다시 삼시 세끼 약선으로만 가득한 생활로 돌아가야 했다.

예은이 토라진 기색으로 말했다.

"그래도 그렇죠."

"미안. 아, 선물 사 왔어."

"선물요?"

귀가 솔깃해진 예은은 형운이 설운성의 특산품으로 만든 장신구들과 털외투를 주자 언제 토라졌냐는 듯 기뻐했다.

선물을 살펴보면서 눈을 반짝반짝 빛내던 예은이 문득 조심스럽게 물었다.

"가셨던 일은 잘되신 건가요?"

"응. 잘됐어. 모두…….."

"그렇군요…….."

"이제 괜찮아."

형운의 미소에는 복잡한 감정이 담겨 있었다. 그 표정에서 할 일을 다 끝냈다는 안도감과, 그럼에도 지워지지 않는 슬픔을 엿본 예은은 더 이상 그 문제를 이야기하지 않았다.

"그럼 차라도 내올게요."

"응."

"약차로요."

"…아니, 지금 막 돌아왔는데 그건 좀. 각오를 다질 시간 정도는 달라고."

이제는 익숙해질 만큼 익숙해졌지만, 역시 바깥에 나가서 멀쩡한 음식을 먹다가 돌아온 후에는 나름대로 각오가 필요했다.

"원래 이러면 안 되는데… 제가 혼날 거 각오하고 해드리는 거예요?"

식은땀을 흘리는 형운을 보면서 예은이 어쩔 수 없다는 듯 미소를 지었다.

9

돌아온 형운에게 귀혁은 며칠간 휴가를 주었다. 하지만 휴가를 받았다고 해도 수련 일정이 없어질 뿐이지 형운이 처리할 일들이 없는 것은 아니다.

무일이 형운이 자리를 비운 동안의 일을 보고했다.

"훈련은 순조로웠습니다. 다들 호위무사로서의 지침은 충분히 숙지했다고 생각합니다."

"수고했어. 손발은 잘 맞아?"

"다들 문제없습니다."

"오늘부터는 잘 부탁해."

"맡겨주십시오."

형운의 호위단 전원이 호위무사로서의 교육을 받은 것은 아니다. 개개인의 무위와는 별개로 호위단으로 활동하기 위해서는 은신술을 비롯한 전문적인 교육을 받을 필요가 있었기에 형운은 따로 교관을 초빙했다.

형운이 선택한 교관은 은퇴한 호위대원들이었다. 원래는 석준에게 부탁해서 영성 호위대와 같이 훈련을 받을까 했지만, 독립의 첫걸음이라고 할 수 있는 조직인 만큼 이런 부분도 귀혁에게 기대지 않고 알아서 처리하고 싶었다.

형운이 말했다.

"이번에 다녀온 일로 무공 열람권과 비약 지원을 좀 받을 수 있을 것 같아."

"소식은 들었습니다. 역시 대단하시군요."

"나 혼자 한 일도 아닌데 뭘. 내가 총단에 머무르는 동안에는 최소한의 인원만 호위로 붙이고, 나머지는 개인 수련 시간을 갖도록 해. 적당히 휴일도 가질 수 있도록 일정을 짜고."

"일정표를 만들고 검토받겠습니다."

"그리고… 음. 내일쯤 나와 같이 합동 수련을 하자. 서로 실력을 알아둘 필요도 있으니까."

"피로도 안 풀리셨을 텐데, 괜찮으시겠습니까?"

"괜찮아. 호위단으로 뽑자마자 내팽개쳐 두고 나갔다 왔으니
서로 좀 익숙해질 필요도 있고."

"그래도 굳이 합동 수련까지 하실 필요는……."

"종종 영성 호위대 쪽의 인원을 빌려서 수련하기도 했으니
나한테도 도움이 되는 일이야."

"알겠습니다."

형운의 뜻이 확고해 보였기에 무일은 더 만류하지 않았다.

만약 무일이 형운의 내심을 알았다면 더 놀랐으리라. 사실 형
운은 휴가를 받은 상황에 불만을 품고 있었다.

'뭔가 잡을 수 있을 것 같아…….'

그게 무엇인지는 형운도 모른다. 알기 위해서라도 수련이 필
요했다.

이런 기분이 찾아온 것은 설원에서 한서우와 흑혈마검의 싸
움을 보고, 빙설마와 싸워서 이겨낸 후다. 그때 이후로 지금까
지와는 다른 무언가를 할 수 있을 거라는 기분이 들었다.

"가려 누나가 돌아왔으니 그동안 처리한 업무 내용을 알려주
고 앞으로의 업무는 분담해."

가려의 성격상 호위단원들을 대하는 것이 좀 걱정되기는 했
지만, 어쨌든 단장은 그녀였다. 그리고 사람 대하는 것이라면
모를까 그녀의 업무 능력에 대해서는 형운은 전혀 걱정하지 않
았다.

문득 형운이 물었다.

"그러고 보니… 신년 비무회는 어땠어?"

10

형운이 돌아왔다는 소식을 듣고 제일 먼저 찾아온 손님은 오량이었다. 형운은 반갑게 그를 맞이했다.

"와, 오량 선배. 신수가 훤하신데요? 우승 축하드립니다."

"이런. 벌써 알고 있었군?"

오량이 너스레를 떨었다. 형운이 예상한 대로 그가 신년 비무회 청년부에서 우승을 거머쥐었던 것이다.

그 외에 형운이 관심을 가질 만한 소식이라면, 유소년부는 올해도 영성의 제자단이 상위권을 독식했다는 것이다. 강연진은 준결승에서 양우전과 싸워서 패배, 그 후에 3, 4위 결정전에서 승리해서 3위에 입상했다.

"하지만 별로 자랑할 만한 일은 아닐세. 자네도, 서 소저도, 곡정이도… 네 호위무사 아가씨도 없었으니 말이지."

오량의 말에 형운이 어색하게 웃었다. 오량이 물었다.

"자네는 앞으로도 비무회에는 안 나오는 건가?"

"사부님이 꼭 나가라고 명하신다면 나가긴 하겠지만 별로 나가고 싶진 않네요."

"하긴 자네 입장에서 보면 비무회의 성적은 중요하지 않겠지."

딱히 노리고 행동한 것은 아니지만, 형운의 입지는 나날이 탄탄해져서 이제는 비무회에 출전해야 할 의의를 찾기 어려웠다.

괜히 등 떠밀려서 나가봤자 다른 사람 기회나 빼앗는 셈이다.

"솔직히 부럽군. 사람이 한번 실적을 내기 시작하면 계속 기회가 오는 법이니… 이번 일만 해도 솔직히 나도 나서고 싶은 일이었는데."

"이번 일이요?"

형운이 의아해했다. 오량이 말하는 투를 보니 흑영신교의 연구 기록 건이 아닌 다른 건을 이야기하는 것 같아서였다.

오량이 어리둥절해하며 물었다.

"아직 못 들었나?"

"전 오늘 막 도착해서 밀린 일 처리하느라 정신이 없었거든요. 무슨 일인가요?"

"장로회에서 자네를 황실의 마교 대책반에 보내겠다고 하던데?"

"네?"

형운이 놀라서 눈을 크게 떴다.

"자네와 함께 온 백야문의, 설산검후의 제자를 황실의 마교 대책반으로 보내는 일도 자네에게 맡길 모양일세. 가는 김에 한동안 마교 대책반과 움직이게 될 거고."

"이렇게 될 가능성도 염두에 두고 있기는 했지만… 아예 마교 대책반으로 파견될 줄은 몰랐는데요."

황실의 마교 대책반에는 별의 수호자도 적극적으로 협력하고 있었다. 무인들을 파견하는 것은 물론, 물자와 정보도 지원했다.

형운은 진예를 황실까지 데려다주는 임무가 자신에게 떨어질 가능성은 꽤 높을 거라고 예상했다. 하지만 보내는 김에 아예 마교 대책반에 파견까지 가게 될 줄은 몰랐다.

오량이 말했다.

"아무래도 자네가 이번에 예상치 못한 공적을 세운 데다가 백야문에서도 좋은 거래를 끌고 왔으니만큼 설산검후의 제자와 관련된 일은 전부 자네에게 맡기기로 결정이 난 모양일세."

"으음. 파견을 가게 되면 얼마나 그쪽에 있게 될까요?"

"보통 짧으면 3개월에서 길면 반년 정도지."

"그렇군요. 반년이라……."

총단에 돌아오자마자 또 반년이나 외부에 나가 있게 되다니, 기분이 묘해진다.

'신나면 안 될 것 같은데, 왜 이리 신나지?'

밖에 나가서 위험을 감수하게 되더라도 멀쩡한 음식을 먹을 수 있다는 사실이 너무 좋다. 이럴수록 약선을 먹는 일이 힘들어질 텐데 참 큰일이었다.

제47장
마교의 흔적을 찾는 자들

성운을
먹는자

1

　별의 수호자의 장로들은 총단을 떠나는 일이 드물었다.

　이유는 몇 가지가 있다. 가장 큰 이유는 성도의 탑이 있는 총
단이 연단술을 연구하기에 최적의 환경을 제공한다는 것이다.
그리고 별의 수호자가 워낙 거대한 집단이기에 장로회의 재가
를 필요로 하는 일도 많기 때문이다.

　하지만 장로들을 소집해서 회의를 열 정도의 안건이 많은 것
은 아니다. 대부분은 그냥 서류를 갖다 주고 날인을 받는 것으
로 끝난다.

　그러니 장로회에 출두했을 때의 압박감은 보통이 아니었다.
진 일월성단 관리를 책임지고 있는 중년의 연단술사, 빈현은 굳
은 표정으로 장로들 앞에 서 있었다.

　운 장로가 물었다.

"진 일월성단의 위험성이 너무 커서 안전을 보장할 수 없을 것 같다 이건가?"

"그렇습니다."

빈현이 원로회에 올린 안건은 진 일월성단을 외부의 연구 시설로 이송하자는 것이다.

성도의 탑에서 안정화 작업을 계속하자니 진 일월성단의 상태가 너무 위험하다. 최악의 사태를 피하기 위해서는 도심에서 멀리 떨어진 곳에 연구 시설을 건립하고 진 일월성단을 그곳으로 옮겨야 한다.

"예정 기간을 훨씬 지났는데도 안정화가 제대로 이루어지지 않고 있습니다. 물론 계속하다 보면 무사히 안정화가 될 수도 있습니다만, 보고서에 첨부한 자료들을 보시면 왜 제가 이런 요청을 드리는지 이해하실 수 있을 겁니다."

자신의 의견을 이야기하는 빈현은 침울해 보였다. 진 일월성단의 관리 책임자로 임명되었다는 것은 윗선에서 그의 유능함을 인정했다는 뜻이다. 그런데 그 임무를 수행할 능력이 없다고 밝히고 있는 상황이니 우울할 수밖에.

"흠……."

장로들이 눈살을 찌푸렸다.

그들의 입장에서 보면 성도의 탑이야말로 연단술의 성지다. 세상 어디에도 이만한 지식, 이만한 인력, 이만한 설비와 물자가 모여 있는 곳이 없다. 연단술에 관한 일을 이곳에서 해결할 수 없다면 다른 곳에서도 할 수 없는 게 당연하다.

빈현도 장로들의 그런 자부심을 이해하고 있었다. 그렇기에 충분한 근거 자료를 제출하고 열성적으로 설득했다.

"진 일월성단은 천공단 때와는 상황이 다릅니다."

해와 달과 별, 세 개의 일월성단을 하나로 모아 탄생한 진 일월성단.

이보다 상위의 비약으로 구분되는 것은 정말 손에 꼽으리라. 그중에 안정화에 성공한 것은 천공단뿐이었다.

천공단은 거기에 담긴 기운만 보면 진 일월성단보다도 크다. 하지만 속성이 명확하기에 안정화 작업의 난이도는 생각보다는 쉬웠다. 그저 별의 수호자로서도 총력을 기울여야 했을 정도로 막대한 규모의 인력, 설비, 물자가 필요했을 뿐.

"아시다시피 진 일월성단은 만유(萬有)의 씨앗이라고 할 수 있습니다."

해와 달과 별이 하나로 모인 완전한 기운의 집합체이기에 무엇이든 될 수 있다. 모든 것이 될 가능성을 내포한 존재를, 특정한 무엇으로 만들지 않은 채로 안정화시켜야 한다. 그것이 진 일월성단의 안정화 작업을 어렵게 했다.

"안정화에 실패해서 폭주를 일으킬 경우, 성도의 탑의 결계가 버텨준다는 보장이 없습니다."

성도의 탑의 결계는 과거 일월성단의 안정화에 실패해서 폭주했을 때도 거뜬히 버텨주었다. 위험천만한 작업을 성도의 탑에서 하는 것은 그만한 안전책이 마련되어 있기 때문이다.

"하지만 만에 하나라도 막아주지 못한다면 대재앙이 일겠지요."

"으음……."

빈현은 어디까지나 관리 책임자일 뿐, 안정화 작업의 틀을 잡고 진행하는 것은 운 장로의 지원을 받고 있는 남 장로였다. 일월성단의 안정화 작업만 하더라도 장로가 나서야 하는데 그보다 상위의, 그것도 전례가 없는 물건을 다루는 상황인데 장로가 나서는 것은 당연하다.

그러니 장로들도 상황은 충분히 파악하고 있었다.

긴 논의가 이어졌다. 그러나 결국… 빈현의 의견을 채택할 수밖에 없었다.

운 장로가 못마땅한 기색으로 말했다.

"자네의 의견대로 하지. 하지만 당장 시작한다 해도 외부 연구 시설을 건립하는 데는 시간이 걸릴 거야."

"물론 그동안은 최선을 다할 것입니다. 일이 잘 풀려서 그 전에 안정화에 성공한다면 그게 최선이지요."

빈현이 고개를 숙였다. 고개를 숙인 그는 미소를 짓고 있었다.

2

형운은 총단으로 복귀한 지 나흘 만에 다시 외부로 나가게 되었다. 오량이 알려준 대로 장로회에서 진예를 황실까지 데려다주는 것과, 마교 대책반으로의 파견 임무를 명했기 때문이다.

거기에는 또 한 명, 동반하는 인원이 있었다.

"곡정이 너도 가는 거야?"

"그래. 사부님이 너만 활약하게 놔두지 말라고 당부하시더

라. 설원에서 있었던 일에 나도 한몫 거들어서 추천하기 쉬웠던 모양이더군."

마곡정이었다. 그도 이번에 형운과 함께 마교 대책반으로 파견을 나가게 된 것이다.

형운은 눈에 띄게 기뻐했다.

"와, 잘됐네. 이런 임무는 처음인데 너라도 같이 간다니 다행이다."

"인원을 이만큼이나 데려가면서 무슨……."

형운은 가려와 무일을 포함한 호위단 여덟 명 전원을 대동하고 있었다.

호위단은 바짝 긴장하고 있었다. 막 훈련을 마치고 형운의 호위 임무를 수행하기 시작한다 싶었더니 황실 마교 대책반으로 파견되니 그럴 수밖에 없었다.

형운이 물었다.

"넌 혼자 달랑 가냐?"

"그럴 리가 있냐? 사부님이 호위무사들을 붙여주셨어."

곧 풍성 호위대원 네 명이 모습을 드러냈다. 마교 대책반에 협력하는 문파들이 여러 문도들을 묶어서 보내듯이, 별의 수호자도 인원을 파견할 때는 여러 명을 보내고 있었다.

잠시 기다리자 진예와 서하령이 나타났다. 마곡정이 깜짝 놀라서 물었다.

"설마 누나도 가는 거야?"

"난 진예를 배웅하러 나온 거야."

"아, 그렇구나."

"안도하는 것 같네?"

"…그럴 리가. 그냥 누나가 간단 이야기는 못 들어서 좀 놀랐던 것뿐이야."

마곡정이 슬그머니 시선을 피하며 대답했다.

생각해 보면 당연한 일이다. 서하령은 신분상 마교 대책반에 파견될 이유가 없으니까.

"하지만 널 보니 왠지 가고 싶어지네."

"…어, 어째서?"

"넌 황실 사람들을 만나게 될 텐데도 옷차림이 그 모양이니?"

마곡정은 평소 그대로의 차림새였다. 즉 맨몸 위에 짐승 가죽 옷만 걸친, 산적 두목을 연상시키는 야성적인 모습이라는 소리다.

"…내 차림새가 어디가 어때서?"

"몰라서 묻는 것은 아니지?"

"이게 얼마나 귀한 가죽으로 만든 옷인데… 값을 따지자면 누나가 입고 있는 것보다 훨씬 비싼 거라고."

마곡정이 투덜거렸다. 태도를 보아하니 제 딴에는 신경 써서 옷을 입었다고 생각하는 게 틀림없었다. 형운이 혀를 찼다.

'예은이가 안타까워할 만도 하지.'

마곡정의 용모는 그야말로 그림으로 그린 듯한 귀공자다. 그럴싸한 옷을 입고 입만 다물고 있으면 정말 기품 있고 아름다워 보일 것이다.

마곡정이 귀찮다는 듯 손을 내저었다.

"됐어. 진짜로 높으신 분 볼 일이 있으면 그때는 다른 옷 입으면 되잖아."

"퍽이나 그러시겠어."

"어차피 황실 가서 황족을 배알하는 것도 아닌데 어떻게 입든 무슨 상관이야."

그 말에 서하령이 한숨을 푹 쉬었다.

'어렸을 때는 건방지기는 해도 이런 문제는 없었는데.'

마곡정도 어렸을 때는 옷을 정상적으로 잘 입고 다녔다. 이 모양 이 꼴로 다니게 된 것은 자라면서 야성미 넘치는 우락부락한 생김새로 변했다가, 고향으로 돌아가서 지옥훈련을 받는 과정을 거친 후였다.

서하령은 더 뭐라고 하길 포기하고 말했다.

"어쨌든 문제 일으키지 말고 잘 다녀와. 진예한테 신경 좀 써주고."

3

형운에게서 여행 일정을 들은 진예는 눈을 휘둥그레 떴다.

"하운성으로 가는 게 아니었군요?"

황실의 마교 대책반에 합류한다고 해서 당연히 그쪽으로 간다고 생각했다. 하지만 일행의 목적지는 남쪽이었다. 호장성과 영운성의 접경지대에 있는 운강(雲江)으로 오라는 부름을 받았다.

형운이 물었다.

"진예 소저, 혹시 사문을 나설 때 아무런 설명도 못 들으셨

나요?"

"네."

"……."

"사부님은 그냥 가보면 알 거라고 하시던데요?"

진예가 뭐가 문제냐는 듯 묻는 바람에 형운은 잠시 말문이 막
혔다. 아니, 세상물정도 모르는 아가씨를 혼자 내보내면서 제대
로 설명도 안 해줬단 말인가?

'편의를 봐달라고 의뢰한 건 이런 것까지 포함한 거였나?'

형운은 속으로 혀를 차면서 상황을 설명했다.

"마교 대책반의 지휘부는 황실에 있지만, 실질적인 구성원들
은 전국 방방곡곡에 흩어져서 마교의 흔적을 쫓는다고 합니다.
백야문의 여러분들도 운강 쪽에 있다고 하시니 그쪽으로 가면
될 거예요."

"그렇군요."

"보통은 자기 문파에서 가까운 지역에 배치되지만… 백야문
의 여러분은 빙령의 추적을 최우선으로 하고 있는지라 계속 한
곳에 계시는 게 아닌가 봅니다."

백야문을 제외한 협력 문파들은 대체로 자기들 지역의 마교
대책반 지부에서 대기하고 있다가 지시가 내려올 때마다 움직
이고 있었다. 예외가 되는 것은 대륙 전체에 사업망이 전개되어
있는 별의 수호자 정도다.

일행은 최대한 빠르게 남하(南下)하기 시작했다. 딱히 옮겨야
할 화물이 없었고 전원이 체력이 뛰어난 무인이었는지라 말을
타고 빠르게 이동할 수 있었다.

"이제 능숙하시네요."

형운이 진예가 말을 타는 것을 보고는 말했다.

백야문을 나올 때만 하더라도 진예는 말을 탈 줄 몰랐다. 눈과 얼음으로 뒤덮인 설운성에서 자랐으니 당연한 일이다.

하지만 설운성에서 총단까지 오는 동안 서하령이 권해서 말을 타는 법을 배웠고, 이제는 제법 능숙해졌다.

진예가 말했다.

"배우는 게 재미있었는데 설산으로 돌아가면 탈 일이 없을 거라 생각하니 아쉽네요."

"평생 거기만 있으실 것은 아니니 쓸모가 있겠지요."

"그럴까요? 사부님과 같이 나왔을 때는 그냥 도보로 이동해서……."

"황실에 갔을 때라면, 저도 그때는 사부님과 경공술로 이동했었지요. 수련의 일환이라면서……."

"아, 저도 그랬어요."

두 사람은 옛일을 이야기하면서 웃었다.

진예가 말했다.

"하지만 사부님은 그게 아니더라도 말을 타는 것을 선호하시지 않는 것 같아요. 다들 도보로 이동하는 것을 당연하게 생각했거든요."

"그게 보통이긴 하지요."

일행 전원이 말을 타고 이동하는 것은 결코 일반적인 일은 아니다. 말이 상당히 비싼 이동 수단이며, 따라서 기마술도 그렇게 보편화되지 않았다. 대다수의 사람은 먼 길을 가더라도 도보로 이동하는 것을 당연하게 여겼다.

하지만 별의 수호자에서 임무를 수행하는 무인이라면 말을 탈 줄 알아야 하는 것은 기본이었다. 모든 임무에서 말을 타는 것은 아니지만 기동력이 필요할 때 말이 제공되는데도 쓸 수 없다면 그건 굉장히 치명적인 손실이다.

형운이 말했다.

"쓸 수 있을 때는 쓰는 게 낫지요. 걸어서 이동하다가는 호장성까지만 두 달 가까이 걸릴 테니……."

"공자 혼자서라면요?"

"네?"

"영성께서 총단에서 설운성까지 하루 만에 오셨잖아요. 공자는 어떤가 궁금해서요."

형운이 고개를 갸우뚱했다.

"글쎄요? 일단 사부님만큼 빠르게 가는 것은 아무래도 무리죠."

귀혁과 수련하는 과정에서 한계를 파악하기 위해서 경공을 전력으로 펼친 적은 있다. 하지만 첫 번째로 뛰쳐나갔을 때와 달리 성해 근방을 빙빙 돌았을 뿐이었다. 그래도 지도상의 거리를 보고 가늠해 볼 수는 있다.

'호장성까지라면… 음. 그래도 닷새 정도는 걸리지 않을까?'

잠시 고민해 보던 형운은 두루뭉술하게 말했다.

"지금보다야 빠르게 갈 수 있을 것 같네요. 하지만 혼자 임무를 수행하는 게 아니니 별로 의미는 없겠지요."

"하긴 그렇군요."

"그리고 사부님이 하셨던 일은 아마 검후께서도 가능하실걸요?"

"음. 그럴 것 같기는 하지만… 사람이 그 정도 거리를 그렇게 빨리 이동한다는 것은 생각해 본 적이 없는 일이라서요."

귀혁이 하루 만에 진해성에서 설운성까지 온 것은 진예에게는 굉장히 인상적이었다. 지금까지 경공술에 대해서 갖고 있던 인식이 완전히 무너질 정도로.

형운도 이해한다는 듯 고개를 끄덕였다.

"하긴 저도 겪어보기 전에는 그랬죠."

충분한 능력이 있는데도 자신이 그런 일을 할 수 있다는 것을 믿을 수 없었다. 귀혁과 함께 달리는 순간 머릿속에 구축되어 있던 세계관이 와장창 깨져 나갔었던 만큼 진예의 심정을 이해할 수 있었다.

4

가는 동안에는 별일이 없었다. 대체로 관도(官道)를 따라서 이동했고 산길을 갈 때도 산적들을 구경해 보지 못했다.

당연한 일이었다. 일행은 인원수가 열다섯 명이나 되는 데다가 전원이 무장하고, 말까지 탔다. 딱히 화물을 운송하는 중도 아닌 이런 일행을 산적이 덮친다면 그건 단순한 산적질 이상의 꿍꿍이속이 있거나, 아니면 정말로 현실감각이 없는 산적일 것이다.

그렇게 일행은 성해를 떠난 지 보름여 만에 호장성에 당도했다.

"이렇게 빨리 다시 오게 될 줄은 몰랐는데."

형운은 쓴웃음을 지었다. 작년에 왔을 때, 다시 오려면 또 몇 년은 걸리리라 예상했는데 1년 만에 돌아와 버렸다.

여기까지 빠르게 온 만큼 일정에 어느 정도 여유가 있었다. 형운은 일행에게 호장성 지부에서 하루 휴식을 취하도록 했다. 그리고 자신은 가려만을 데리고 나와서 고향 마을에 들렀다 왔다.

5

지부로 돌아오니 마당에서 진예가 검술을 수련하고 있었다. 형운이 물었다.

"다들 보고 있는데 괜찮으세요?"

"괜찮아요."

무인은 자신이 수련하는 법을 타인에게 보이기를 꺼린다. 하지만 진예는 거리낌 없이 검술을 펼쳤다.

그 광경을 보면서 형운은 그녀가 실전에서 쓰는 것과는 다른 검형(劍形)을 수련하고 있음을 알았다. 설산에서 그녀와 수십 번이나 대련을 했었기에 쉽게 차이점을 파악할 수 있었다.

역사가 깊은 명문이라면 비전을 감추기 위해서, 그러면서도 신체와 감각을 연마하는 데 도움이 되는 위장용 형(形)을 지닌 경우가 있다. 백야문도 그런 모양이었다.

문득 그녀가 검을 거두면서 물었다.

"무슨 일 있었어요?"

"음? 왜요?"

"얼굴이 안 좋아 보여서요."

"……."

그 말에 형운이 쓴웃음을 지었다. 고향 마을에 가서 부모님의 묘를 보고 왔더니 심란해진 기분이 티가 난 모양이다.

작년에 왔을 때 마음을 정리했다고 생각했다. 하지만 실제로 가보니 지난번과 똑같이 심란한 기분에 빠져들었다.

"실은 제가 여기 출신이거든요."

"아, 호장성 태생이셨군요."

"부모님 묘를 참배하고 왔더니 기분이 좀 복잡해져서……."

그 말에 진예가 눈을 동그랗게 떴다. 그동안 형운의 개인사에 대해서는 들은 것이 없었던 것이다.

형운이 사과했다.

"아, 미안해요. 난처하게 하려던 것은 아니었습니다."

"아뇨. 그냥 조금 놀랐을 뿐이에요. 사실 전 하령이도 그렇고 형운 소협도 그렇고 다들 좋은 집안에서 사랑받으면서 자란 사람들일 거라고 생각했었거든요."

진예가 귀혁과 만나기 전의 형운을 보았다면 그런 생각은 하지 않았으리라. 하지만 7년간 별의 수호자에서 지내면서 형운은 겉모습만은 유복한 집안의 자제처럼 보이게 되었다.

"하지만 다들 저와 비슷한 처지라고 생각하니… 사람의 사정이란 참 알 수 없다는 생각이 들어요."

설산은 인간에게 자비롭지 않은 환경이다. 사람이 죽는 일은 일상다반사였기에 백야문도 중에는 일찌감치 부모를 여읜 이들이 드물지 않았다. 그들 사이에서는 그런 사정이 흠이 아니었고, 딱히 특별한 취급을 받지도 않았다.

그럼에도 서하령이 비극적인 사건으로 부모를 잃었다는 이야기를 들었을 때는 충격을 받았다.

진예는 처음 봤을 때부터 죽 서하령은 자신과는 다른 세상에 사는 사람이라고 생각했다. 여자도 넋을 잃을 정도로 아름답고, 넘치는 재능을 가졌고, 마치 황족처럼 기품이 흘러서 세상에 존재하는 축복이란 축복은 다 받은 것만 같았으니까.

하지만 함께 지내는 동안, 그녀에게도 인간적인 사정이 있다는 사실을 알았다.

그것은 진예에게는 무척이나 충격적이었다. 그 충격으로 인해서 진예가 일방적으로 서하령에게 품고 있던 거리감이 무너졌고 비로소 그녀를 자신과 같은 '사람'으로 보고 친해질 수 있었다.

"제 부모님은… 음. 아버님에 대해서는 아예 모르고, 어머님께서는 외지인이셨어요."

진예의 모친은 임신한 채로 설산으로 흘러들어 왔다. 그녀가 어디서 온 누구인지 아는 사람은 아무도 없었다. 그저 그녀가 진짜인지 가짜인지 모르는 설예라는 이름을 썼다는 것만이 알려졌을 뿐이다.

설산에 머무르는 동안 그녀의 배는 불러갔고 동시에 점점 쇠약해져 갔다. 설산의 추위에 익숙해지지 못했기 때문이었으리라.

결국 그녀는 진예를 출산하고는 죽고 말았다. 딸에게 진예라는 이름 두 글자 말고는 아무것도 남겨주지 않은 채로.

"어렸을 때는 가끔 제가 어디서 온 누구일까 고민하고는 했지요."

백야문도들 중에는 부모를 여읜 고아들이 많았지만, 그들은 진예와 달리 자신의 뿌리를 알고 있었다.

어린 시절 진예가 빙백설야공을 제외한 다른 무공 수련에서는 도망쳐 다닌 것도 그런 이유에서였는지도 모른다. 자신의 뿌리를 모른다는 것은 어린 마음으로는 견디기 어려운 번민을 안겨주었기에 현실에서 눈 돌릴 곳을 필요로 했던 것이다.

형운이 말했다.

"그 기분은 조금 알 것 같네요."

진예와 달리 형운은 자신의 출신지도, 부모가 어떻게 죽었는지도 안다. 그들이 자신을 구하고 죽었다는 사실을 마음속 보물로 간직하고 있었다.

하지만 형운에게는 그들에 대한 기억이 없다. 아버지가 어떤 사람이었는지, 어머니가 어떤 목소리로 자신을 달래주었는지… 아무것도 기억나지 않는다.

그래서일까? 형운 역시 진예가 말한 것처럼 자신이 누구인지 모른다는 공허감에 시달릴 때가 있었다.

다만 형운이 진예와 달랐던 점은, 현실에서 도망치는 것이 허락되지 않았다는 것이다.

어릴 적부터 형운은 애정으로 돌봐줘야 할 대상이 아니라 값싼 노동력으로 취급받고 있었다. 가혹한 현실 속에서 하루하루 살아남는 것만으로도 힘들어서 어딘가로 도피할 수조차 없었다.

문득 진예가 차가운 기파를 해방하며 말했다.

"기분 전환도 할 겸, 오랜만에 한 수 겨뤄보는 게 어때요?"

"좋지요."

형운은 기꺼이 그녀의 제안에 응했다.

6

운강(雲江).

호장성과 영운성의 접경지대를 가로지르는 하운국에서 가장 큰 강이다. 대륙 서쪽 바다로까지 이어져 있는 이 강은 물류 이동을 위한 수로(水路) 역할을 톡톡히 한다.

그런 만큼 운강 주변에는 많은 이권이 몰려 있었고 사람도 많았다.

"여기가 호장성 본성보다 훨씬 번화한 것 같은데……."

어릴 적의 형운은 호장성 본성에서 벗어나 보지 못했다. 그런 만큼 영운성 쪽으로 가는 동안은 다른 곳을 여행하는 것과 똑같은 기분이었다.

호장성의 운강 유역 도시, 유수는 호장성 본성보다 규모는 작아도 훨씬 번화한 느낌이다. 유동 인구가 많아서 어딜 가나 복작거리고 중심가의 건물들도 그럴싸했다.

'하긴 호장성 지부와 따로 또 지부를 둘 정도니……'

형운 일행은 호장성 본성을 떠나서 다시 열흘 정도 남하한 끝에 운강에 도착했다. 남은 것은 마교 대책반과 합류해서 지금까지 파견되어 있던 인원과 교대하는 것뿐이었다.

별의 수호자는 황실의 마교 대책반에 많은 것을 지원하고 있었다.

인력도 지원하지만 더 큰 것은 물자와, 머물 곳을 지원한다는 것이다. 이 점에서 별의 수호자를 따라갈 수 있는 집단은 없었다.

"어?"

그렇게 지부를 향해 가고 있을 때, 불현듯 진예가 놀란 표정을 지었다. 형운이 물었다.

"왜 그러세요?"

"근처에 성운의 기재가 있는 것 같은데요?"

"네?"

형운이 깜짝 놀랐다.

성운의 기재끼리는 서로를 느낀다. 형운도 일월성신을 이룬 후로는 별의 힘을 지닌 자들을 감지할 수 있게 되었지만, 성운의 기재끼리 서로를 느끼는 것만큼 예민하지는 못하다.

형운은 잠시 기감으로 흘러드는 정보에 집중해 보았다. 하지만 아무것도 느껴지지 않는 것을 보니 형운이 감지할 수 있는 거리 밖에 있는 것 같았다.

"누구인 것 같아요?"

"왠지 만난 적이 있는 사람 같은데……."

"혹 영신교주는 아니겠지요?"

형운이 목소리를 낮추어 묻자 진예도 흠칫했다. 그럴 가능성은 생각해 보지 않았던 것이다.

"…모르겠어요."

아니라고 하고 싶었지만 확신하지 못하겠다. 흑영신교주와 싸웠을 때 주변 상황이 워낙 특수했기 때문에 진예는 그를 다시 만난다고 해도 기파를 제대로 구분할 자신이 없었다.

"음. 일단은 지부에 가서 알아보지요."

하지만 형운은 곧 원하던 답을 알 수 있었다.

진예가 지부 건물을 가리키며 말했다.

"저기에 있는 것 같은데요?"

"그렇군요."

쓴웃음을 짓는 형운을 보며 마곡정이 달갑지 않은 기색으로 물었다.

"설마 그 녀석이냐?"

"응. 바로 그 설마다."

7

조검문은 호장성의 정파 무문 중에서는 명문이라 인정받는 곳이다. 정파라 불리는 무문들이 그러하듯 조검문 출신 무인들도 역시 관이나 군문에 투신해서 일하고 있었으며, 지역에서 자경단 노릇을 함으로써 주민들의 존경과 지지를 받았다.

그러니 황실의 마교 대책반이 호장성으로 왔을 때, 조검문이 문도들을 지원 보낸 것은 당연한 일이라고 할 수 있었다. 무인으로서 한창 이름을 날리고 있는 천유하가 선발된 것 역시.

"설마 여기서 만나게 될 줄은 몰랐는데. 반갑다."

천유하가 반갑게 웃으면서 인사했다. 형운도 마찬가지였다.

"나도. 잘 지냈어?"

"여기 오기 전에는 내내 수련만 했지. 슬슬 바깥 공기 좀 쐬고 싶다고 생각하니까 이런 일이 생기더라. 그런데 그쪽의 소저는 혹시……."

"백야문의 진예입니다. 설산검후께서 제 사부님 되시지요. 오랜만이네요."

"아, 역시 그랬군요. 만나서 반갑습니다. 조검문의 천유하입니다. 우격검께서 제 사부님 되시지요."

천유하와 진예가 인사를 나누었다. 서로가 성운의 기재라는 것은 한눈에 알아봤지만 예전에 황실에서 한번 본 게 전부다 보니 알은척하기가 조심스러웠다. 한창 성장기였으니만큼 천유하는 그때보다 부쩍 어른스러워져 있었고……

'이 소저는 나이보다 훨씬 어려 보이는군.'

진예는 아무리 봐도 열대여섯 살 이상으로는 안 보이는 외모인지라 천유하 입장에서는 정말 진예가 맞는지 긴가민가할 수밖에 없었다.

형운이 물었다.

"여기 분위기는 좀 어때?"

"음. 내가 온 지 보름쯤 되었는데 아직까지는 별일 없었어. 하지만 수색조는 활발하게 움직이는 것으로 봐서 단서를 잡긴 잡은 것 같은데……."

"수색조?"

"마교 대책반은 정보를 토대로 놈들의 흔적을 쫓는 수색조와, 전투조가 분리되어 있어."

"넌 전투조겠군."

"그렇지."

수색조는 목표물을 추적하는 기술을 전문적으로 터득한 이들로 구성되어 있으리라. 천유하는 그런 기술과는 거리가 먼 정통파 무인이다.

형운이 말했다.

"일을 처리해야 하니 일단 실례할게. 짐 좀 풀고 보자."

"그래. 아, 그런데……."

"응?"

"미리 알아두는 게 좋을 것 같아서 그러는데, 여기에 태극문의 선검께서도 와 계셔."

"어, 그분이?"

형운이 놀랐다. 선검 기영준이 여기에 와 있단 말인가?

'어쩌 가는 곳마다 팔객을 보게 되네?'

자신은 팔객들과 강한 인연으로 묶이기라도 한 것일까? 한서우, 자혼과 함께 흑영신교의 비밀 지부를 파괴한 지 얼마나 되었다고 이번에는 선검 기영준과 함께 일하게 되다니…….

생각해 보면 태극문이 영운성에 자리하고 있다는 것을 생각하면 그들이 이곳에 인원을 파견하는 것은 당연하다고 할 수 있었다. 하지만 선검 기영준이 직접 나와 있는 것은 또 다른 문제다.

'가신우 때문일까?'

설산에서 제자인 가신우를 잃은 그가 마교의 뒤를 쫓는 데 적극적인 것은 당연한 일이리라. 형운은 가신우를 떠올리고는 왠지 복잡한 심경을 느꼈다.

8

마교 대책반의 지휘부는 하운성의 황궁에 있었지만 각 지역마다 현장 지휘자가 따로 있었다.

형운은 그 지휘자가 당연히 군인이리라 생각하고 있었다. 하지만 별의 수호자가 마련해 준 집무실에서 그들을 맞이한 것은 군인이 아니라 인상이 온후한 중년의 기환술사였다.

"반갑네. 이곳의 지휘를 맡고 있는 규람이라고 하네. 황실 환견대(幻見隊)의 부대주를 맡고 있지."

"만나 뵈어서 영광입니다. 별의 수호자의 형운이라고 합니다. 영성 귀혁께서 제 사부님 되십니다."

"아, 자네가 바로 그……."

규람은 왠지 형운을 알고 있는 것 같았다. 귀혁과 함께 일해봐서 알고 있는 것일까?

하지만 곧 이어지는 말에 그게 아님을 알 수 있었다.

"사부님께서 자네에 대한 이야기를 하시더군."

"사부님이시라면……."

"환예마존 이현께서 내 사부님 되시네."

"아……."

형운이 놀라자 규람이 허허 웃었다.

"젊은이들을 화제로 삼는 법이 별로 없으신 분인데 자네에 대해서는 눈을 반짝반짝 빛내면서 말씀하셔서 나도 한 번쯤 만나보고 싶었다네. 이렇게 보니 과연 스승님이 관심을 보일 만한 젊은이로군."

"영광입니다."

형운은 규람이 이현의 제자답게 특이한 사람이라고 생각했다.

성격을 말하는 게 아니다. 기환술사이면서도 군인들을 거느리고 이런 임무의 현장 지휘자 역할을 맡고 있는 게 특이하다는 것이다.

대부분의 기환술사들은 학자와 장인을 반씩 합쳐 놓은 것 같은 존재들이다. 그들은 무인들보다 훨씬 희소한 인재들이며 어딜 가도 높은 대접을 받는다.

뛰어난 기환술사라는 것이 곧 전투 능력이 뛰어나다는 의미는 아니다. 환예마존 이현이 대단히 특이한 사례일 뿐, 기환술사들은 직접 누군가와 싸우는 것에는 재주가 없는 경우가 보통이었다.

그런데 규람은 다르다.

'무공도 상당히 견실하게 익혔어. 군문에서 일하기 때문인가?'

일월성신의 눈이 규람의 체내에 자리한 세 개의 기심을 포착하고 있었다.

규람은 기환술사인 동시에 내공 수위가 3심에 달하는 무인이었다. 상당히 드문 경우다.

무공은 단련된 육체와 의념으로 내부의 기운을 다루는 기술이다.

기환술은 특정한 법칙에 따라 만든 도구를 이용해서 외부의 기운을 다루는 기술이다.

기술의 성격만 두고 보면 극과 극이라고 할 수 있지만 이 둘을 동시에 다루는 것은 결코 불가능한 일이 아니다. 다만 각각이 필요로 하는 재능이 너무 다른 데다가 둘 모두를 공부하는 것이 엄청나게 어렵고 비효율적인 짓일 뿐.

'기물에 담긴 기운이나 외기의 흐름을 보면 고위 기환술사일 것 같은데.'

별의 수호자에도 무공을 익히고 현장에서 뛰는 기환술사들이 있었다. 하지만 형운이 본 그들은 무공과 기환술 둘 다 별로 높은 수준에 이르지 못했다. 규람처럼 고위 기환술사이면서 무공도 충실하게 익히고 있는 경우는 처음 보았다.

의아해하는 형운에게 규람이 물었다.

"왜 그러나?"

"…아, 죄송합니다."

아무래도 내심이 얼굴에 드러난 모양이다. 형운이 고개를 숙이자 규람이 물었다.

"죄송할 일은 아닐세. 뭔가 궁금한 것 같은데, 물어봐도 좋네."

"기환술사이신데 무공을 익히고 계신 것 같아 실례를 범했습니다."

"그게 신기해 보였나 보군. 하긴 자네가 보아온 기환술사들 중에서는 보기 어려운 경우겠지. 하지만 군에서는 그렇게까지 드문 사례는 아니라네. 본격적으로 무인의 길을 걷는 게 아니라 군인으로서 임무를 수행하기 위해 체력이 필요해서 무공에 눈길을 돌리게 되지."

즉 무예를 갈고닦는 게 아니라 신체 능력을 필요로 해서 무공을 익혔다는 소리다. 심법을 통해 내공을 연마하는 것만으로도 초인적인 신체 능력을 얻을 수 있음을 생각하면 충분히 이해가 되지만, 그것은 형운이 보아온 별의 수호자 소속의 기환술사들도 마찬가지였다. 그들과 규람의 차이는 무엇일까?

"그리고 나는 원래 무가에서 태어나 일찌감치 군문에 투신했다네. 시작은 무인이었는데 사부님께서 눈길을 주시는 바람에 기환술사가 된 거지."

형운이 놀랐다. 규람이 말하는 것을 들어보니 하나부터 열까지 특이한 사례의 집합체가 아닌가?

규람이 허허 웃었다.

"자, 그럼 내 이야기는 이쯤 해두고… 일단은 여장을 풀고 휴식을 취하도록 하시게나. 자세한 설명은 그쪽 인원을 통해서 들으면 될 걸세."

"알겠습니다."

형운은 그에게 인사하고는 물러나 왔다.

9

형운은 일행에게 돌아가기 전에 태극문도들이 머무르고 있는 곳으로 향했다.

그곳으로 다가가기 전부터 익히 알고 있는 기운이 느껴진다.

'연공 중이신가?

형운이 기억하는 선검 기영준의 기파가 대하의 물결처럼 도 도하게 퍼져 나가고 있었다.

그냥 돌아가야 하나 고민하고 있을 때, 지나가던 태극문도 하 나가 형운에게 알은체를 했다.

"혹시 풍혼권 소협 아니신가? 여기에는 웬일이시오?"

형운은 그가 설산에 왔던 태극문도 중 하나임을 알아보고 인 사를 했다. 형운이 찾아온 용건을 말하자 그가 곧바로 안에다가 기별을 넣었다.

곧 도도하게 퍼져 나가던 기파가 공기 중에 녹아들듯이 스러 져 갔다. 형운이 태극문도의 안내를 받아서 안으로 들어가자 준 수하고 점잖은 인상의 중년 도인이 기다리고 있었다.

"오랜만일세, 소협."

"오랜만에 인사드립니다."

형운이 정중하게 인사했다.

태극 문양이 그려진 도복을 입은 기영준은 형운이 기억하고 있는 그대로였다. 보는 사람을 편안하게 해주는 기파도, 세속의 욕망과는 관련이 없을 것 같은 미소도 그대로였다.

하지만 그의 눈빛에는 지워지지 않은 슬픔이 있었다. 형운은 그 감정을 떠올리게 한 것이 자신임을 알고 미안한 감정을 느꼈 다.

기영준이 말했다.

"이런 곳에서 보게 될 줄은 몰랐군. 혹시 마교 대책반에 합류 하기 위해서 온 것인가?"

"예. 이번에 제가 교대 인원으로 오게 되었습니다. 한동안은 함께 행동하게 될 듯합니다."

"그렇군. 소협이 함께한다면 큰 힘이 될 걸세. 잘 부탁하네."

"그렇게 말씀하시니 부끄럽습니다. 미력하나마 최선을 다하도록 하겠습니다."

처리해야 할 일들이 있었으므로 형운은 그와 인사만 나누고 물러났다.

'팔객이라도 전부 8심 이상의 내공을 지닌 것은 아니구나.'

일월성신의 눈으로 본 기영준의 내공 수위는 형운 자신보다 낮은 7심이었다.

물론 내공 수위가 7심이라면 정말로 심후한 것이다. 강호에 이름난 명사들도 대부분 6심에 머무르며 7심에 도달한 자는 정말로 드무니까.

하지만 기영준의 내공 수위를 알게 됨으로써 형운은 새삼 스스로가 비정상적인 존재임을, 그리고 자신이 규격을 초월한 존재를 많이 보아왔음을 깨달았다.

숙소로 돌아온 형운은 가려에게 물었다.

"진예 소저는요?"

"백야문도들과 합류했습니다."

"그렇군요. 나중에 그쪽에도 인사해야겠네."

"인수인계부터 받으셔야 합니다."

"알아요. 안내해 주세요. 아으, 일 싫어."

지금까지 이곳에 파견되어 있던 이들과 만나서 업무를 인수인계받아야 한다. 아직 임무는 시작도 안 했지만 오늘 해야 할 일들이 산적해 있었다.

10

마창사괴(魔槍四怪)는 수십 년 전부터 악명을 떨쳐 온 마인들이었다.

과거에는 무소속으로 활동하다가 현재는 사악한 신비문파 흑무곡(黑霧谷)에 속한 그들은 종종 관의 영역에 나타나서 무인들을 죽이고, 죄 없는 이들을 납치해 가고는 했다. 그렇게 납치당한 이들이 돌아오는 일은, 물론 없었다.

"언제까지 여기에 머무는 거지?"

마창사괴는 친혈육이 아니었지만 마공을 연마하는 과정에서 의형제를 맺고 서로를 나이순대로 일괴, 이괴, 삼괴, 사괴라고 자신들을 칭하고 있었다.

일괴의 물음에 이괴가 답했다.

"곡주가 저놈들과 약속한 일이 끝날 때까지지요."

"너무 오래 끌고 있어."

"그 점은 동감입니다. 태극문 놈들에게 꼬리라도 밟히면 난처한데……."

태극문은 대륙십대문파로 불릴 정도의 강호다. 문도들의 수준이 높은 것은 물론이고, 도가 계통의 무공을 익히고 있다는 점 때문에 마인들 입장에서는 질색할 수밖에 없는 적이었다.

"그렇다고 참기도 어렵고."

"흠. 되도록 멀리 가서 인적 없는 곳에서 잡아 오고 있기는 하지만……."

그들의 앞에는 처참하게 훼손당한 시체가 쓰러져 있었다.

마공을 수련하는 과정이 인간의 희생을 필요로 하는 경우는 매우 흔하다. 그리고 그렇게 마공을 연마한 마인들은 광기와 흥성에 지배당해서 피를 보지 않고는 살아갈 수 없는 자들이 많았다.

마창사괴는 그중에서도 심각한 경우였다.

그들은 인간의 심장을 파먹지 않으면 이성을 유지할 수 없었다. 비록 사령인이 아니라 살아 있는 인간의 몸이었지만 그들은 이미 인간이라고 할 수 없는 괴물이었다.

일괴가 손에 묻은 피를 핥으며 말했다.

"불안해. 애당초 곡주는 왜 흑영신교 놈들이랑 손을 잡아서는……."

마창사괴는 겉으로 보면 특별할 것 없는 노인들로 보였다. 하지만 실제로는 백 년 가까이 살아온 괴물들이었다.

인상이나 체형은 넷이 닮은 구석이 별로 없다. 공통점은 지금 이 순간 그들의 눈에서 섬뜩한 붉은빛이 일렁이고 있다는 것과 창을 무기로 쓴다는 것 정도다.

"별일 없기를 바라야지요."

"이번 일만 끝나면 사령인이 될 수 있을 테니……."

마창사괴가 마인이라고는 해도 흐르는 세월 앞에 맞설 방법은 없었다. 그들의 몸은 점차 늙어갔고 죽음을 의식하게 되었다.

광기와 욕망을 좇아 살아온 그들은 쉽게 죽음의 공포에 굴복

했다.

본래 넷이서만 활동하던 그들이 흑무곡에 들어간 것은 곡주가 사령인의 비술을 지닌 자이기 때문이었다. 마공은 쉽게 전수되지 않으며, 사령인의 비술은 그중에서도 특별하다.

사령인이 되려면 인간으로서 누리던 많은 것을 포기해야 할뿐만 아니라 실패할 위험성도 극히 높다. 그러나 마창사괴는 그런 부정적인 부분보다는 늙어 죽지 않을 수 있다는 긍정적인 부분만을 보았다.

"그나저나 저놈들은 대체 여기서 뭘 하는 건지 모르겠군."

흑무곡주는 흑영신교와 모종의 거래를 하고는 마창사괴를 비롯한 곡의 정예들을 이곳으로 보냈다. 흑영신교가 이곳에서 일을 마칠 때까지 호위하는 것이 그들에게 부여된 임무였다.

두 마교는 마인들도 어지간해서는 상종하기 싫어하는 미치광이 집단이다. 하지만 그들이 지닌 마공과 비술은 너무나도 탐나는 것들이라서 종종 거래를 통해서 협력하는 마인들이 있었다.

우습지만 거래를 할 때는, 적어도 마인 중에서는 그들만큼 신뢰도 높은 이들도 찾기 어렵다. 그들은 광신도답게 신의 이름을 걸고 한 약속은 결코 어기지 않는 것으로 유명했기 때문이다.

"왜 그 아무도 모른다는 자기네 본거지를 두고 이렇게 위험한 동네에서 의식을 치르는 건지 원……."

"그러게 말입니다."

마창사괴는 도대체 흑영신교도들이 이곳에서 무엇을 하려는

지 궁금해했다.

혹영신교도들은 아무것도 설명하지 않았다. 그저 비장한 사
명감으로 의식을 행할 뿐.

제48장
격전

성운을
먹는자

1

 형운 일행은 원래 파견 인력과 교대한 후 보름이 지나도록 지부에서 빈둥거리고 있었다.
 마교 대책반에 합류한다고 해도 당장 할 일이 생기는 것은 아니다. 전투조의 역할은 어디까지나 적의 존재가 확인되었을 때 전장에서 싸우는 것이다. 대기 중에는 한가할 수밖에 없었다.
 형운은 그 시간을 놀면서 보내지는 않았다.

2

 형운과 천유하는 숙소 뒷마당에서 대련을 벌이고 있었다. 두 사람이 일반인의 눈으로는 흐릿한 잔상으로 보일 정도로 빠르게 격돌한다.

"흠!"

천유하가 움찔하며 뒤로 물러났다. 그의 검이 그려내는 궤적 사이로 형운이 관수를 찔러왔기 때문이다.

검을 되돌려서 팔을 위협하려고 했지만 그 순간 형운의 움직임이 두 배는 빠르게 가속한다.

쉬쉭!

손바닥이 검을 슬쩍 밀어내면서 궤도를 비틀어 버린다. 하지만 천유하는 이것도 예상하고 있었는지 자세를 무너뜨리는 대신 자연스럽게 검을 되돌려서 형운을 친다.

허의 허를 찌르는 대응이었지만, 이 검격도 빗나갔다.

'예측하고 있었나?'

형운은 딱히 수읽기에 뛰어나 보이지 않았다. 다만 반응 속도가 어마어마하게 빠를 뿐.

그런데 이번 방어는 뭔가 다르다.

'시험해 볼까?'

천유하의 검세가 바뀐다.

분명히 똑같은 검술을 펼치고 있는데 호흡이 완전히 달라졌다. 조금 전까지만 해도 묵직하고 호쾌하던 움직임이 물 흐르는 것처럼 부드러워졌다.

마치 다른 사람이 된 것 같은 감각의 변화다. 보통의 무인이라면 이토록 이질적인 변화를 따라갈 수 없었을 것이다.

하지만 형운은 따라온다. 검세가 변화하든 말든 방어에 흐트러짐이 없다.

놀라운 대응력이지만 그래도 수읽기는 천유하가 위였다. 천유하는 의도적으로 연계 동작 사이에 허점을 만들어 형운이 파고들도록 유인한 다음 발차기를 날렸다. 지금까지 대련에서 한 번도 안 썼던 만큼 완전히 허를 찌르는 한 수다.

'역시!'

형운은 이것도 막아냈다.

놀라운 것은 마치 예상하고 있었던 것처럼 자연스럽게 막아냈다는 것이다. 예상치 못한 수가 튀어나왔을 때 비정상적으로 급가속하던 모습이 아니다. 물이 흐르는 듯 자연스럽게 받아내고는 천유하의 균형을 무너뜨린다.

"…이거 참. 무슨 수를 써도 방어가 깨지질 않는군."

천유하가 혀를 찼다. 그가 느끼고 있는 기분은 그동안 진예가 형운을 상대하며 느꼈던 것과 완벽하게 일치했다.

형운이 씩 웃었다.

"너야말로 뭐 사람이 그렇게 급격하게 변해? 할 때마다 정신이 없다."

천유하와의 대련은 지금까지 맛보지 못한 감각을 선사했다. 천유하는 같은 무공이라도 사용하는 사람의 신체 조건이나 기질이 다르면 어떻게 달라질 수 있는가, 사람마다의 해석에 따라서 얼마나 다르게 보일 수 있는가를 몸소 체현해 보였다.

때로는 호흡을 달리해서, 때로는 순서를 달리해서, 때로는 연계할 때의 진기 운용을 달리해서…….

'이 녀석의 무공은… 음. 그래. 깊이가 있어.'

형운은 천유하의 무공 특성을 그렇게 이해했다.

일반적인 무인은 배운 무공을 반복해서 숙련하고, 개선점

을 연구하면서 자신만의 것으로 체화해 간다. 그런데 천유하
는 거기서 만족하지 않고 하나의 형태를 보는 수많은 시각을
상상하고 탐구해서 남들과는 확연히 차별화되는 깊이를 얻었
다.

형운이 말했다.

"여기까지 할까? 시원한 거라도 마시면서 쉬자고."

"그러지."

3

형운은 지부에서 대기하는 동안이 아주 좋은 기회라고 여겼
다.

호장성에서 진예와 기분 전환 삼아 대련했던 것이 아주 인상
적인 경험이 되었다. 오랜만에 그녀와 대련하면서 형운은 지금
까지와는 다른 감각을 맛보았던 것이다.

형운은 귀혁이 언젠가 말했던 순간이 찾아왔음을 알았다.

'기재든 둔재든 상관없다. 성실하게 수련하다 보면 언젠가는 자
신이 쌓아온 것들이 꿈틀거리면서 다음 단계로 나아갈 수 있는 기
회가 찾아오게 마련이지. 그 순간이 찾아온다면 내가 알려주지 않
아도 네 스스로 느끼게 될 게다.'

귀혁과 혹독하게 수련하며 쌓아놨던 것들이 설산에서 한 달
간 진예와 수련하고, 설원에서 실전을 겪으면서 숙성된 것 같

다. 그저 배운 것의 숙련도를 높이는 것이 아니라 한발 앞으로 나아갈 수 있을 것 같은 기분이 들었다.

가려도, 무일도, 마곡정도 아주 좋은 대련 상대다. 하지만 형운은 뭔가 새로운 자극이 필요하다고 여겼기에 천유하에게 대련을 요청했다.

천유하는 흔쾌히 응했다. 그 역시 형운과는 언젠가 한 번쯤 겨뤄보고 싶다고 생각하고 있었다. 서로가 절차탁마하는 기회가 된다면 마다할 이유가 없었다.

그렇게 대련을 벌이기 시작한 지 열흘이 지났다.

형운은 천유하가 매일매일 대련할 때마다 다른 사람처럼 발전하는 것을 느꼈다. 진예도 그랬지만 성운의 기재의 재능은 정말 놀랍다고밖에 할 말이 없다.

천유하도 형운에게 놀라고 있었다.

그가 싸우는 모습은 몇 번이나 보아왔다. 황실에서, 그리고 괴령의 유적에서. 하지만 직접 상대해 보니 놀랍기 그지없었다. 누구와도 닮지 않은, 이론상으로만 존재할 것 같은 유형의 무인이 아닌가?

'영성 그분은 어떻게 제자를 이렇게 길러냈을까?'

도대체 어떤 교육과정을 거쳐서 이런 무인이 완성될 수 있는지 궁금했다.

더 놀라운 것은 형운의 변화다.

처음 대련을 시작할 때나 지금이나 형운은 사람의 모습을 한 철벽이었다. 그러나 날이 갈수록 뭔가 달라지고 있었다.

"왠지 서 소저와 닮아가는 느낌이야."

"하령이하고?"

천유하의 감상에 형운이 놀랐다. 천유하가 잠시 생각하더니 말했다.

"첫날의 너는 어딜 찔러도 뚫리지 않는 성벽이었어. 하지만 지금은 뭐라고 해야 할까, 음. 그래. 성벽이 유동하면서 반응하는 느낌이야. 비유가 이상하지만……."

"무슨 말인지는 알 것 같아."

형운의 방어력을 구성하는 핵심은 일월성신의 신체 능력과 감극도의 반응 속도다. 여기에 무심반사경이 더해짐으로써 아무리 수읽기를 통해 허점을 만들어내더라도 뚫을 수 없는 철벽의 성채가 완성된다.

형운의 변화는 방어의 질적인 부분이다.

무심반사경이 튀어나오는 횟수가 줄었다. 허점이 드러나서 찔리더라도 굳이 무심반사경을 쓰지 않고 자연스럽게 대응한다.

공격을 힘으로 쳐 내는 횟수가 줄었다. 강하게 쳐 내기보다는 걷어내고 흘려냄으로써 상대의 균형을 무너뜨린다.

즉 기술의 운용이 보다 고차원적으로 변하기 시작한 것이다.

"하지만 하령이랑 비슷하다라… 이거 참."

"의외야?"

"내가 죽 머릿속에 둔 것은 다른 사람이었거든. 그런데 전혀 생각지 않았던 사람과 닮았다고 하니… 하지만 어찌 보면 당연한 귀결일 수도 있겠네."

실소하는 형운에게 천유하가 물었다.

"네 사부님 말인가?"

"아니, 사부님이야 당연히 내 이상이고 목표지만… 지금 생각하고 있던 사람은 다른 사람이야."

형운이 머릿속에 두고 있던 것은 가신우였다.

설산의 전투에서 그가 최후의 순간에 보였던, 평생이 지나도 잊을 수 없을 것 같은 검.

형운은 그 검을 닮고자 했다. 이전에는 닥쳐오는 모든 위협을 힘으로 거부했다면, 이제는 자신이 의도한 흐름 속에 녹여 버리는 것을 목표로 삼는다.

천유하와 대련을 시작한 후로 조금씩 머릿속에서 잡힐 듯 말 듯했던 감각이 현실화되고 있었다. 그런데 그 결과물이 서하령과 닮았다니 묘한 기분이다.

그때 마곡정이 다가왔다.

"너 오늘도 왔냐?"

"흠. 너냐?"

천유하와 마곡정이 삐딱한 눈으로 서로를 바라보았다.

아무래도 둘은 감정이 좋을 수가 없었다. 예전에 총단에 찾아갔을 때의 일도 그렇고, 괴령 사건 때도 마곡정은 눈이 뒤집어져서 적으로 싸웠으니 그럴 수밖에.

마곡정이 물었다.

"오늘은 힘이 많이 남았나 본데… 어때? 한번 다시 해보지?"

"아직도 의욕이 넘치는군."

천유하가 차갑게 말했다.

마곡정은 요 열흘간 이미 세 번이나 천유하와 붙어서 깨졌다.

비교적 접전을 벌이기는 했지만 실력 차가 역력했다.

"사흘 전의 나랑 똑같이 생각하지 마시지?"

"좋아. 하지만 이번에는 네 전력을 보고 싶군."

천유하가 말했다. 마곡정이 지난 세 번의 대련에서 한 번도 영수의 힘을 일깨우지 않았고 냉기를 다루는 힘도 쓰지 않았음을 지적하고 있는 것이다.

마곡정이 이를 갈았다.

"소원대로 해주지."

"어이, 둘 다 대련이라는 것은 잊지 마."

형운이 한마디 하자 천유하가 말했다.

"걱정하지 않아도 돼. 잘 조절할 테니까."

"너 이 자식……!"

서로 적의를 날려대는 두 사람을 보며 형운이 한숨을 쉬었다.

'유하 이 녀석도 은근히 성격이 흉폭하다니까.'

아무래도 이 둘의 대련은 위험하다. 천유하는 정도를 지키지만 마곡정은 열 받기 시작하면 앞뒤 안 가리는 놈이라 옆에서 지켜보다가 말릴 필요가 있었다. 그리고 물론 그것은 형운의 몫이었다.

4

"아우, 젠장……."

마곡정은 시퍼렇게 멍이 든 팔에다 약을 바르고 있었다.

대련의 결과는, 이번에도 마곡정의 패배였다.

"그러게 작작 좀 하지. 막판에는 내가 안 말렸으면 목이 날아 갈 뻔했다, 너."

"시끄러. 닥쳐."

마곡정이 이를 갈았다. 천유하의 도발에 넘어가서 영수의 힘 까지 이끌어냈건만 결국 패하고 말았다.

그렇다고 천유하가 여유로웠던 것은 아니다.

마곡정의 기량도 큰 폭으로 향상되어 있었다. 서하령과 영수 의 힘을 통제하는 수련을 해왔고 설산에 머무르는 동안에도 열 정적으로 스스로를 갈고닦았으니 당연하다.

대련이 진행될수록 서로 여유가 없어졌다. 위험한 상황이 난 무했고 마지막에는 천유하가 마곡정의 목을 칠 뻔했다.

"젠장. 그 잘난 척하기 좋아하는 자식. 다음번에야말로……."

형운이 아슬아슬하게 말려서 대련이 끝나자 천유하는 스스로 의 패배를 선언했다.

'대련에서 써서는 안 되는 살수를 펼치고 말았다. 내 패배야.'

마곡정이 그 말을 듣고 폭발한 것은 당연한 일이리라. 하지만 천유하는 더 상대하지 않고 굳은 표정으로 몸을 돌려서 가버렸 다.

형운이 혀를 끌끌 찼다.

"철 좀 들어라. 오늘 당장 마교를 잡자고 실전에 투입될 수도 있는데 대련에서 몸을 막 굴리면 어떡하냐?"

그 점에서 형운은 자기 관리가 철저했다. 귀혁에게 귀에 못이

박히도록 교육을 받았기 때문이었다.

　노력은 그저 혹독하게 자기를 몰아붙이는 것을 의미하는 말이 아니다. 더 나은 결과를 얻기 위한 궁리와 자기 관리 역시 노력이다.

　수련도 때와 장소를 가려야 하는 것이다. 수련 중에 부상을 입고 다쳤는데, 최상의 상태가 아니면 도저히 해결할 수 없는 사태가 터진다면 어떻게 할 것인가?

　마곡정은 형운의 말을 싹 무시하고 투덜거렸다.

　"아우, 그 자식. 조금만 더 하면 잡을 수 있을 것 같은데……."

　"픽이나."

　마곡정이 눈을 부라렸다. 하지만 형운은 코웃음을 치며 몸을 일으켰다.

　"나 수련해야 되니까 도와줄 거 아니면 비켜라."

　그러면서 마당 한구석에 놓아두었던 상자를 가져온다. 마곡정이 물었다.

　"뭐야, 그건?"

　"수련 도구. 여기 대장간에 주문해 놓은 게 오늘 완성됐지."

　"이런 걸로 무슨 수련을 하려고?"

　마곡정이 수련 도구를 보고 혀를 찼다. 상자에 들어 있는 것은 철로 된 육중한 팔찌와 털배자, 그리고 각각 크기가 다른 철구들이었다.

　"그야 이건 입고, 차고……."

　털배자는 안에 납으로 만든 추가 잔뜩 들어가 있어서 엄청

묵직했다. 그리고 철팔찌 역시 안에 납을 넣어서 무게를 늘렸다.

철구들도 하나같이 무겁기 그지없는데 형운이 그것들을 바닥에다 쏟아놓더니 다섯 개를 허공으로 차올린다. 보통 사람은 들어 올리기도 힘들 무게인데 그저 발등에 올려서 슥 미는 것만으로도 머리 위로 솟구쳤다.

'내공은… 2심까지 억눌러 볼까?'

스스로의 내공을 제약한 채로, 기공파를 일절 쓰지 않으면서 철구들을 허공에 붙잡아놓는다.

잡아내는 게 아니다. 사지에 닿는 시간은 그야말로 찰나, 몸의 면을 이용해서 지지하는 일은 없어야 한다.

그저 떨어질 때마다 가볍게 치고, 굴리고, 중심을 바꾸는 것만으로 허공에다 붙잡아놓는다. 그것도 최대한 비슷한 위치를 유지하면서.

가벼운 나무 공으로 해도 힘들 재주다. 하지만 형운은 그것을 해내고 있었다.

이 수련은 형운 스스로 고안해 낸 것이다. 감극도 수련 과정에서 겪었던 수련 방법 일부를 기본으로 해서 개량해 보았다.

'내 몸은 생각한 대로 움직인다.'

그것이 일월성신이 뛰어난 이유다.

'내 몸은 강하고, 빠르고, 정확해.'

무인들이 원하는 세 가지 장점을 두루 갖추고 있다.

그렇다면 보다 세밀하게 움직일 수도 있지 않겠는가?

보이지 않는 힘의 흐름을 파악하면서 그것을 조율하는 것도 가능하지 않겠는가?

머릿속으로 공간에다가 선을 긋는다. 무수히 많은 선을 그어서 세상의 길이를 재단한다.

한 치, 반 치, 반의 반 치, 반의 반의 반 치……

보다 정확한 기준을 세우고 그 속에서 자신이 원하는 지점을 정확히 짚는다.

공간을 나누었다면 다음에는 스스로를 제어하는 감각을 나눈다.

힘과 속도의 가감을 수치화해 본다. 평소에는 무의식중에 적당히 조절하는 것을 세밀하게 나눈다.

내공을 제약한 자신이 한순간에 내는 힘과 속도를 명확히 파악하고 그것을 100으로 나눈다.

'힘 63, 속도 70.'

정확히 6할 3푼의 힘과 7할의 속도를 발휘해서 무수한 선을 그어 수치화한 공간의 한 지점을 짚는다.

'됐어.'

실수도 있었다. 그럴 때마다 철구들의 궤도가 낮아졌다 높아졌다 한다.

하지만 몇 번 해보자 감각이 정립된다. 100으로 나누었던 기준을 200으로 더 세분화하는 데 도전한다.

형운이 하는 것을 보던 마곡정이 혀를 내둘렀다.

'이 자식, 아무리 감극도라고 해도 저런 게 가능한 거야?'

각기 다른 무게를 지닌 철구 다섯 개를 잠깐잠깐 치는 것만으로도 허공에 잡아둔다. 조금씩 철구들의 위치가 변하고, 높낮이가 바뀌는 변화를 최소화하는 기술이 놀랍기 그지없다.

그런데 시간이 지날수록 변화가 작아진다. 형운의 움직임이 점점 빨라지는 가운데 다섯 개의 철구들은 허공의 한 지점에 못 박힌 것처럼 고속으로 회전하면서 붙잡혀 있었다.

멀리서 보면 마치 허공섭물이라도 써서 허공에다 띄워둔 것으로 보일 것이다.

보고 있던 마곡정은 왠지 몸이 근질거렸다.

"야, 나도 한번 해보자."

"잠깐만. 나 한번 끝나고. 일각 동안 하는 것을 한 회로 잡고 있어. 아직 반각 남았으니까 기다려 봐."

"흠. 근데 이거 옆에서 도와줄 만한 일이 있나?"

형운은 도와줄 게 아니면 가라고 했다. 즉 누군가 옆에서 도와줄 수 있는 수련이라는 뜻이다.

"거기 남는 철구들을 던져 줘. 무작위로. 위치도 바꿔가고 던지는 것도 네 마음대로. 다시 되돌려 날릴 거니까 그 점 염두에 두고."

형운은 말하면서도 집중을 풀지 않고 있었다. 다른 일에 주의를 기울이면서도 목표로 한 행동을 흐트러뜨리지 않는 것은 형운이 지겹도록 수련한 기술이다.

"이렇게?"

마곡정이 슬쩍 머리통만 한 철구를 들어서 던져 보았다. 그러자 형운의 움직임이 한층 더 빨라진다.

철구가 던졌던 기세 그대로 마곡정에게 되돌아왔다.

'이것까지 다 계산하고 있다 이거지? 와.'

정말로 던졌던 기세 그대로다. 완벽하게 똑같은 속도로, 마곡
정이 처음 던졌던 그 지점으로 돌아왔다.

그러면서도 주변에 띄워두고 있는 철구 다섯 개의 위치는 주
먹 하나 정도씩만 움직였을 뿐이다.

형운이 말했다.

"좀 더 강하게 해도 돼. 아예 주변에다 늘어놓고 빙빙 돌면서
마음 내키는 대로 던져 줘."

"허어, 꽤 어려워 보이는데? 좋아."

마곡정은 재미있는 놀이를 만났다는 듯 형운의 요청에 응해
주었다.

형운은 더욱 수련에 집중하면서 생각했다.

'이 너머에 내가 원하는 게 있어. 분명히······.'

무인으로서, 사부의 가르침을 넘어서 자신만의 무엇인가를
붙잡는다. 그 감각에 사로잡힌 형운은 신들린 듯이 수련에 몰두
했다.

5

마교 대책반의 현장 지휘자인 기환술사 규람이 전투조 무인
들을 한곳에 불러 모은 것은 형운이 합류한 지 20여 일이 흐른
시점이었다.

"놈들은 뭔가를 부활시키려고 하고 있네."

수색조가 운강 유역에서 활동 중인 흑영신교도들의 위치를

알아냈다. 그들은 인적 없는 산속에서 모종의 사악한 의식을 치르고 있는 중이었다.

형운이 물었다.

"부활이라고요? 그러니까… 죽은 자를 되살린다는 말씀이십니까?"

"그렇다네."

"그런 일이 가능… 아, 가능하지 참."

가능하냐고 물으려던 형운은 이미 자신이 배운 지식 속에 답이 있음을 깨달았다.

죽은 자를 부활시킨다.

일반적으로 생각해 보면 말도 안 되는 일이지만, 마교의 사악한 비술이라면 가능하다.

부활이라고 해도 살아생전 그대로 돌아오는 것은 아니다. 시체에 혼령이 깃들어 움직이는 괴물, 강시(僵尸)가 되는 것이다.

형운이 물었다.

"그런데 그건 어떻게 알아낸 거지요?"

"물론 예지를 통해서 알아냈다네."

"……."

갑자기 정보의 신뢰성이 급속도로 하락한다.

하지만 그렇게 느낀 것은 형운뿐이었고 다른 이들은 다들 진지하게 경청하고 있었다. 규람이 빙긋 웃었다.

"환건대는 예지를 좇는 기환술사들이 모인 곳이지."

예지 능력을 타고난 존재들만큼은 아니더라도, 기환술사들 중에 예지를 좇는 자들은 앞날을 예측하거나 어떤 사실을 알아내는 데 강력한 힘을 발휘한다.

그들은 천기(天氣)를 보고 앞날을 예견한다.

옛 이야기에 분위기 잡고 나오는 사람들처럼 누가 무슨 일을 벌이는지 아는 것은 아니다. 하지만 폭풍이 오기 전에 그 조짐을 읽고, 비가 어디에 어느 정도 내릴지 알아내는 능력은 굉장히 실용적이다.

또한 그들은 영맥(靈脈)을 통해서 지상에서 일어난 일들을 알아내는 기술을 가졌다.

영맥이란, 세상을 하나의 거대한 생명체로 비유한다면 대지의 혈맥(血脈)이라고 할 수 있다. 자연의 기운이 흐르는 통로다.

모든 생명은 행동할 때마다 영맥에 흔적을 남긴다. 사고 활동이 의념을 발현시키고, 그 흔적은 영맥에 아로새겨진다는 것이 기환술사들의 지론이었다. 그들은 그 지론에 따라서 '일어난 일'을 파악해 낸다.

그렇게 파악한 사실은 황실에서 동원한 인력을 통해서 물리적인 검증을 거침으로써 현실적인 정보가 되는 것이다.

'그렇군. 이분이 현장 지휘자를 맡은 것도 그런 이유에서인가?'

왜 기환술사인 그가 무인들을 지휘하는 역할을 맡았나 싶었더니 예지를 좇는 기환술사여서 그런 모양이다.

규람이 말했다.

"한 시진(두 시간) 후에 선발대와 후발대를 나누어서 출발할 걸세. 선발대로 나갈 인원들은 각자 차출해 주기 바라네."

"어떤 기준으로 나눕니까?"

"선발대는 내공이 뛰어난 사람들이어야 하네. 은밀하게 다가 간 다음 벼락같이 기습해서 최대한 타격을 주고, 혼란스러운 상황에서 후발대로 몰아칠 걸세."

운강 지부에 모여 있는 전투조 무인의 수는 백 명에 달한다. 거기에 관병들도 있는 만큼 한꺼번에 들이닥쳤다가는 백발백중 들키고 말리라.

그러니 소수 정예로 덮쳐서 혼란을 야기한 다음 다수의 후발 대로 밀어붙인다. 적들이 꼬리를 자르고 도망가기 전에 붙잡아 야 했다.

6

별의 수호자의 파견 무인들을 지휘하는 것은 형운의 몫이었 다. 형운은 잠시 고민해 보고는 선발대에 참가할 인원을 결정했 다.

"선발대에는 저랑 곡정이, 그리고 가려 누나 셋이 갑니다."

일행 중에 규람이 말한 조건에 부합하는 것은 세 명뿐이었다. 기습과 동시에 적에게 큰 타격을 주려면 일단 내공이 받쳐 줘야 하니까.

"무일, 너는 후발대에서 호위단을 지휘해. 곡정이의 호위무 사분들은, 그쪽 조장이 있으실 테니 무일과 연계해서 움직여 주 세요."

"알겠습니다."

마곡정의 호위무사들은 순순히 지시를 받아들였다.

형운은 가려의 시선을 느끼고 고개를 돌렸다. 가려가 묘한 눈으로 바라보고 있었다.

"왜요?"

"…공자님께서 저를 선발대에 끼우실 줄은 몰랐습니다."

가려는 솔직하게 말했다. 형운의 성격상 자신을 후발대로 떨어뜨려 놓을 줄 알고 반발할 준비를 하고 있었다. 그런데 선발대로 지목할 줄이야?

형운이 피식 웃었다.

"누나 성격을 아니까 그렇지요. 그리고 저와 연계가 되는 사람은 얼마 없으니까요."

아무래도 형운은 누군가와 연계를 펼치는 것이 서투른 편이다. 그를 잘 알고 호흡을 맞춰본 사람만이 보조를 맞춰줄 수 있었고, 가려는 그런 의미에서 최적의 인재다.

"제 뒤를 맡길 테니까 잘 부탁해요."

"물론입니다."

가려가 차가운 각오로 눈을 빛냈다.

그동안 형운에게 짐으로 취급받지 않기 위해서, 호위무사로서 그를 지켜주기 위해서 그녀도 열심히 노력해 왔다. 그 노력을 형운이 알아주는 것 같아서 내심으로 기뻤다.

형운이 호위단을 돌아보며 말했다.

"모두들 이번 임무에 임하는 게 불안할 거라고 생각합니다."

형운의 호위단은 결성된 후 한 번도 실전에 투입된 적이 없다. 형운의 호위 임무조차도 운강까지 오는 것이 처음이었다.

그런데 갑자기 마교의 무리들과 싸우게 되었으니 두렵지 않다면 그게 더 이상할 것이다. 다들 긴장한 기색이 역력했다.

호위단은 모두 젊었다. 가려나 무일처럼 실전 경험이 풍부한 이들이 있는가 하면, 영성 호위대의 견습생 출신처럼 한 번도 실전을 겪어보지 못한 이들도 있다.

이들을 보는 형운도 불안했다. 지금까지 실전에서 자신이 책임졌던 인원들이 죽어나가는 경험을 몇 번이나 해왔기 때문에, 자신을 믿고 호위단으로 와준 사람들이 죽을지도 모른다는 사실이 주는 부담감이 컸다.

'아니, 사실 나도 무서워.'

형운은 나이에 비해 비정상적으로 강한 무력을 지닌 데다가 실전 경험도 풍부하다. 하지만 그럼에도 실전에 임할 때는 늘 두려움을 느꼈다.

아마도 평생이 지나도록 이 두려움을 완전히 떨치지는 못하리라. 누군가와 목숨을 걸고 싸우는 무인의 길을 선택한 이상, 이 두려움은 평생 안고 가야 할 짐이리라.

"제가 여러분에게 말하고 싶은 것은… 죽지 말아달라는 겁니다. 그것 말고는 아무것도 바라지 않겠습니다."

형운은 솔직한 심정을 말하고는 몸을 돌렸다.

7

마창사괴는 흑영신교의 인원들을 관찰하고 있었다. 이곳에서는 동맹 관계에 있지만 앞으로 어떻게 될지 모르는 이들이다.

조금이라도 정보를 파악해서 나쁠 게 없었다.

일괴가 중얼거린다.

"슬슬 끝나가긴 하는 것 같은데······."

흑영신교도들이 의식을 치르는 곳에서 흉흉한 기운이 피어오르고 있었다.

이곳에 온 지도 벌써 한 달이 넘었는데 슬슬 결말이 다가온 모양이다. 그동안 언제 이곳이 발각당해서 공격받을지 조마조마했기 때문에 좀 마음이 놓인다.

이괴가 말했다.

"아무 일 없이 끝나야 할 텐데 말입니다."

"한 달 넘게 아무 일 없었는데 설마 무슨 일이 있겠느냐? ······라고 마음 놓고 방심하기에는 우리가 나이를 너무 많이 먹었군."

일괴가 피식 웃었다.

마인이면서 그들만큼 오래 살려면 필수적으로 갖춰야 할 것이 두 가지 있다.

강력한 무공과 극단적으로 몸을 사리는 조심성.

마인은 세상의 공적이다. 흔적이 드러났다 싶으면 관군이, 정파 무인들이 처단하겠다고 득달같이 달려든다.

인간을 상대로 끔찍한 일을 자행해야만 삶을 유지할 수 있다는 사실은 마인에게도 무거운 짐이다. 그냥 내키는 대로 패악을 저지르면서 살다가는 금세 목이 날아가고 만다.

그래서 마창사괴는 지금 이 상황이 불편하기 짝이 없었다. 지금까지는 최대한 피를 보고 싶은 마음을 억누르고, 도저히 참을 수 없을 때만 흔적을 남기지 않도록 조심하면서 먹잇감이 될 인간을 공수했지만 그래도 추적당하지 않으리라는 보장이 없다.

사괴가 말했다.

"여기 모인 전력이 상당하니 웬만한 놈들은 공격해 오자마자 녹여 버릴 수 있을 겁니다."

"그렇기야 하겠지. 흑영신교 놈들도 생각 없이 일을 진행하지는 않은 듯하니······."

이곳에 모여 있는 인원은 총원이 50명에 이른다. 그중에 흑영신교도는 열두 명이고 나머지는 흑무곡을 비롯한 다섯 집단에서 나온 무인들이다. 마창사괴 말고도 실력이 상당한 마인들이 섞여 있었다.

사괴가 말했다.

"그리고 저놈도 이십사흑영수라고 하니 꽤나 강할 거 아닙니까?"

"척 봐도 강해 보이기는 한다만."

이곳을 지휘하는 흑영신교도는 칼처럼 날카로운 기파를 흩뿌리는 남자였다. 스스로를 이십사흑영수의 일원, 한음도귀(寒陰刀鬼)라고 밝힌 그는 누가 봐도 강력한 마인이었다.

'신경 쓰이는 것은 저놈인데······.'

하지만 일괴는 한음도귀보다는 그를 따라다니는 정체불명의 흑영신교도가 더 신경 쓰였다.

지금까지 누구에게도 얼굴을, 아니, 얼굴뿐만 아니라 펑퍼짐한 옷으로 전신을 둘러서 손발조차도 보이지 않은 남자였다.

흘러나오는 기파는 옅다. 무인이 아니라 의식을 치르기 위해 온 기환술사로 보인다.

하지만 일괴의 감이 속삭이고 있었다. 그가 심상치 않은 존재라고.

'강하다면 우리에게 나쁠 거야 없겠지만… 그래도 왠지 불길하군.'

하긴 그렇게 따지면 이 일에 뛰어든 상황 자체가 불길하기 짝이 없지만…….

8

선발대는 열 명의 무인으로 구성되었다. 적들의 눈에 띄지 않고 은밀하게 이동할 수 있는 인원은 그 정도가 한계라고 판단했기 때문이다.

백야문에서는 진예가, 조검문에서는 천유하가 나온 것은 형운의 예상대로였다.

"너무 젊은 사람들이 많은 것 같은데… 괜찮겠습니까?"

수색조에서 안내역으로 나온 관병이 물었다.

그의 우려는 당연했다. 형운이나 진예, 천유하, 마곡정, 거기에 가려까지도 강호에서는 젊다 못해 애송이 취급을 당할 연령대니까. 열 명 중 다섯이 이러면 걱정이 앞설 수밖에 없다.

대답한 것은 선검 기영준이었다.

"문제없소. 겉보기만으로 판단할 수 없는 강한 무인들이라오."

"흠. 선검께서 그렇게 말씀하신다면 그렇겠습니다만……."

팔객으로 이름난 기영준이 그들의 실력을 인정하니 더 이상 토를 달 수 없다. 하지만 그래도 못 미덥다는 눈길을 흘끔흘끔 보내오는지라 형운이 쓴웃음을 지었다.

곧 선발대가 적들이 있는 곳에 도착했다. 사람 발길이 닿지 않는 깊숙한 산속, 완만하게 솟아 있는 봉우리였다.

하지만 아무것도 보이지 않는다.

"교묘하군."

기영준이 감탄했다는 듯 중얼거렸다. 산전수전 다 겪은 그도 일대에 마인이 있다는 사실을 전혀 감지할 수가 없었다. 그만큼 교묘한 기환진으로 감춰져 있다는 뜻이다.

관병이 말했다.

"놈들의 수가 적었다면 못 찾았을 겁니다."

기환진 안쪽에 숨어서 무언가를 하고 있는 마인들의 수는 상당할 것으로 추정되었다.

고수들은 마음만 먹으면 이동할 때 거의 흔적을 남기지 않는다. 숲을 이동할 때도 경공술로 나무 위를 사뿐사뿐 날아다닌다면 전문 추적꾼들도 쫓을 수 없으리라.

하지만 수십 명의 인원이 한곳으로 집결하는 이상 아무런 흔적도 남지 않을 수는 없다. 수색조는 한 달 가까운 시간 동안 숲을 꼼꼼히 뒤져서 적들의 위치를 확정 짓는 데 성공했다.

"그리고 저놈들, 이 주변에서 사냥을 했습니다. 아마도 짐승만 사냥한 게 아닌 듯하고요."

"……."

그 말에 다들 표정이 굳었다.

마인들은 마공을 익힌 부작용으로 사람을 해치지 않으면 살아갈 수 없는 자들이 많다. 그런 자들이니 남들의 눈길을 피해서 사람을 사냥했고 그 흔적이 남았다는 뜻이리라.

관병이 말했다.

"이 이상 다가가는 것은 무리입니다. 놈들도 경계하고 있을 거고 저곳은 주변을 살피기가 너무 좋으니까요."

지형상 저 봉우리는 사방으로 열려 있었다. 100장 안으로 들어가는 순간 경계를 서는 자의 눈에 띄고 말 것이다.

"동이 트는 것과 동시에 공격하시면 됩니다."

마인이라고 해서 꼭 밤눈이 좋거나, 밤에 강해지지는 않는다. 하지만 저기에 있는 것이 흑영신교의 무리일 것이라 추측되었기에 태양이 떠 있을 때 싸우기로 했다.

"무운을 빌겠습니다."

"알겠소."

미리 파악한 바에 따르면 저곳에 펼쳐진 기환진은 어디까지나 안에 있는 존재들을 감추는 역할만 하지 외부에서 침투해 오는 존재를 막지는 않는다. 그러니 정확한 지점으로 가기만 하면 되리라.

'안쪽까지는 안 보이네.'

모두가 숨죽이고 있는 가운데, 형운은 봉우리에 펼쳐진 기환진을 보고 있었다.

다른 사람들은 저곳에 진이 있다는 것조차 감지하지 못하지만 형운은 다르다. 일월성신의 눈이 진을 이루는 기운의 실체를 명확하게 파악한다.

'보는 방법을 조절하면 볼 수 있을 것 같기도 한데……'

하지만 느긋하게 그런 방법을 연구할 틈은 없었다. 곧 동이 터오기 시작하자 기영준이 말했다.

"열을 센 다음에 한꺼번에 돌격하겠네."

"예."

모두들 고개를 끄덕였다.

"…셋, 둘, 하나!"

기영준이 낮은 목소리로 열을 세는 것과 동시에, 열 명의 무인이 일제히 봉우리 위를 향해 질주하기 시작했다.

제일 앞서 나간 것은 기영준이었다. 다른 이들과는 비교도 할수 없을 정도의 속도다. 적들이 자신의 접근을 알아채고 반응하기도 전에 급습하겠다는 계산이었다.

'음?'

하지만 곧 그는 옆에 따라붙는 이를 감지하고는 놀랄 수밖에 없었다.

형운이 바로 뒤에 따라붙고 있었다. 기영준은 감탄했다.

'대단하군.'

흑영신교주를 쓰러뜨리는 것을 보았기에 형운의 내공이 저나이라고는 상상할 수 없을 정도로 심후하다는 것을 안다. 그래도 경공으로 자신의 속도를 따라온다는 것은 놀라웠다.

─소협, 내가 먼저 공격하겠네. 진을 흔들어놓을 테니 보이는 자가 있으면 곧바로 치게.

─알겠습니다.

형운은 즉시 기영준의 의도를 알아차렸다.

도가의 무공을 연마함으로써 얻게 되는 선기(仙氣)는 정화의 힘이다. 자연계의 온갖 기운들을 본래의 모습으로 되돌리는 성질을 지녔다.

그것은 즉 기영준은 기공파를 발출하는 것만으로도 기환진을 파괴할 수 있다는 뜻이다.

―태극검(太極劍) 일진광풍(一陣狂風)!

기영준의 검이 허공에 무수한 원을 그리며 춤춘다. 그 궤적을 따라서 새하얀 섬광의 광풍이 쏟아져 나가서 산봉우리를 덮쳤다.

화아아아아악!

광풍이 허공에서 격렬한 반응을 일으켰다. 기환진을 이루는 힘이 선기에 의해서 새하얗게 불타오르며 스러져 간다.

일순간 기환진의 기능이 약화되면서 안쪽의 광경이 드러났다. 형운은 주저 없이 양 주먹을 난타했다.

―나선유성혼(螺線流星魂) 일수백연(一手百聯)!

냉기는 싣지 않는다. 실력을 다 보이고 싶지 않았기 때문이다.

하지만 고속의 회전이 가미된 유성혼의 위력은 막강했다. 소나기처럼 쏟아져 나간 유성혼들이 기환진 안쪽에 떨어져 내렸다.

콰콰콰콰콰콰!

일부러 한 점에 집중시키지 않고 넓은 지점을 중구난방으로 타격했기에 단번에 산봉우리 위쪽이 뒤집어졌다. 그리고 놀라는 기영준을 뒤로한 채 형운이 한 번 더 가속했다.

"이, 이놈!"

안쪽에 있던 마인이 당황했다. 갑자기 기공파가 소나기처럼 쏟아지는 바람에 정신이 하나도 없는데 형운이 질풍처럼 달려 들어온 것이다.

미처 무기를 뽑아 들 새도 없었다. 그는 반사적으로 일장을 날렸고…….

쾅!

일격에 머리통이 날아가 버렸다.

형운은 핏방울이 튀는 것보다도 빠르게 앞으로 나아가면서 다시금 양 주먹을 허공에 난타했다.

콰콰콰콰콰! 콰콰쾅!

이번에는 중구난방으로 넓은 지역을 폭격하는 게 아니라 한 지점을 노리고 날렸다. 산봉우리 정중에서 솟구쳐 오르는 믿을 수 없을 정도로 불길한 기운을 향해서였다.

"흡!"

그러나 그 앞을 검은 옷을 입은 사내가 가로막았다. 그가 도를 뽑아 드는 것과 동시에 한기를 머금은 도기(刀氣)가 뻗어나가 면서 수백 발의 유성혼을 막아냈다.

'강하다!'

형운은 그를 보고 낯빛을 굳혔다. 형운의 눈에 보이는 저자의 내공 수위는 7심. 하지만 그 실력은 형운이 감당하기 벅찬 수준 일 것이다.

"애송이가 천둥벌거숭이처럼 설치는구나! 거기 있거라! 이 한음도귀가 단칼에 베어주지!"

형운은 대답 대신 그에게 유성혼을 난사해 주었다. 한음도귀
는 코웃음을 치며 막아냈지만, 다음 순간 형운이 시야에서 사라
졌다는 사실을 깨달았다.

"이놈이!"

형운은 그를 상대하는 대신 계속 질주하면서 우왕좌왕하고
있는 마인들을 덮치는 게 아닌가?

'여럿이서 난전을 벌일 때는 강한 놈보다는 일단 만만해 보이는
놈들부터 조져서 머릿수를 줄여라. 아무리 고수라도 다수와 상대
하다 보면 앗 하는 순간에 허점을 찔려서 가는 것이 세상 이치고, 연
계해서 싸우는 법을 훈련한 놈들은 모여 있으면 골치 아프다. 그럴
위험성은 최대한 줄여놓는 것이 좋지.'

형운은 그 가르침에 충실히 따랐다. 선발대의 다른 무인들이
미처 도착하기도 전에 또 하나의 마인을 쓰러뜨린다.

한음도귀는 머리끝까지 화가 나서 형운을 추격했다. 하지만
그게 쉽지가 않았다.

'애송이가 뭐 이렇게 빨라?'

맞붙어 싸울 생각 따위는 없이 질주하는 형운이 그보다 더 빠
른 게 아닌가?

경공술의 운용은 그가 앞선다. 문제는 신체 능력이다. 따라
잡았다 싶으면 그 순간 급격하게 궤도를 틀어서 빠져나가 버린
다.

'네놈이 아무리 날고 기어봤자 도기는 몸보다 빠르다!'

한음도귀는 이를 갈며 도기를 전개했다. 따라잡기 벅차다면 원거리에서 도기로 베어버릴 심산이었다.

그러나 그 순간 참을 수 없을 정도로 불쾌한 감각이 밀려들었다.

"태극검인가!"

기영준의 기파가 그를 위협해 온 것이다. 도가 무공이 자아내는 선기는 마인에게는 접하는 것만으로도 극도의 불쾌감을 선사한다.

"한음도귀라, 들어본 적이 없는 별호지만 그 실력으로 보건대 꽤나 흉명을 떨쳤겠지."

"허! 그러는 귀하는 얼마나 명성이 자자한 분이신가?"

한음도귀는 흉흉한 눈으로 기영준을 쏘아보았다. 그도 이십사흑영수의 일원으로 하운국 동부 국경 지대에서 꽤나 흉명을 떨쳐 온 거물이거늘 잡것 취급하다니.

하지만 이어지는 기영준의 말에 거짓말처럼 분노가 사그라졌다.

"태극문의 기영준이라고 한다."

"선검 기영준! 팔객이 직접 행차했나?"

한음도귀가 숨을 삼켰다. 예상 못 한 일은 아니다. 하지만 직접 그를 앞에 두고 보니 전율이 밀려왔다.

기영준이 말했다.

"무슨 짓을 하고 있었는지는 모르겠지만 이곳에서 느껴지는 기운을 보니 필시 사악하기 그지없는 의도였겠지. 끝을 내겠다."

그에게서 퍼져 나가는 선기가 한음도귀의 마기를 침식하기 시작했다.

9

형운은 쉴 새 없이 움직이면서도 차분하게 주변을 살폈다.

초반에 맹공을 펼치기는 했지만 적들의 피해는 적다. 유성혼으로 광범위 폭격을 가한 결과는 아주 화끈해 보이지만 적 하나하나에게 가해지는 타격의 밀도는 적으니 그럴 수밖에.

선발대는 전원이 도착했다.

그리고 멀리서 후발대가 다가오는 것이 느껴진다. 다가오는 속도로 보건대 도착하기까지는 반각을 좀 넘는 시간이 필요할 듯하다.

'적들은 51명, 음, 이제 50명이군.'

적의 수를 헤아리는 사이, 천유하가 한 명을 베어 넘겼다.

'이제 49명.'

진예가 다른 백야문도와 연계해서 또 한 명을 쓰러뜨렸다.

'실질적으로 무력을 갖춘 것은 38명. 나머지는 기환술사들.'

거기까지 파악한 형운은 곧바로 한 지점으로 향했다. 마곡정과 가려가 싸우고 있는 곳이었다.

펑!

형운은 하늘을 날듯이 달려와서는 마곡정이 상대하고 있던 마인의 머리를 걷어찼다. 그 일격으로 마인이 즉사했다.

"이놈!"

그 자리에 있던 것은 총 세 명이었다. 동료가 기습으로 사망하자 한 명은 당황했지만 다른 한 명은 노련하게 대응했다. 형운이 착지하는 그 순간 검을 찔러온다.

형운은 돌아보는 것보다 빠르게 손을 뻗었다.

'뭐지?'

마인 검객이 놀랐다. 형운의 손끝이 검면을 살짝 짚고는 그대로 안으로 끌어당기듯이 힘을 가한다.

그것만으로도 그의 찌르기가 엉뚱한 곳을 찌른다. 아니, 그뿐만 아니라 그가 자기 힘을 주체 못하고 균형을 잃은 채 형운에게 몸을 던지고 말았다.

"커억!"

형운이 가볍게 어깨로 그의 가슴을 올려 친다. 치명타를 날릴 수도 있었을 텐데 그러는 대신 그를 옆으로 밀어붙여서 동료 마인에게 내던진다. 그와 동시에 몸을 돌려서 정면으로 그들을 마주하는 완벽하게 유리한 상황을 점했다.

'이런! 당한다!'

순간 마인 검객은 결사의 각오를 굳혔다.

억울해서라도 혼자서는 못 죽는다. 피할 수 없다면 서로 맞찌르기라도 하겠다.

형운은 자신을 향한 시선에서 그의 의도를 읽었다. 하지만 아무런 상관도 없었다.

파학!

"어……?"

형운은 아무것도 하지 않았다. 그런데 뭔가 뒤에서 화끈한 감각이 덮쳐 오더니 세상이 기울어진다.

두 마인의 목이 바닥으로 떨어지고, 목 잃은 시체들이 선혈을 흩뿌렸다. 그 뒤에 선 가려가 말했다.

"혼자서 뛰쳐나가시면 안 됩니다."

얼음장처럼 싸늘한 어조였다. 형운이 어색하게 웃었다.

"아니, 선검께서 혼자 나가서서 보조를 맞춰야 한다는 생각에 그만……."

"이제부터는 저를 떨어뜨려 두지 마시지요."

"알겠어요."

찔끔해서 대답하는 형운을 마곡정이 묘한 눈으로 바라보았다.

"너, 방금 전에 그거……."

"왜?"

"음. 뭔가 달랐던 것 같은데……."

딱 집어서 말할 수는 없지만, 지금까지의 형운과는 다르다. 마인의 공격을 받아넘긴 방식도, 결정적인 기회를 잡고도 가려에게 최후의 일격을 넘긴 것도.

"근데 이런 이야기를 하고 있을 때가 아니군."

마곡정이 혀를 찼다. 저쪽에서 세 명의 마인들이 보조를 맞춰서 다가오고 있었다.

형운이 말했다.

"후발대가 오기까지 반각 정도 걸릴 테니 그때까지만 버티면 돼. 함부로 공격해 들어가지 마라. 무서운 작자들이 한둘이 아니야.”

“누가 들으면 네가 나보다 실전 경험 풍부한 줄 알겠다?”

마곡정은 구시렁거렸지만 반박하지는 않았다.

초반에 기습으로 이득을 보기는 했지만 머릿수는 적들이 훨씬 많다. 게다가 지금 살아남은 자들은 꽤나 강했다.

‘뭐야, 내공이 강한 자가 뭐 이리 많아? 저 노인들은 넷이 다 7심이잖아?’

형운은 의식이 진행되는 곳을 지키고 서 있는, 창을 든 네 명의 마인을 보고는 오싹함을 느꼈다. 척 봐도 굉장한 무위의 소유자로 보였다.

그들까지 합치면 지금 이 자리에 있는 마인들 중 내공 수위가 7심에 달한 자가 무려 다섯 명이다. 마공이 정공보다 쉽게 내공을 쌓을 수 있다지만 7심이 다섯 명이라니…….

‘초반에는 정말 운이 좋았어. 저 노인들이 저곳에서 벗어나지 않기에 망정이지…….’

아마도 저기서 치러지고 있는 의식을 보호하는 것을 최우선으로 생각해서 그런 것 같다. 의식 자체가 기환진으로 보호받고 있기는 하지만 무인들의 맹공을 버티기에는 부족하기 때문이 아닐까?

그렇게 생각했을 때였다.

꽈르릉! 꽈광!

벼락이 쳤다.

일순간 그 자리에 있던 모든 이의 시선이 한곳으로 집중되었다.

흩어지는 벼락 속에서 기영준이 새하얀 기운을 뿜어내고 있었다.

"으음! 뇌기(雷氣)를 다루다니……!"

그는 한음도귀를 압도하고 있었다. 주변에서 마인들이 견제를 가해와서 단번에 승부를 결하지 못한 것뿐, 방금 전의 뇌격이 아니었다면 후발대가 오기 전에 한음도귀를 끝장낼 수 있었으리라.

"기왕 팔객이 올 거라면 검후가 좋았을 것을. 하지만 이것이 내게 맡겨진 천명이라면 수행할 뿐."

사람의 목소리라기보다는 짐승이 으르렁거리는 소리 같았다.

그를 본 형운이 경악했다.

'저건 또 뭐야?'

검은 옷으로 몸을 감싼 자의 내공은 8심이었다. 조금 전까지는 기척을 죽이고 있었기 때문에, 직접 눈으로 보지 않고 기감만으로 파악해서 강하다는 것을 알아차리지 못했다.

'여기서 도대체 뭘 하길래 이렇게 무서운 놈들이 넘치는 거지? 게다가……'

이 정도면 설원의 비밀 지부에서 맞닥뜨렸던 전력을 능가한다. 저 정체불명의 마인과 한음도귀가 합공한다면 기영준이라도 승리를 장담하기 어려울 것이다.

'저자는… 뭔가 이상한데?'

형운은 왠지 그를 어디선가 본 적이 있는 것 같았다.

외모를 말하는 게 아니다. 기파가 그렇다는 것이다.

하지만 정확히 누군지 모르겠다. 일월성신의 능력을 각성한 후에 만난 자라면 한 번에 알아볼 텐데, 그 전에 만나보기라도 했던 것일까?

'아니, 하지만 이렇게 불길한 기파를 잊어먹을 것 같지는 않은데……'

멀리 떨어져 있는데도 소름이 끼칠 정도로 불길하다. 이토록 많은 마인들이 모여 있건만 그의 존재감은 독보적이었다.

'인간이 아니야. 뭔가 여러 가지가 뒤섞여 있어.'

잠시 그를 살펴본 형운은 무서운 사실을 깨달았다.

"대협! 그자는 요괴예요! 조심하세요!"

"음?"

그 말에 정체불명의 마인이 형운을 바라보았다. 순간 형운은 소름이 좍 끼쳤다.

'마기에 요기, 그리고… 이건 또 뭐야? 뭔가 이상해. 어떻게 이런 존재가 있을 수가.'

기심과 기맥만 보면 인간이다. 그러나 그 외의 부분들이 온갖 괴이한 것을 혼탁하게 섞어둔 듯했다.

형운은 그 안에 자신이 잘 아는 뭔가가 있다고 느꼈지만 너무 혼탁해서 꿰뚫어 보기가 쉽지 않았다.

"이놈… 흉왕의 제자 놈이로구나."

그가 그르렁거리는 순간이었다. 기영준이 그 앞에다 일장을 내질렀다. 새하얀 기공파가 날아가서 마인의 앞에 작렬한다.

쾅!

"아직 수양이 부족하여 성인군자가 못 되는지라 나를 앞에 두고 젊은이에게 한눈을 파는 것을 보니 화가 나는군."

"왜 맞히지 않았지?"

마인이 물었다. 기영준이 눈살을 찌푸리자 그가 기분 나쁜 웃음소리를 냈다.

"이래서 명문정파에서 대협 소리 듣는 작자들이란. 위험해지는 상황이 되면 헌신짝처럼 내버릴 미학에 집착한단 말이야. 큭큭큭……."

기분 나쁘게 웃는 그의 소매 아래로 새카만 광택이 흐르는 철조(鐵爪)가 튀어나왔다. 그리고 얼굴을 가리고 있던 복면이 찢어지면서 그 속에서 사람이 아닌 존재의 얼굴이 드러났다.

다들 숨을 삼켰다. 그야말로 악귀(惡鬼)라는 말이 어울리는 얼굴이었다. 인간의 얼굴을 추하고 무섭게 일그러뜨리고 눈에서는 시퍼런 빛이 흘러나왔으며 이빨은 육식동물의 그것처럼 날카롭게 튀어나와 있다.

"나는 팔대호법의 일원 흑서령(黑誓靈)이니라."

그 말에 형운은 왜 그를 본 적이 있는 것 같았는지 깨달았다. 흑영신교가 백야문을 급습했을 때 검후와 맞섰던 자가 아닌가?

형운은 몰랐지만 그때 흑서령은 회생 불가능한 중상을 입었다. 하지만 영적인 힘이 탁월하고 집착이 강한 그는 금단의 비술로 인간임을 포기한 채로 살아남았다.

요괴화(妖怪化).

세상 만물은 모두 요괴가 될 수 있는 가능성을 지녔다.

짐승이 요괴가 되기도 하고, 오랫동안 사람 손을 탄 물건들이나 혹은 바위 같은 자연물이 요괴가 되기도 한다. 그리고 심지어 인간조차도 인성을 버리고 폭주하다가 계기를 만나면 요괴가 될 수 있었다.

흑영신교에는 그것을 인위적으로 일으킬 수 있는 비술이 있었다.

하지만 성공 확률은 극히 낮았다. 죽은 시신에 요기가 모여드는 경우라면 모를까 인간이 산 채로 요괴가 되는 경우는 굉장히 희귀하다.

아무리 흑영신교의 비술이라고 해도 인간일 때의 심성을 유지하면서 요괴로 바꾼다는 것은 도박이었다. 그리고 그 도박의 승산을 높일 판돈은 흑영신에 대한 믿음과 집착이었으니, 흑서령의 믿음이 얼마나 깊은지는 더 증명할 필요가 없었다.

"신녀의 예지에 따라 그대를 벌하고자 왔도다."

"벌이라……."

기영준이 헛웃음을 흘렸다. 기가 막힌 소리였다.

"아무래도 네놈들에게는 옳고 그름이라는 것을 처음부터 다시 가르쳐 줄 필요가 있겠구나."

그러나 팽팽한 기파를 뿜어내며 대치하던 둘이 격돌하기 전에 한곳에서 이변이 일어났다.

오오오오오오!

흑영신교가 의식을 치르던 곳에서 흘러나오던 기운이 격변하는 게 아닌가?

흑서령이 말했다.

"선검은 내가 맡을 것이다."

"알겠습니다."

한음도귀는 군말 없이 의식의 장소로 향했다. 기영준이 그를 막으려고 했지만 그 순간 흑서령의 철조가 세 가닥의 날카로운 기공파를 날렸다.

"음!"

그 기운은 강철조차도 무를 썰듯이 베어버릴 수 있는 예기가 실려 있었다. 기영준이 유려한 검술로 그것을 받아낸 직후 흑서령이 그에게 달려들면서 격투가 시작되었다.

10

'뭔지 모르지만 막아야 해.'

처음 이곳에 왔을 때부터 의식이 발하는 기운은 소름이 끼치도록 사악하고 불길했다. 하긴 규람의 말대로 죽은 자를 부활시키는 의식이라면 거기서 흘러나오는 기운의 성질이 저 모양인 것은 당연하리라.

문제는 의식이 치러지는 기환진 주변을 지키고 있는 네 명의 노마인이다.

그들이 난리 통에도 움직이지 않고 자리를 지켰기에 선발대는 의식 장소에 접근할 수가 없었다. 기영준이 한음도귀에게 잡힌 상황에서는 그들을 상대할 만한 이가 없었던 것이다.

후발대가 온다고 해도 상황이 바뀌지는 않는다. 선발대는 전투조 중에서 고르고 고른 정예이니까.

'선검 대협이 당하기라도 하면 오히려 우리가 몰살당할 수도 있어.'

형운은 입술을 깨물었다. 설마 이 정도의 전력이 모여 있을 줄이야.

"공자님!"

가려가 다급하게 외쳤다.

한창 전투 중인 상황에 형운이 한눈을 팔고 있었기 때문이었다. 맹공을 펼치던 마인들이 가려와 마곡정의 움직임을 막으면서 형운의 허점을 찔러 들어갔다.

퍼엉!

하지만 그 순간, 형운의 몸이 마치 시간을 몇 배로 빨리 돌린 것처럼 가속했다. 섬광이 터지면서 마인들이 달려들던 기세 그대로 튕겨 나갔다.

그리고 그들을 향해 형운이 양 주먹을 난타했다.

파파파파파파!

고속 회전하는 섬광 수십 발이 날아든다. 마인들은 그것을 비껴내면서 벗어나려고 했지만…….

"크억!"

연사되던 유성혼 중 일부가 다른 것보다 몇 배나 되는 기운을 담고 있었다. 마인이 비명을 질렀다.

유성혼의 위력을 파악하고 일정한 힘으로 걷어내던 것이 화근이었다. 그것이 형운의 노림수였던 것이다.

이 또한 형운이 귀혁에게 지옥훈련을 받은 후에야 쓸 수 있게 된 고도의 기술이었다. 주먹을 내지르는 기세, 그리고 발사된 유성혼의 외형을 다른 것과 똑같이 하면서 훨씬 큰 위력을 담는다.

'이런 교활한 놈……!'

유성혼이 난사되는 게 무서울 뿐, 한 발 한 발의 위력이 낮다고 방심하는 순간 이 기술의 먹잇감이 된다. 그리고 자신을 향한 시선에서 감정을 읽어낼 수 있는 형운은 상대가 방심하는 순간을 쉽게 포착할 수 있었다.

쾅!

폭음이 울리며 마인 하나의 숨통이 끊어졌다. 형운이 곧바로 달려들면서 발차기로 목을 꺾어버린 것이다.

그런 형운에게 또 다른 마인이 달려든다. 하지만 뒤돌아선 형운은 눈을 빛내고 있었다.

파학!

난전 상황에서도 기척을 거짓말처럼 죽인 가려가, 형운의 뒤를 치려던 마인의 뒤를 잡았다. 마인이 아차 하며 대응하려는 순간, 형운이 급격하게 돌아서면서 그의 의식을 일순간 붙잡아 두었고 그 허점은 실전에서는 돌이킬 수 없을 정도로 컸다.

가려가 놀랐다.

"…어느새 이렇게 다른 사람과 연계하는 기술이 뛰어나지신 겁니까?"

형운은 누군가와 함께 싸우는 재주가 별로 없었다. 설원에서 빙설마와 싸울 때는 서하령 말고는 아무도 형운과 같이 싸울 수 없었다.

그런데 지금은 달라졌다.

늘 형운을 보아온 가려조차도 놀랄 정도로 아군을 활용하는 능력이 뛰어나다. 자신을 향하던 공격을 무작정 쳐 내는 것이 아니라 주변을 파악하고 유리한 상황을 만들어내고 있었다.

"아마도 여기서 수련하는 동안일걸요? 지금도 뭔가 잡힐 듯 말 듯한데……."

말하던 형운이 갑자기 가려의 옆으로 이동했다.

퍼어어엉!

직후 먼 곳에서 날아온 뇌격이 폭발했다. 가려가 섬뜩해하며 물었다.

"이건……."

"선검 대협께서 밀리고 있는 것 같군요."

형운이 굳은 표정으로 말했다.

이것은 격돌의 여파가 주변을 덮친 것이 아니다. 기영준과 싸우던 흑서령이 잠깐 여유가 생긴 김에 한 방 날린 것이다.

즉 흑서령이 잠깐이나마 다른 곳에 공격을 날릴 여유가 있을 정도로 기영준이 밀리고 있다는 의미다.

'안 좋아. 어떻게든 상황을 바꿔야 해.'

저 둘의 싸움에는 도저히 끼어들 엄두가 안 난다. 한음도귀는 무섭긴 해도 아주 항거할 수 없는 실력자는 아니다 싶었는데 흑서령은 차원이 다르다. 최소한 설원에서 본 흑혈마검과 동급으로 보였다.

키키키키키……!

섬뜩한 귀곡성이 울려 퍼진다. 흑서령의 주변에 어둠으로 그려진 귀신의 얼굴들이 떠오르면서 저주의 외침을 토해낸다.

무공만으로 겨루고 있는 것이 아니다. 요괴가 된 흑서령은 마공과 기환술을 융합하여 기영준을 몰아붙였다.

도가의 선기는 마인에게는 천적이라 불릴 정도고, 기영준은 그 도가 무공의 정점에 선 무인이라고 해도 과언이 아니다. 그런데도 수세에 몰리고 있다.

마곡정이 외쳤다.

"형운! 후발대가 온다!"

"일단 물러나자!"

잠시 고민한 형운은 미리 정해진 대로 행동하기로 했다.

선발대는 후발대가 몰려오는 시점에 한번 봉우리에서 물러나기로 되어 있었다. 이유는 간단했다.

"이놈들! 어딜 도망가려고!"

마인들이 선발대를 뒤쫓는다. 하지만 선발대는 그러거나 말거나 일단 봉우리에서 떨어지는 데 주력했다.

'선검 대협은… 괜찮겠지!'

형운은 흑서령과 싸우고 있는 선검을 보며 입술을 깨물었다.

한편 후발대에서 규람이 명령을 내렸다.

"쏴라!"

후발대에 속한 관병들이 활을 당긴다. 곧 수십 발의 불화살이 일제히 솟아올랐다.

아니, 불화살이 아니다. 거기에 실린 기환술이 마치 불꽃 같은 기운을 발하고 있는 것뿐이다.

어떤 것은 하늘 높이 솟구쳤다가 포물선을 그리면서 떨어지고, 어떤 것은 비교적 직선에 가까운 궤도를 그리면서 날아온다. 이렇게 궤도가 나뉘는 이유는 간단했다.

직선 궤도의 화살은, 앞에 뭔가 묵직한 것을 매달고 있었다.

꽈과광! 꽈광! 꽈아아아앙!

기환술사들이 만든 화탄이었다. 황실의 허가를 받은 집단만이 제조와 보유가 가능한 전장의 병기다.

불꽃은 없이 충격파만을 흩뿌리는 폭살시(爆殺矢)가 작렬하고, 그보다 한참 늦게 커다란 포물선을 그리며 날아든 화살들이 대지에 꽂혔다.

화아아아악!

화살에서 타오르던 새하얀 불꽃들이 폭발적으로 퍼져 나갔다. 서로 공명하듯이 불꽃들이 만나는 지점에서 몇 배로 강한 반응을 일으키면서 일거에 산봉우리를 휩쓴다.

"크아아아악!"

"아아악! 이, 이건 뭐냐?"

거기에 휩쓸린 마인들이 비명을 질렀다.

전투조의 후방에서 뒤따라오던 규람이 씩 웃었다.

"뭐긴 뭔가. 정혼시(正魂矢)지."

도가 무공의 선기와 같은 작용을 일으키는, 마인이나 요괴처럼 부정한 기운을 원천으로 삼는 존재들을 상대하기 위한 기물 병기다.

이것들은 한 발의 제조 단가가 제대로 된 검보다도 훨씬 비싸고, 기환술사가 그 기능을 활성화시켜 줘야만 쓸 수 있다. 하지만 황실은 마교를 토벌할 때 인력과 비용을 아끼지 않는다.

규람이 무인들에게 말했다.

"나머지는 맡기지."

협력하기 위해 나와 있던 전투조 무인들, 그리고 관병들 중에 고르고 고른 실력자들이 한바탕 폭풍이 휩쓸고 간 전장으로 달려갔다.

폭살시가 터졌을 때 주변에 있던 마인들은 무사하지 못했다. 그런데 곧바로 정혼시까지 터지고 나니 살아남은 자들의 상태도 눈에 띄게 나빠졌다.

그러나 주변에서 무슨 난리가 나든 상관없는 이들도 있었다.

"엄청난 괴물이군······."

기영준과 흑서령의 싸움을 보면서 규람이 신음했다. 고위 기환술사인 그는 흑서령을 보는 것만으로도 숨이 막힐 지경이었다. 믿을 수 없을 정도로 사악하고 강대한 존재다.

'설마 저게 놈들이 부활시키고자 하는 존재였나?'

차라리 그렇다면 납득하기 쉬울 것 같았다. 하지만 한바탕 폭격을 가했음에도 흑영신교의 의식은 여전히 진행되고 있었다.

11

"젠장! 황실 놈들인가? 진짜 무지막지하군!"

마창사괴는 이를 갈았다.

폭살시와 정혼시의 연계는 무서웠다. 날아오는 화살을 보고는 급히 호신장막을 펼쳤기에 망정이지 아니었다면 큰 부상을 입었으리라.

삼괴가 말했다.

"형님들! 아무래도 상황이 안 좋은데 빠지는 게 좋지 않겠소?"

"아직이다. 지금 빠지면 고생한 게 모두 물거품이야."

마창사괴가 사령인이 되는 비술을 전수받는 조건은 흑영신교가 행하는 의식을 성공리에 치를 수 있도록 돕는 것. 즉 지금 냅다 도망쳐 버리면 아무것도 얻을 수 없다.

"하지만……."

"깜짝 놀라기는 했지만 그렇게까지 상황이 나쁜 것도 아니다."

일괴가 냉정하게 상황을 살폈다.

살아남은 마인 중 절반이 방금 전의 공격으로 쓸려 나갔다.

하지만 몰려오는 무인들을 보니 시간 벌이 정도는 충분히 할 수 있을 것 같다. 가장 골치 아픈 기영준은 흑서령이 막아주고 있지 않은가?

또한 한음도귀도 건재하다. 그는 마창사괴의 반대쪽에서 의식을 지키고 있다.

"방패막이가 되어줄 것들도 충분하니까 조금만 더 버텨보자."

"욕심 때문에 목숨을 건 도박을 한다니, 이런 것도 오랜만이구려."

삼괴가 투덜거렸다.

마창사괴가 흉명을 날리면서도 이날까지 살아남은 것은 광기에 지배당하는 마인이면서도 극도로 몸을 사렸기 때문이다. 하지만 노화로 인해 다가오는 죽음을 실감하는 지금, 사령인의 비술은 너무나도 달콤한 유혹이었다.

"이놈들! 거기서 비켜라!"

그런 그들에게 후발대 전투조가 달려오기 시작했다.

선발대는 혼란을 일으키는 것이 최우선 목적이었으니 한 자리에서 움직이지 않는 그들과의 격돌을 피했다. 하지만 후발대가 도착한 이상 의식의 저지와 흑영신교도 처단이 최우선이었다.

그것을 본 형운이 다급하게 외쳤다.

"잠깐! 섣불리 들어가지 마세요!"

하지만 늦었다. 마창사괴가 움직였다.

파하하하학!

섬뜩한 소리가 울려 퍼졌다.

그리고 방금 전까지 사람이었던 존재들이 산산조각 나서 피와 육편을 흩뿌렸다.

"이, 이런……!"

기세등등하게 달려들던 무인들이 경악해서 멈춰 섰다.

죽은 자들도 상대가 넷인 만큼 혼자서 달려들지는 않았다. 사문에서 훈련받은 대로 다섯 명이서 연수합격을 펼치기 위한 최적의 검진(劍陣)을 구성하고 돌진했다.

하지만 그들이 사정거리에 들어오는 순간, 아니, 그들 입장에서는 아직 창이 닿지 않으리라고 판단한 거리까지 접근하는 순간 마창사괴는 마치 넷이서 한 몸인 것처럼 움직이면서 무시무시한 속도로 창을 내질렀다. 그리고 창끝에서 뻗어 나온 강맹한 창기(槍氣)가 무인들을 관통해 버렸다.

"크크크……."

사괴가 웃었다.

"가소로운 것들. 하룻강아지 같은 애송이들이 범의 무서움을 모르고 까부는구나."

"설마 마창사괴?"

중년의 무인이 마창사괴를 알아보고 신음처럼 중얼거렸다.

그러자 동요가 퍼져 나갔다. 마창사괴라면 세간에서는 넷이 모이면 팔객과도 자웅을 결할 만하다는 평가를 듣는 무시무시한 거마(巨魔)가 아닌가?

일괴가 창을 들어 한 번 휘둘렀다. 그러자 그로부터 3장(약 9미터) 정도 떨어진 곳에 깊숙한 금이 그어졌다.

"이 선을 넘어오는 자는 죽인다. 우리의 창을 감당할 수 있다고 자신하는 자만 덤벼라. 조무래기를 죽이느라 심력을 낭비하고 싶지 않으니."

"으음……!"

다들 신음했다.

이미 폭살시와 정혼시로 인해 부상을 입은 마인들과, 정파 무인들의 치열한 전투가 벌어지고 있었다. 하지만 의식이 치러지는 이곳만은 아무도 섣불리 움직이지 못한다.

마창사괴가 오연히 무인들을 쏘아보았다.

'후후. 망설여라, 어리석은 것들.'

굳이 이런 허세를 부리는 이유는, 그들의 목적이 무인들을 몰살시키는 것이 아니기 때문이다. 어디까지나 의식이 완료될 때까지 시간을 버는 것이 중요하다.

7심에 달하는 심후한 내공을 지녔다고는 하지만 그들의 육신은 노쇠했다. 다수를 상대로 오래 싸우다 보면 기력이 달릴 위험성이 있었다.

쉬이이이이이…….

그런데 그때, 무인들 사이에서 얼어붙을 듯한 한기가 퍼져 나갔다.

다들 놀라서 돌아보니 진예가 얼음으로 이루어진 열 개의 검을 주변에 띄우고 걸어 나오고 있었다. 그것을 본 마창사괴가 놀랐다.

"어린 계집이 허공섭물을?"

"허공섭물은 아니다. 저 무공은 명성이 자자한 백야문의 빙백설야공 같군."

"본 문의 무공을 알고 있다니 영광… 은 아니네요. 생각해 보니 마인들이 알든 말든."

진예가 시큰둥하니 한 말에 마창사괴의 얼굴에 노기가 어렸다.

하지만 그들이 미처 뭐라고 하기도 전에 다른 방향에서 극한까지 응축된 한가득의 예기가 날아들었다.

꽈아아아앙!

"음……!"

마창사괴가 깜짝 놀랐다. 막아내기는 했지만 위력이 상당하지 않은가?

"진예 소저가 나설 때까지 얼어붙어 있던 것이 부끄럽군."

펼쳤던 검을 거두며 말한 것은 천유하였다. 그가 놀라울 정도로 날카롭게 벼려진 기파를 흘러내며 걸어 나오고 있었다.

마창사괴가 물었다.

"보통이 아닌 애송이들이군. 어디의 누구냐?"

"백야문의 진예."

"조검문의 천유하라고 하오."

그 말에 마창사괴의 눈이 흥미로워하는 기색이 떠올랐다.

"호오, 어린것들이 보통이 아니다 싶었더니 성운의 기재들이었나?"

성운의 기재의 명성은 대륙 전체에 퍼져 있었다. 이번 세대의 인적 사항은 강호의 무인들이라면 다들 상식으로 알 정도다.

일괴가 두 사람을 비웃었다.

"아무리 천명을 받은 기재라 하나 아직은 덜 여문 풋사과에 불과하거늘, 여기서 그 목숨을 끝내고 싶은가 보군."

"누가 끝나게 될지는 싸워보면 알겠지."

그렇게 말하는 천유하와 진예의 옆으로 조검문과 백야문의 무인들이 와서 섰다. 젊은 그들이 거마와 싸우겠다고 하는데 겁먹고 주춤거린다면 정말로 부끄러운 일이다.

그런데 그때, 이괴가 갑자기 위를 올려다보며 외쳤다.

"위를 봐라!"

너무나도 다급한 목소리여서 마창사괴는 적들과 대치 중이라는 것조차 잊고 위를 바라볼 수밖에 없었다. 마교 대책반의 무인들 역시 마찬가지였다.

"저놈은 또 어느새……!"

그곳에서 형운이 낙하해 오고 있었다.

"쳇!"

발각당한 형운이 혀를 차며 아래를 향해 두 주먹을 난타했다.

파파파파파파!

유성혼이 비처럼 쏟아져 내렸다. 폭음이 울려 퍼지며 새하얀 한기가 퍼져 나간다. 형운이 아낌없이 빙백기심의 힘까지 개방한 것이다.

천유하와 진예가 서로를 바라보았다.

—칩시다!

—네!

전음으로 서로의 뜻을 확인한 두 사람이 마창사괴에게 돌진했다.

12

형운은 다섯 무인을 일순간에 격살하는 마창사괴의 창술에 전율했다. 넷이서 한 몸인 것처럼 완벽하게 연계해서 움직이는 그들의 공격은 도저히 정면에서 상대할 자신이 없었다.

그렇기에 꼼수를 썼다.

사방팔방에서 싸움이 벌어지고, 기영준과 흑서령이 격돌하면서 굉음과 압도적인 기파를 흩뿌리는 상황이다. 어지간한 기파가 터져도 다들 눈길조차 주지 않을 것이다.

형운은 그 상황을 이용, 마곡정의 도움을 받아서 허공으로 솟구쳤다. 오로지 내공의 힘만으로 신체를 상승시키는 고도의 경공술, 어기충소(御氣衝溯)를 사용했다.

그렇게 30장(90미터) 높이까지 상승한 다음, 위쪽에서 마창사괴를 급습했다.

이괴의 감각이 예민한지 10장(30미터) 높이에서 발각당하기는 했지만, 급습을 가하기에는 충분했다. 기공파를 난사하자 모두가 당황하는 와중에도 세 명이 주저 없이 뛰어들었다.

천유하와 진예, 그리고 마곡정이었다.

"큭!"

마창사괴는 허를 찔렸다. 형운의 기공파를 막아내느라 애송이들이 사정거리 안쪽으로 침범해 오는 것을 허용한 게 아닌가?

하지만 대응이 한 박자 늦었어도 그들은 다른 마인들과는 격이 다른 기량의 소유자들이었다.

쉬쉬쉬쉬쉬쉭!

일괴가 천유하가 찔러오는 검을 창대로 걷어내면서 발차기를 내지른다. 그리고 그 궤도와 절묘하게 엇갈리면서, 뒤쪽에 있던 사괴가 짧게 고쳐 잡은 창을 찔러왔다.

'헉!'

천유하는 기겁했다. 완벽하게 의식의 사각을 공략해 오는 연계 공격이 아닌가?

"윽……!"

발차기를 막기 전에 조짐을 알아챘는데도 완벽하게 피할 수 없었다. 천유하의 옷이 찢어져 나가면서 어깨에 혈선이 그어졌다.

팟! 파파파파팟!

그리고 거의 동시에 뛰어든 진예의 빙백검을 삼괴가 창을 가볍게 뒤로 물렸다가 마치 털어내듯이 가볍게 휘두르는 것만으로 모조리 쓸어버린다.

진예는 그 틈을 타서 창이 닿지 않는 사각으로 돌아들어 갔지만 그녀가 검을 휘두르기도 전에 삼괴가 발로 땅을 찍었다.

콰드드득!

지면이 뒤집어지면서 진예의 균형을 무너뜨린다.

사괴는 마치 그렇게 될 줄 알았다는 듯 절묘하게 그 틈을 찔렀다.

"진예 소저!"

한 박자 늦게 뛰어 들어온 마곡정이 다급하게 외치며 사괴의 창을 막아냈다.

쾅!

"큭!"

하지만 창두와 칼날이 부딪치는 순간, 막대한 반발력이 발생해서 마곡정의 몸을 허공에다 붕 띄운다. 마치 예상했다는 듯 격돌 순간에 창두를 빙글 돌리면서 창기를 발한 것이다.

그리고 마치 그럴 줄 알았다는 듯 삼괴가 마곡정을 찌른다. 정말로 한 사람이 네 개의 몸을 가진 듯 완벽한 연계였다.

콰창!

이번에는 진예가 막았다. 그녀는 아슬아슬하게 삼괴의 창격을 비껴내더니 갑자기 옆으로 몸을 날렸다.

"음?"

삼괴가 의아해하는 순간이었다. 사괴가 다급하게 창을 내질렀다.

"형님! 조심!"

눈앞에서 섬광이 터졌다.

극한까지 응축된 검기와, 동토의 한기를 머금은 검기가 서로 반대편에서 터졌다.

"이, 이놈들… 이런 수를 쓰다니……!"

일괴가 비틀거렸다.

천유하와 진예가 아무런 조짐도 없이 위치를 바꾸면서 서로의 상대를 쳤던 것이다.

형운 덕분에 접근하는 데는 성공했지만 정공으로 상대해서는 승산이 없다는 것을 깨닫자마자 기책을 부린 것이 먹혀들었다. 정타를 먹이지는 못했지만 그들의 방어를 흐트러뜨리는 데 성공했다.

그리고 그사이 형운이 이괴의 창격을 감극도로 받아내면서 그들 사이로 떨어져 내리고 있었다.

─광풍노격!

동시에 전력으로 기공파를 내지른다. 응축된 광풍혼이 일거에 쏟아져 나와서 지면을 강타했다.

꽈과과광!

"애송이가 어찌 이런 위력을……!"

마창사괴가 경악했다. 그들은 형운이 기공파를 발하는 순간, 그 위력을 알아차리고 아슬아슬하게 뒤로 몸을 뺐다.

형운이 외쳤다.

"지금이야! 몰아쳐!"

땅을 박차자마자 형운이 일괴에게 달려들었다.

순간 일괴는 형운의 노림수를 깨달았다.

'무서운 놈!'

넷이서 한 몸처럼 움직이는 마창사괴를 따로 떼어놓는다.

형운의 기책은 오로지 그것만을 노리고 있었다. 넷이 하나로 모여 있는 상황에서는 도저히 승산이 없다고 보았던 것이다.

모두들 그 의도를 알아들었다. 흩어진 마창사괴를 일거에 몰아친다.

"일대일이면 승부가 될 것 같으냐!"

일괴가 전광석화처럼 창을 내지른다. 창이 질풍처럼 허공을 관통하면서 흉흉한 창기를 쏟아내었다.

다음 순간, 그가 눈을 부릅떴다.

'이놈……!'

형운이 창이 아슬아슬하게 닿는 지점에서 멈춰 섰다. 그리고 한 호흡에 수십 번이나 다른 지점을 찌르는 일괴의 찌르기를 모조리 받아내는 게 아닌가?

파파파파파!

일괴와 형운이 가속한다. 눈으로도 따라갈 수 없을 정도로 빠른 공방이었다.

힘 대 힘의 격돌은 한 번도 없다. 찌르기와 받아 흘리기의 대결이 이어지고 있지만 형운의 팔과 일괴의 창이 스치듯이 부딪치는 것만으로도 공기가 쩌렁쩌렁 울리고 지면이 터져 나간다.

'한 걸음.'

형운이 한 걸음 내디뎠다.

무심반사경이다. 일괴의 창격을 따라잡다가 어느 순간 한 단계 더 가속하면서 안으로 파고들었다.

"큭! 애송이 주제에!"

일괴는 믿을 수가 없었다. 평생을 연마해 온 창술이다. 그런데 새파랗게 어린 놈이 자신과 대등한 공방을 벌이다니?

전율하는 그의 앞에서 형운의 눈빛이 고요하게 가라앉는다.

감극(感隙)이 극한까지 좁아진다.

일괴의 찌르기는 무심(無心)의 경지에 도달했다. 영혼이 닳도록 연마한 실력이다.

그러나 인간의 무심은 현실의 변수 앞에서 흐트러지게 마련이다.

'생각하게 하라.'

그 어떤 고수라도 모든 동작을 무심으로 행할 수는 없다.

인간은 생각하기에 강한 존재다. 그러나 강함과 약함은 공존하는 법.

인간은 생각에 지배당하기에 약하다. 단련으로 최적화한 상황에서 벗어날 때마다 사고 기능이 움직이고, 감극은 넓어진다.

'두 걸음.'

무심반사경으로 변수를 일으키고, 약간의 틈새가 보일 때마다 앞으로 전진한다.

일괴가 경악했다.

'어디서 이런 괴물이 튀어나왔나?'

손속을 나누면 나눌수록 경악이 커져 간다. 이제 갓 스무 살은 되었을까 싶은 애송이가 신체 능력과 내공으로 그를 능가한다고?

'있을 수 없는 일이다!'

동요가 창격의 흐트러짐으로 이어졌다. 동시에 일괴는 이변을 깨달았다.

"후욱, 후욱, 후우……!"

숨결이 거칠어지고 있다.

늙어서 육신이 쇠했다고는 하나 7심의 내공을 가진 그다. 그런데 고작 이 정도 공방으로 호흡이 흐트러진다고?

중압진이다. 형운이 일괴와 대치하는 그 순간부터 은밀하게 전개해 두었던 것이다.

'뭔가 있다!'

일괴는 그 사실을 몰랐지만 형국을 바꿔야 한다고 판단했다. 형운이 세 걸음째 전진해 오는 순간, 거리를 벌리기 위해서 크게 힘을 실은 일격을 날렸다.

'지금!'

그리고 그것이야말로 형운이 기다리던 변수였다.

형운의 팔이 뱀처럼 창을 휘감았다. 일괴가 눈을 크게 떴다.

'내 창을 붙잡겠다고? 미쳤구나!'

그의 창에는 집채도 날릴 만한 기운이 집중되어 있다. 목표점을 꿰뚫는 순간, 살짝 비틀어주기만 해도 손이 박살 나리라.

그러나 형운은 개의치 않았다.

콰직!

형운의 팔에 휘감긴 창대가 수수깡처럼 부러져 나갔다.

'광풍수라격!'

뒤이어 폭발적으로 뻗어나간 형운의 관수가 일괴의 심장을 꿰뚫었다.

"커, 어……!"

일괴는 불신 가득한 눈으로 피를 쏟아냈다. 형운이 그에게서 손을 거두는 순간, 뒤쪽에서 섬뜩한 살기가 덮쳐 왔다.

"이노오오오옴! 감히 형님을!"

이괴가 자신을 상대하던 무인들을 뿌리치고 달려온 것이다.

형운은 돌아보는 것과 동시에 주먹을 내질렀다.

콰아아앙!

일괴와 승부할 때는 한 번도 선택하지 않았던, 힘 대 힘의 정면승부였다.

폭발 속에서 형운과 이괴가 서로 반대편으로 물러났다.

자세를 바로잡는 것은 형운이 한발 빨랐다. 압도적인 내공과 기운의 정순함으로는 따라올 존재가 없는 일월성신이 금세 균형을 회복한다.

이괴가 경악했다.

'이런 말도 안 되는 일이! 저 어린놈의 내공이 나를 능가한단 말인가?'

곧바로 형운이 그에게 달려들었다.

"이이익!"

이괴는 억지로 자세를 바로잡고 형운의 공격을 막았다. 그와 얽힌 채로 형운이 속삭였다.

"뒤에서 공격해 온 주제에 정정당당함을 논하지는 않겠지?"

그게 무슨 뜻인지는 곧 알 수 있었다.

서걱!

가려였다. 미리 형운의 작전을 들은 가려는, 다른 사람들과 같이 몰아치는 대신 기척을 죽이고 형운을 따라다니며 도울 기회를 엿보고 있었던 것이다.

"이, 이런……!"

완벽한 기습이었는데도 이괴는 놀랍도록 기민한 반응으로 치명상을 피했다. 하지만 결정적인 허점을 노출하는 것은 어쩔 수 없었다.

퍼억!

주저 없이 내질러진 형운의 주먹이 그의 머리통을 날려 버렸다.

"헉, 허억……."

피를 뒤집어쓴 채로 형운이 숨을 몰아쉬었다.

몸은 지치지 않았다. 하지만 정신적으로 부담이 컸다. 공중 강습으로 마창사괴를 갈라놓고 일괴와 일대일 승부를 벌이는 것만으로도 목숨을 칼날 위에 올려두고 춤추는 기분이었던 것이다.

가려가 물었다.

"괜찮으십니까?"

"…괜찮아요. 주저앉아서 쉬고 있을 새도 없고."

"……."

가려는 걱정과 감탄이 반반씩 섞인 눈으로 형운을 바라보았다. 형운은 그런 그녀의 시선을 모르는 척하며 호흡을 다스렸다.

13

　아무리 수적 우위를 점했더라도 한 번에 한 사람을 상대할 수 있는 인원은 제약되어 있다. 게다가 마창사괴는 하나하나가 무서운 고수이기에 그들의 창을 받아낼 자신이 있는 이들만이 달려들었다.

　'어쩌다 이런 구성이 된 거야?'

　마곡정은 기가 막혔다.

　그와 천유하가 함께 사괴를 상대하고 있었다.

　의도한 상황은 아니다. 그저 흩어진 사괴 중에 가까운 자를 치다 보니 천유하와 똑같은 상대에게 이동했을 뿐.

　보통 이런 때는 평소에 서로 호흡을 맞춰본 동문끼리 뭉치게 마련이다. 조검문에서 나온 무사 하나가 천유하에게 합류, 그리고 마곡정의 호위무사 둘이 이쪽으로 왔다.

　하지만 그 협력은 오래가지 못했다.

　"크악!"

　마곡정의 호위무사 중 하나가 비명을 질렀다. 뻗어오는 창을 잘 피했다고 생각했건만, 그 순간 창대가 허공을 구르듯이 살짝 기울어지면서 창기가 뻗어 나와 몸을 관통했다.

　"젠장!"

　뒤이어 그 옆의 호위무사에게 날아드는 공격을 마곡정이 막았다.

　투학!

　아슬아슬하게 막자 몸이 쩌렁쩌렁 울린다. 사괴의 창격은 큰 힘을 싣지 않고 대신 변화를 추구하고 있다. 그런데도 내공의 격차가 워낙 커서 기맥이 진탕했다.

'으윽! 이 늙은이, 내공이 뭐 이렇게 강해?'

다음에는 조검문의 무사가 당했다. 천유하가 놀라서 외쳤다.

"고 사형!"

다행히 어깨를 관통당해서 즉사하지는 않았지만 더 이상 싸울 수 있는 상태가 아니다.

'엄청난 고수다!'

넷을 따로따로 떼어두었으니 합공으로 몰아치면 어렵지 않게 처치할 수 있을 것 같았다. 그런데 직접 격돌해 보니 그게 아니다. 그와 함께 싸우던 고순형은 장문인의 직전제자로 조검문에서는 알아주는 청년 고수 중에 하나이거늘, 어이없을 정도로 쉽게 당했다.

"유, 유하야… 방심하지 마라. 난… 내 발로 물러날 수 있다."

고순형이 비틀거리며 말했다. 하지만 그가 있는 지점은 아직 사괴의 사정거리에서 완전히 벗어난 거리가 아니다. 천유하가 그에게 정신이 팔려 있는 순간…….

'아차!'

잠깐 주의가 흐트러진 틈을 놓치지 않고 사괴의 창이 날아들었다.

마치 멀리서 창두만을 쏘아서 던지는 것 같은 일격이다. 초반에 무서운 기세로 가속, 단숨에 상대의 방어를 꿰뚫고는 그다음에는 관성에 맡긴다.

이것은 충분히 여력을 남기고 있음을 증명한다. 찌르기의 회수가 쉽고, 당기는 데 힘이 얼마 안 드는 만큼 얼마든지 변수를 일으킬 수 있다.

하지만 방어가 깨진 입장에서는 전력이든 아니든 상관없다. 사람 머리통을 박살 내기에 충분한 위력이 실려 있었으니까.

카앙!

천유하가 어떻게든 즉사만은 피하려고 머리를 비트는 순간, 새하얀 섬광이 내달렸다.

목숨을 구원받은 천유하의 눈이 흔들렸다.

"너······."

"얼간아, 싸우는 중에 한눈팔지 마라. 하여튼 이래서 곱게 자란 것들은······."

위기의 순간 천유하를 구원한 마곡정이 짐승의 으르렁거림이 섞인 목소리로 말했다.

그의 눈이 기광을 발하고 전신에서 새하얀 냉기가 피어오른다. 동시에 압도적인 존재감이 주변을 휘감는다.

천유하가 물었다.

"영수의 힘은 오래 못 가지 않나?"

"적 앞에서 그런 걸 소리 내서 떠들어서 어쩌게? 바보 자식."

"으음. 할 말이 없군. 미안하다."

"···순순히 사과하는데 왜 짜증이 나지?"

투덜거리는 마곡정 앞에서 천유하가 심호흡을 했다. 그리고 육성 대신 전음으로 물었다.

―지난번에 대련에서 보여줬던 기술, 저자한테도 통하겠나?

―물론이라고 말하고 싶지만··· 솔직히 확신 못 하겠군.

―조금이라도 좋아. 흔들어줘. 그러면 내가 어떻게든…….

―내가 허점 만들면 좋은 것은 네가 챙겨 먹겠다고?

―…그렇게 말하고 싶은 마음은 굴뚝같지만, 반대다.

―뭐?

마곡정이 눈썹을 치켜떴다. 천유하가 한 걸음 내디뎠다.

―내가 결정적인 틈을 만들어주지. 네가 끝장을 내라. 계획은…….

순간 사괴가 창을 찔러왔다.

파파파파파파!

천유하의 검이 춤추며 창을 받아낸다.

무시무시할 정도의 빠르기다. 딱 창이 닿는 거리에 있는데도 천유하는 따라가는 것만으로도 벅찰 정도다.

'힘으로 받으면 박살 난다.'

맞부딪칠 수 있으면 편하리라. 하지만 내공의 격차가 너무 크다. 힘으로 맞부딪치는 순간 천유하는 끝장이 나리라.

'이자의 전력을 끌어내야 한다.'

사괴는 전력을 다하고 있지 않다.

그가 방심하고 있다는 의미는 아니다. 다수를 상대하고 있는 만큼 언제든지 변수를 일으킬 여력을 남기고 있다는 것뿐.

자신을 상대로 전력을 다하게 만들어야 한다. 의외의 상황에 대응할 여력이 없을 정도로.

쉬쉬쉬쉬쉬쉭!

창으로 가하는 찌르기는 변화를 줄 여지가 없어 보인다. 하지만 사괴는 처음 찌르기를 발할 때의 가하는 힘을 조절하고, 발의 위치를 바꾸고, 몸의 중심을 이동하고, 손목을 비트는 등의 사소한 행동을 통해서 무궁무진한 변화를 일으키고 있었다.

더 무서운 것은 그러한 변화와 눈으로 따라가기도 벅찬 속도, 그리고 정밀함까지 공존한다는 것이다. 천유하도 도저히 그의 창격 안쪽으로 뛰어들 수가 없었다.

'하지만 속도만은 양 소저가 더 빨랐어.'

천유하는 냉정하게 판단했다.

총체적인 창술은 사괴가 양진아보다 위다. 하지만 속도 하나만으로 따져 보면 양진아가 사괴를 능가한다.

그리고 자신은 캄캄한 어둠 속에서도 양진아의 창격을 받아 냈던 몸이다.

"음……!"

사괴의 눈에 놀람이 스쳐 갔다.

그의 창을 받아내는 천유하의 움직임이 변한다. 처음에는 받아내는 것만으로도 벅차 보였는데 시간이 지날수록 여유가 엿보인다.

'내 호흡을 읽고 있다는 건가?'

서로의 내공과 속도에는 분명한 격차가 존재한다. 거기에 사괴가 일으키는 변화까지 감안하면 천유하 같은 애송이는 벌써 참살당했어야 했다.

그런데 따라온다. 뿐만 아니라 검세의 변화가 섬뜩하다. 그저 받아넘기는 것이 아니라…….

'내 중심을 흐트러뜨리려고 하다니! 깜찍하군!'

공격을 비껴내는 것과 동시에 측면에서 힘을 가해서 그의 허점을 만들어내려고 하고 있다.

하지만 사괴의 중심은 단단하다. 내공과 기술의 완성도, 두 가지가 그의 중심을 거목의 뿌리처럼 단단하게 만든다.

평생 동안 수련해 온 창술이다. 아무리 천유하의 재능이 뛰어나다고 해도 기술 하나하나의 완성도에는 아득한 격차가 존재했다.

"간다."

그때 옆으로 돌아간 마곡정이 뛰어들었다. 동시에 그의 신형이 여럿으로 늘어났다.

'분신술?'

한겨울을 연상시키는 냉기의 바람을 휘감은 채로 마곡정의 분신들이 질주한다. 영수의 힘을 일깨우면서 커졌던 존재감이 폭발했다.

'그래 봤자다.'

사괴의 눈이 흉흉한 빛을 발한다.

마곡정의 의도는 분명하다. 영수의 힘을 일깨움으로써 얻은 존재감, 그리고 냉기를 다루는 능력을 분신술과 혼합해서 사괴의 기감을 흐트러뜨리려는 것이다.

그저 잔재주라고 부르기에는 대단히 훌륭한 기술이다. 천유하가 정면에서 압박을 유지하면서 사방에서 달려드는데 진짜와 가짜를 구분하기가 쉽지 않다.

그러나 순간적으로 사괴의 움직임이 가속했다.

콰콰콰콰콰!

광풍이 주변을 휩쓸었다.

여력을 남기고 있던 사괴가 내력을 최대한으로 끌어 올린 것이다. 지금까지와는 비교도 안 되는 힘이 실린 창격이 살기가 느껴지는 모든 방향을 연속적으로 꿰뚫고 지나갔다.

"크억!"

마곡정의 또 다른 호위무사가 비명을 질렀다. 분명히 사정거리 밖으로 피했다고 생각했는데, 조금 전까지와는 격이 다른 창기가 몸통을 스치고 지나갔다. 그리고 그것만으로도 더 이상 전투에 참여할 수 없는 중상을 입었다.

사괴의 눈빛이 흔들렸다.

'이 애송이……!'

천유하가 공격을 전부 받아냈다.

받아낸 것 자체에 놀란 것은 아니다. 천유하라면 공격권 밖으로 피할 실력은 될 것이라고 예상했으니까.

'한 발짝도 물러나지 않다니!'

천유하도 무사하지는 않았다. 옷이 너덜너덜해지고 여기저기서 피를 흘리고 있다.

그래도 거리가 벌어지지 않았다. 그리고 일거에 내력을 쏟아낸 사괴가 주춤하는 순간, 안쪽으로 파고들었다.

"이노오옴!"

사괴가 격노해서 찌르기를 날렸다.

'지금이다!'

동시에 천유하 역시 찌르기를 날렸다.

사괴가 눈을 찢어져라 부릅떴다.

'이놈이 내 창술을 훔쳤단 말인가? 그것도 검으로?'

검의 찌르기와 창의 찌르기는 전혀 다르다. 그러니 창술을 훔쳐 낸다고 해서 검술로 재현할 수 있을 리 없다.

하지만 천유하는 해냈다.

동작을 똑같이 한 것이 아니다. 기의 운용과 호흡을 훔쳐 냈다. 그것을 조검문의 검술에 접목시켜서 사괴가 동요할 정도로 완성도 높은 모작을 만들어낸 것이다!

투아아아앙!

창끝과 검끝이 맞부딪치는, 서로 짜고 쳐도 일어나기 힘든 현상이 벌어졌다.

"크억……!"

사괴는 기맥이 진탕하는 충격에 한 걸음 뒤로 물러났다.

내공의 격차를 생각하면 말도 안 되는 일이다. 하지만 사괴는 거력을 쏟아낸 직후였고 생각지도 못한 수법으로 허를 찔려서 동요했다.

게다가 천유하가 그의 기술을 훔친 진정한 노림수는 그게 아니었다.

'여기까지 읽어냈다니, 이것이 성운의 기재란 말인가……!'

천유하는 그의 찌르기가 완성되기 전에 막았다.

사괴의 호흡을 완전히 파악했기 때문에 가능한 일이다. 똑같은 기술을 시전했을 때, 사괴는 창을 완전히 뻗어낼 수 없고 자신은 검을 완전히 뻗어낼 수 있는 거리와 순간을 포착한 것이다.

"진짜로 해낼 줄이야. 하여튼 밥맛없는 놈이야."

그때 사괴의 앞에 불쑥 푸른 눈동자가 나타났다. 마곡정이었다. 사괴는 기겁했다.

'이놈이 이런 여력을 남기고 있었다니!'

분신과 함께 실체까지 쳐서 날렸다고 여겼거늘, 자신이 자세를 회복하기 전에 뛰어들 힘을 비축하고 있었을 줄이야!

이것까지도 천유하가 계획한 상황이었다.

분신을 만들어서 몰아쳤을 때, 격퇴당할 것을 염두에 두고 무조건 몸을 빼라고 부탁해 둔 것이다. 그리고 마곡정은 그 정도는 충분히 해낼 수 있는 실력의 소유자였다.

'이런 악마 같은 놈……!'

사괴는 내상을 각오하고 움직였지만, 이미 늦었다.

파악!

마곡정의 칼날이 그의 목을 가르고 지나갔다.

14

"내가, 이런 애송이들에게……!"

마창사괴의 삼괴가 울컥 피를 토하며 쓰러졌다.

일괴와 이괴를 연달아 쓰러뜨린 형운이 삼괴를 상대하고 있는 이들에게 합류했다. 그리고 틈을 보인 그에게 진예의 빙백검이 작렬, 회생 불가능한 치명상을 선사한 것이다.

이로써 마창사괴가 모두 쓰러졌다. 그러나 여전히 마인들의 반항은 격렬했고 흑서령과 기영준의 싸움도 한창이었다.

"위험해요!"

진예가 다급하게 외치며 빙백검을 날렸다.

쾅!

소리 없이 허공을 질주하던 기운이 빙백검과 부딪쳐 폭발했다.

그것을 쏘아낸 장본인, 한음도귀가 코웃음을 쳤다.

"눈치 빠른 계집이군."

그는 사괴를 쓰러뜨린 다음 주저앉은 천유하를 노리고 은밀하게 도기를 쏘아냈다. 하지만 진예가 민감하게 알아채고 막아준 것이다.

어이없이 목숨이 날아갈 뻔한 천유하가 그녀에게 고개를 숙여 감사를 표했다.

형운이 한음도귀를 노려보며 말했다.

"이제 그만 포기하시지?"

"마창사괴를 쓰러뜨렸다고 기고만장했구나. 하지만 내 발밑의 시체들은 보이지 않느냐?"

그 말에 다들 동요했다. 한음도귀의 말대로 그의 앞에 열 명도 넘는 인원이 죽어서 쓰러져 있었다.

마창사괴가 죽는 동안, 반대쪽에서 한음도귀와 싸우던 이들이 모조리 격살당한 것이다.

그것으로 끝이 아니었다. 한음도귀는 주변에서 싸우고 있던 마인들을 도와서 마교 대책반의 무인들을 죽이고는 그들을 자신의 곁으로 모았다.

'하지만 머릿수가 너무 밀리는군.'

처음부터 마교 대책반 쪽의 수가 두 배도 넘게 많았던 데다가, 후발대가 진입해 오기 전에 날린 폭격이 너무 효과적이었다. 결과적으로 지금 살아남은 마인은 열두 명뿐이다.

하지만 상관없다.

"머릿수에 그렇게 자신이 있다면 한번 덤벼봐라, 잡것들."

한음도귀에게서 소름끼치도록 날카롭게 벼려진 기파가 퍼져 나간다.

그와 대치하고 있던 이들은 다들 흠칫했다.

'다가가면 베인다.'

그런 확신이 든다. 다들 자세를 잡고 있었지만 도저히 뛰어들 엄두가 나지 않았다.

그때 형운이 깜짝 놀라서 외쳤다.

"모두 피해!"

"무슨 소리야?"

마곡정이 놀라서 물었다. 하지만 형운은 대답 대신 전력으로 기공파를 날렸다. 응축된 광풍혼이 폭포수처럼 쏟아져 나온다.

꽈과과광!

직후 뇌격과 섬광이 격돌했다.

형운이 충격을 버티지 못하고 뒤로 날아간다. 그의 몸을 받아 낸 가려가 한 바퀴 빙글 돌면서 우아하게 바닥에 내려두었다.

그것을 신호로 몇몇 무인들이 그의 곁으로 모여든다. 마곡정과 무일을 비롯한 별의 수호자의 인원들이었다.

"흠. 이것 참… 흉왕의 제자, 정말 짜증 나는 놈이군. 한꺼번에 쓸어버리려고 했더니만."

흑서령의 목소리가 울려 퍼졌다. 어느새 그가 한음도귀 앞에 서 있었다.

한음도귀가 무인들을 도발한 것은 흑서령의 지시에 의해서였다. 한음도귀에게 정신이 팔려 있는 동안에 뇌격으로 한 번에 쓸어버리려고 했거늘, 형운이 시선을 읽는 능력으로 그의 의도를 눈치채고 대응한 것이다.

흑서령은 눈앞의 무인들은 안중에도 없다는 듯 말했다.

"뒤는 내가 맡지. 가라."

"괜찮으시겠습니까?"

"어차피 여기까지다."

이상한 말이다. 하지만 형운은 왠지 그 말뜻을 알 것 같았다.

'저자는 여기를 마지막으로 생각했던 거야.'

흑서령의 몸속에서 흐르는 기운의 흐름이 엉망진창이다. 균형을 유지하고 있다는 것이 믿어지지 않을 정도로. 무시무시한 힘을 발휘할 수는 있지만 그것은 뒤가 없는 힘이리라.

처음부터 흑서령은 여기서 죽을 각오였다.

그의 목숨은 설산에서 한번 끝났다. 그것을 금단의 비술로 연장시킨 것은 이 순간을 위해서다.

'신녀시여, 감사합니다.'

교에게 큰 이익이 되는 일을 성사시키면서 강대한 적대자, 팔객을 쓰러뜨린다. 흑서령은 교를 위해 가장 뜻있게 자신의 목숨을 쓸 수 있는 자리를 원했고 신녀는 예지의 힘으로 그의 소망을 이루어주었다.

"으음……."

기영준이 낮게 신음하며 그의 앞에 섰다. 계속 밀리기는 했지만 그는 말끔한 모습이었다.

흑서령의 강점은 요괴화를 통해 얻은 압도적인 화력과 괴상망측한 공격 방법들이다. 그 힘을 자신에게만 향하도록 붙잡아 두지 못했을 뿐, 일대일의 대결에만 국한해서 판단하자면 서로서로 타격을 입히지 못하는 소모전을 계속하고 있었다.

흑서령이 기분 나쁜 웃음소리를 냈다.

"아무래도 저승문까지 가는 길이 외롭지는 않을 것 같구나."

제49장
경계 너머에

성운을 먹는 자

1

형운은 귀혁에게 물어본 적이 있었다.

"어떻게 해야 심상경(心狀境)으로 갈 수 있나요?"

세상 만물을 이루는 기의 본질을 이해하고 자신의 심상을 현실에 그려내는 경지, 심상경.

그것은 무인들이 꿈꾸는 이상 중에 하나였다. 과거에는 전설 혹은 몽상에 불과하다고 여겨졌던 심검(心劍), 신검합일(身劍合一) 같은 기술들이 이 경지에 오른 이들에 의해 현실화되었다.

이 경지에 오르는 것은 신체 능력이나 내공의 심후함과는 관계가 없다.

지금 시대처럼 심상경에 대한 자료가 쌓여서 체계적인 연구가 이루어지기 이전 시대에도 그 경지에 도달한 자들은 있었다. 당시의 무학이 그것을 이해하고 합리적으로 설명할 수 있는 수준에 이르지 못했을 뿐이다.

귀혁은 대답 대신 물었다.

"심상경에 도달한다 해도 거기에는 커다란 함정이 존재한다. 그게 무엇일 것 같으냐?"

"…그, 글쎄요?"

심상경이 정확히 어떤 것인지도 모르는데 그 답을 알 리가 없지 않은가?

"그건 바로 스스로를 기화한 후에 어떻게 다시 육화할 것이냐."

"아……."

"그런 점에서 심검은 심상경에 속하는 절예 중에서 가장 위험 부담이 적다. 실패해도 검을 잃어버릴 뿐이니까."

신검합일이나 무극의 권은 스스로를 기화한다. 다시 육화할 수 없다면 기화한 채로 소멸할 뿐이다.

"심상경에 도달하지 못한 자를 상대로 심상경의 절예는 절대적인 위력을 발휘한다. 그러나 심상경에 도달한 자들끼리는 그렇지 않지."

한서우와 흑혈마검의 싸움은 좋은 예시가 될 수 있을 것이다.

심상경에 도달한 자에게는 무턱대고 심상경의 절예를 쓴다고 해서 끝장을 낼 수 없다. 상대가 자신을 기화시킨 파괴의 심상을 방어하고 다시 육화할 수 있기 때문이다.

이 경우 오히려 공격한 쪽의 기력 소모가 더 심할 수도 있다. 그러니 한서우가 흑혈마검과 싸울 때 그러했듯 상대가 다시 육화할 수 없도록 충분한 포석을 깔아둔 후에 결정타로 쓰는 것이

효율적이었다.

"그런데 넌 놀랍게도 이미 그 문제를 해결하고 있다. 심상경이 뭔지 감도 못 잡은 애송이가 말이다."

형운의 발전은 너무나도 괴악했다.

일월성신이 되는 순간부터 형운은 귀혁조차도 예측할 수 없는 존재가 되었다. 특히 유설과의 합일로 얻은 능력들은 형운이 무인으로서 도달한 경지와는 완전히 별개의 영역에 속해 있었다.

형운은 빙백기심을 통해 영수의 능력을 사용한다. 의념만으로 냉기를 자유자재로 다루는 것은 일반적인 기준으로 따져 본다면 허공섭물을 쓰는 것과 같은 경지다.

기를 이용해서 스스로의 상처를 치료하는 것은 더욱 높은 경지다. 영수는 본능적으로 사용하지만 인간은 그런 일을 할 수 있다는 것만으로도 고수라 불리기에 부족함이 없다.

"그래도 여기까지는 영수의 혈통들이 능력을 각성했을 때도 일어날 수 있는 일이지."

영수의 혈통들이 스스로의 능력을 갈고닦으면 무공의 성취와는 별개로 이런 능력을 얻게 되는 경우가 있었다. 형운이 얻은 능력도 그 연장선상에서 이해 가능하다.

"문제는 운화(雲化)다."

운룡의 신기를 통해 얻은 그 비술을 통해서 형운은 육체를 기화(氣化)하여 구름처럼 실체 없는 존재가 된다. 그렇게 기화한 상태에서는 물리적인 간섭을 못 하는 대신 제약도 초월하니, 자유자재로 공간의 제약을 넘을 수 있었다.

이것은 무공을 기준으로 따져 보면 오직 심상경에 도달해야만 가능한 일이다.

"면밀히 특성을 따져 본다면, 무극의 권이나 신검합일과 견주어봐도 장단점이 있다는 점이 가장 놀랍다."

운화했을 때는 물리적인 간섭을 할 수 없다. 그에 비해 심상경으로 기화한다면 얼마든지 간섭이 가능하고 그것이 무시무시한 파괴력을 낳는다.

하지만 형운은 운화할 때 거의 부담을 느끼지 못한다. 그냥 운화하고자 하면 곧바로 된다.

"심상경으로 따져 본다면 이미 심즉동(心卽動)에 이르러 있는 것이다."

심지어 심상경을 심즉동으로 구현하는 귀혁조차도 무극의 권을 사용할 때는 기력 소모가 크다는 점을 생각하면 운화는 정말 말도 안 되는 기술이다.

신기(神氣)가 깃들어 있을 때라면 이해할 수 있다. 신기는 그저 명하는 것만으로도 자연의 섭리를 복종시킬 수 있는 궁극의 힘이니까.

"하지만 너는 신기 없이도 그 일을 해내고 있지. 이것은 영수의 능력을 가졌다고 해서 가능한 일이 아니다. 영수의 능력과 일월성신의 잠재력이 합쳐지면서 일어난 상승효과일 것이라 추측하고 있단다."

"음. 그러니까… 운화를 파고들면 심상경에 도달할 수 있을지도 모른다는 건가요?"

"그럴 수도 있고 아닐 수도 있다."

"……."

"네가 너무 괴악해서 이 사부도 이렇다, 저렇다 단정 지어서 말을 못 하겠구나. 좀 적당히 상식적으로 성장해 줬으면 얼마나 좋았을꼬?"

"사부님이 그런 말씀을 하시면 안 되죠."

귀혁이 장난스럽게 혀를 차자 형운이 한숨을 푹 쉬었다. 귀혁이 웃으면서 말했다.

"중요한 것은 상상력이다."

"상상력이요?"

"그래. 너는 그게 부족하다. 참고로 재능이 없다는 소리를 하려는 것은 아니니까 지레짐작하지 마라."

"…아니, 꼭 그걸 짚고 넘어가셨어야 하는지를 따지고 싶습니다만?"

"글쎄다. 어쨌든 형운아, 넌 일월성신을 이루면서 상상력에 심각한 결함을 안게 되었다."

"네?"

형운이 놀라서 눈을 크게 떴다.

상상력이 부족하다는 말은 납득이 간다. 하지만 상상력에 결함이 생겼다니?

귀혁이 말했다.

"원래 무공은 상상력을 필요로 한다. 스스로 현실이라 믿을 정도로 강한 심상을 구축하기 위해서는 상상력이 필수지."

"그렇죠."

형운도 처음 무공을 배울 때 그랬다. 이전에는 존재한다는 것을 확신하지 못했던 기의 존재를 믿기 위해서 상상력을 동원해야 했다.

"하지만 일월성신을 이루면서, 네게는 상상력이 필요 없어졌다. 인간이 세상을 인지할 때 결핍된 부분들을 채우기 위해서 상상력이 필요해진다. 하지만 네게는 모든 것이 직관적이지."

일월성신은 생각한 대로 움직이는 신체다. 인간이 머리로 생각한 것과 몸으로 행하는 것 사이의 간극을 메우기 위해 겪는 시행착오를 생략할 수 있다.

일월성신은 기의 흐름을 상상할 필요가 없다. 그냥 보이는 것을 다루면 된다.

이런 특성은 분명 우월한 것이다. 그러나 그로 인해 형운은 상상력을 빼앗겼다.

"인간은 필요와 욕구에 의해서 능력을 발전시키는 존재다. 네게서 상상력의 필요성이 사라진 만큼, 너는 그것을 잃은 것이다."

"아······."

형운은 머리를 망치로 한 대 맞은 것 같았다. 충격이 심해서 순간적으로 아무것도 생각할 수 없었다.

귀혁은 진지하게 말을 이었다.

"상상력의 결여는 네가 무인으로서 정체된 것과도 큰 관련이 있다. 너는 내가 가르치는 것은 누구보다 빨리 습득한다. 그리고 그 과정을 통해 의도한 형태에도 빠르게 도달한다. 하지만 그것만으로는 절대로 심상경에 도달할 수 없느니."

상상해야 한다. 자신에게 부족한 것을 채울 방법을 상상하고,

그것이 채워졌을 때의 자신을 상상해서 그 간극을 메꿔 나가야
한다.

"이 사부는 너를 제법 높은 곳까지 너를 이끌어줄 자신이 있
다. 하지만 그저 내가 이끄는 대로 따라오기만 한다면 너는 그
너머로는 갈 수 없을 것이다."

"…그렇군요."

형운은 그 이후로 줄곧 귀혁의 말을 가슴에 새기고 노력해 왔
다.

자신에게 없는 것을 손에 넣기 위해서.

2

무언가, 돌이킬 수 없는 일이 벌어졌다.

그 자리에 있던 모두가 그 사실을 느꼈다.

의식이 치러지던 기환진 안쪽에서 섬뜩한 기운이 퍼져 나갔
다. 그 기운은 너무나도 불길해서 기감으로 접하는 순간 아무리
둔한 사람이라도 일어나서는 안 되는 일이 일어났음을 알 수 있
었다.

하지만 무인들은 그에 대한 관심을 유지할 수 없었다. 흑서령
이 검은 철조를 휘둘러 뇌성벽력을 뿜어냈기 때문이다.

콰과과광!

기영준이 검기를 전개해서 뇌격을 막아내었다.

"여기가 너희들의 무덤이다."

흑서령이 미친 사람처럼 웃었다. 그 웃음에 호응하듯, 그에게

서 피어오르는 검은 기운이 허공에 악귀의 얼굴들을 그려내더니 저주의 소리를 토해내었다.

키이이이이!

"아아악!"

"크, 으윽……!"

내공이 약한 자들이 귀를 막고 주저앉았다. 하지만 그 순간 앞으로 뛰어드는 두 사람이 있었다.

"이놈!"

기영준이 그에게 뛰어들었다. 흑서령이 철조를 휘둘러 시커먼 기운을 날렸지만 기영준은 허공에 새하얀 원을 그려내어 남김없이 녹여 버리면서 거리를 좁힌다.

"역시 쓸데없는 낭비인가?"

흑서령이 혀를 찬다.

그 말대로다. 원거리에서 공격을 퍼붓는 것만으로는 기영준에게 타격을 입힐 수 없었다.

태극검의 원이 끊이지 않고 순환한다.

기공파도, 뇌격도, 저주도 모조리 그 원에 녹아버리고 있었다. 흘리고, 비껴내고, 죽이고, 정화시키고, 그러다가 때때로 태극역반경으로 되돌려 주기까지 한다.

가장 무서운 점은 기영준 본인은 거의 힘의 소모가 없다는 점이다. 태극검의 기술도 기술이지만 정화력을 발휘하는 선기의 특성 때문에 기공파가 어이없을 정도로 쉽게 녹아버린다. 이런 상황이니 내공을 믿고 소모전으로 몰고 가봤자 공격하는 쪽이 먼저 바닥을 드러내리라.

결국 위험을 감수하고 격투전을 벌일 수밖에 없다. 흑서령도 그 사실을 잘 알고 있었다.

'하지만 지금은 그럴 때가 아니지.'

결판을 내는 것보다 중요한 게 있으니까.

쫘과광! 쫘광!

허공에 무수한 악귀의 얼굴들이 나타나면서 뇌격과 저주의 기공파를 쏟아냈다.

이 공격의 목표는 기영준이 아니다. 모여 있는 마교 대책반의 무인들이었다.

"이런 비겁한⋯⋯!"

기영준이 이를 갈았다.

냉정하게 생각하면 그러거나 말거나 밀고 들어가서 찔러 버리는 게 가장 좋다. 하지만 기영준은 그럴 수 있는 성품의 소유자가 아니었다.

태극검이 가속한다.

허공에 그려내는 원의 궤적이 눈부시게 불타오르면서, 선기가 지배하는 영역이 검이 닿는 거리를 넘어선다. 수면의 파문처럼 무수한 빛의 원이 퍼져 나가며 흑서령의 융단폭격을 막아낸다.

이곳에 있는 마교 대책반의 무인들은 하나같이 정예다. 하지만 흑서령의 힘은 상식을 뛰어넘었다.

"크악!"

뇌격이 작렬하며 비명이 울려 퍼졌다.

단순히 기공파를 난사하는 것뿐이었다면 다들 방어하면서 빠져나갈 수 있었을 것이다. 아무리 흑서령이라고 해도 기영준을 앞에 두고 그들을 노리는 공격 하나하나에 공을 들일 수는 없을 테니까.

하지만 흔치 않은 뇌기(雷氣)와 저주의 힘이 문제다. 대다수의 무인들이 이 공격에 제대로 대응할 기술을 갖지 못했다.

"모두 물러나! 빨리! 선검 대협께 방해가 된다!"

노련한 자들이 즉시 상황을 파악하고 외쳤다. 그들이 안전권까지 물러나기 전까지는 기영준이 흑서령의 공격을 막을 수밖에 없고, 그러느라 흑서령에게 다가가지 못한다.

그러나 그들의 판단은 이미 늦었다.

우우우우우우!

의식이 치러지던 기환진이 무너지고 있었다.

감춰져 있던 그 너머의 풍경이 드러난다. 다들 경악했다.

"다 죽었어?"

그곳에 있던 흑영신교도들이 처참한 시체로 변해 있었다.

그들의 몸에서 새카맣게 변한 피가 흘러나와 바닥을 적신다. 그리고 그것이 증발하듯이 검은 안개 같은 기운을 피워 올리고 있었다.

"자, 그러면……."

흑서령의 공격이 거짓말처럼 멈췄다.

형운이 놀라서 눈을 부릅떴다.

"빙령?!"

조금 전까지는 없었던 빙령의 존재가 느껴진다. 빙백기심이 호응하면서 맹렬한 불쾌감이 밀려오고 있었다.

설원에서 빙설마와 마주했을 때와 똑같은 느낌이다. 그때와 다른 점이라면 빙령의 기운이 흑서령에게서 느껴진다는 것이다.

아니, 정확히는 방금 전에 기환진이 열리면서 그 안쪽에서 흑서령에게로 빙령의 존재감이 옮겨 갔다.

"후우……."

흑서령이 내뱉는 입김이 하얗게 부서져 간다. 그의 전신에서 한기가 피어오르고 있었다.

"크크큭, 이것이 내공의 궁극에 도달한 기분인가?"

새하얀 한기와 푸른 뇌격, 그리고 안개 같은 어둠을 동시에 두르고 있는 그의 기파는 혼돈의 해일이었다. 그저 바라보는 것만으로도 호흡이 곤란해질 정도로 심한 압박감이 느껴진다.

형운이 믿을 수 없다는 듯 중얼거렸다.

"세상에. 내공이 9심에 도달하다니……."

흑서령이 원래 지니고 있던 기심의 수는 여덟 개, 그런데 갑자기 하나의 기심이 더해지면서 내공 수위가 9심에 도달했다.

말도 안 되는 일이다. 하지만 형운은 그 이유를 명확히 알고 있었다.

'빙령의 조각을 기심으로 만들었어!'

3

흑서령은 웃음을 주체할 수 없었다.

'힘이 넘친다.'

조금 전까지도 그에게는 막대한 힘이 있었다. 하지만 지금 넘치는 이 힘에 견줄 바는 못 된다.

기심의 수가 늘어난다는 것은, 단순히 몸에 담아둘 수 있는 진기의 양이 늘어난다는 의미가 아니다.

기심은 기맥을 따라 흐르는 기운과 반응, 증폭하는 역할을 한다. 그렇기에 똑같은 양의 내력을 소모한다고 하더라도 기심이 많을수록 기하급수적으로 많은 힘을 일으킬 수 있었다.

인간의 한계라 일컬어지는 9심.

이런 몸이 되기 전에도 꿈도 꾸지 못했던 경지다. 설마 모든 것을 포기한 지금 도달하게 될 줄이야.

'흑영신의 지혜는 무한하시다.'

빙령을 탈취한 후, 그 힘을 활용하기 위한 연구가 대륙 곳곳에서 이루어지고 있었다.

그중에서도 한서우와 자혼, 그리고 형운 일행에게 강습당한 북방 설원에서 이루어진 연구는 크나큰 성과를 거두었다. 고위 환마를 이용해서 빙설마를 만든 것처럼, 빙령의 조각에 기심의 역할을 강제할 수 있는 방법도 알아냈다.

물론 거기에는 많은 대가가 따른다. 이곳에 의식을 치르러 온 충성스러운 교도들 전원이 목숨을 제물로 바쳐야 했다.

'신실한 자들이여, 흑암정토(黑暗淨土)에서 만나자. 그대들의 희생이 헛되지 않았음을 증명하고 뒤따라가마.'

흑서령은 이제 더 이상 시간을 끌 필요가 없음을 알았다.

의식은 성공했다.

그들이 부활시키고자 했던 존재는 부활했다. 흑서령이 적들의 관심을 끄는 사이, 기척을 죽인 한음도귀가 그를 데리고 빠져나가고 있는 중이다.

하지만 이제부터가 진짜다. 부활 의식은 목표인 동시에 미끼였다. 대어들이 미끼에 혹해서 이 자리에 왔으니, 흑서령 자신이 마지막 결전으로 이뤄야 할 목표가 더욱 중요했다.

팔객인 기영준을 죽이고, 다른 정파 무인들도 몰살시킨다. 그리고…….

'흉왕의 제자.'

형운을 죽여야 한다. 교주에게 치욕을 선사했던 과거가 아니더라도 그는 흑영신교에게 상당한 골칫거리로 부상하고 있었다.

'성운의 기재들.'

흑서령의 시선이 천유하와 진예를 스치고 지나갔다. 이 둘은 살려서 제압할 것이다. 그게 불가능하다면 시신이라도 남겨야 한다. 그것이 그가 교주에게 줄 수 있는 마지막 선물이다.

마음을 정한 흑서령이 기영준을 보며 희열에 찬 웃음을 지었다.

"지옥문이 열리는 소리가 들리느냐?"

흑서령이 내뿜는 기운들이 혼탁하게 얽혔다. 순간 기영준이 경악했다.

"모두 도망치시오!"

어둠과 뇌기가 합일하면서 이 세상에 존재할 수 없는 검은 뇌전으로 화했다.

저주에 의한 현상?

아니다. 현실의 법칙을 초월하는 저 현상이 의미하는 바는 명백했다.

'심상경!'

흑서령의 심상이 현세에 구현되고 있다는 증거였다.

검은 벼락이 새벽을 갈가리 찢었다.

"……!"

아무런 소리도 나지 않았다.

아니, 세상에서 소리가 사라졌다.

소리 다음으로는 색이 사라진다. 이윽고 윤곽조차도 뭉개지면서 모든 것이 혼돈으로 화했다.

'만상붕괴다!'

새하얀 섬광과 검은 벼락이 격돌하며, 상처 입은 세계가 절규한다.

몇 번이나 이 현상을 겪은 형운은 거의 반사적으로 호신장막을 펼쳐서 일행을 지켰다.

하지만 완전하지 못했다. 형운 자신을 제외하고는 다들 무방비 상태였다. 호신장막으로 여파를 감소시켰는데도 다들 부들부들 떨면서 쓰러졌다.

'안 돼……!'

형운은 눈앞이 아찔해지는 것을 이겨내고는, 보았다.

기영준과 흑서령이 심상경의 절예로 격돌했다.

만상붕괴의 여파 속에서 기영준이 비틀거리고 있었다. 그 위에서 흑서령이 저주의 어둠과 한기를 융합시켜서 폭포수처럼 쏟아내었다.

콰콰콰콰콰콰……!

어둠이 질주한 자리에 새하얀 서리가 흩어진다. 농담 같은 광경이었다.

기영준이 후퇴한다. 방금 전의 격돌로 타격을 입었으면서도 막히지 않는 강처럼 도도하게 흐르는 태극의 원으로 공격을 모조리 받아내고 있었다.

그러나 그런 그의 위쪽에서 검은 벼락이 솟구치고 있었다.

형운은 전신의 털이 거꾸로 서는 기분이었다.

이미 무인들은 만상붕괴의 여파로 모조리 쓰러졌다.

아니, 모두는 아니다. 가려와 마곡정, 그리고 저쪽에서는 진예가 숨을 몰아쉬면서 일어나고 있었다.

하지만 그래 봤자 별 의미는 없다. 지금 한 번 더 만상붕괴가 터진다면 어떻게 될 것인가?

'모두 죽을 거야.'

쓰러진 자들은 다들 충격을 버티지 못하고 사망할 것이다.

하지만 형운은 막을 수 없었다. 뭔가를 해보기도 전에 흑서령이 검은 벼락으로 화해 공간을 찢어발겼다.

콰과과과광!

대지가 뒤흔들렸다.

줄기줄기 뻗어나간 검은 벼락은 마치 풍경화에 거칠게 먹선을 그어놓은 것처럼 비현실적이었다. 그것을 본 형운이 안도의 한숨을 내쉬었다.

'선검 대협이 피했어.'

기영준은 정면으로 격돌해서 만상붕괴를 일으키는 대신 신검합일로 흘려보냈다.

무인을 상대할 때 심상경의 절예는 방어도, 회피도 허용치 않는다. 선택권을 쥐기 위해서는 역시 심상경의 절예를 구사하는 수밖에 없다.

육신과 검이 하나가 되는 신검합일은 무극의 권과도 같은 경지다. 일순간 검과 합일하여 기화함으로써 모든 제약을 초월한다.

"으음……!"

하지만 완전히 회피하지는 못했다. 다시 육화한 기영준은 안색이 창백해진 채로 비틀거리고 있었다.

기혈이 진탕하고 있었다. 흑서령의 공격을 받아넘기는 과정에서 스스로를 구성하던 기의 상당량을 잃어버렸다.

'아직도 멀었구나. 멀었어.'

기영준은 스스로의 부족함을 탓하며 의지를 바로 세웠다.

태극검의 극의를 깨달아 세상 사람들에게 심검이라 불리는 것도, 신검합일이라 불리는 것도 구사할 수 있었다.

그러나 부족하다. 그의 심상경은 아직 심즉동의 수준에 이르지 못했을 뿐만 아니라 태극의 심상을 완성하지도 못했다.

절대적인 파괴? 무엇이든 베는 검?

그것은 검을 쥔 자들의 꿈일 뿐, 태극의 도(道)가 아니다.

조화.

세상 그 무엇과도 조화를 이루는 것이야말로 태극의 도를 추구하는 자들의 이상이다.

우습게도 기영준 스스로의 마음을 심상경으로 구현하는 것보다도 직접 검을 휘둘러 얻는 결과가 거기에 더 가까웠다. 그의 검은 막힘없는 태극의 원을 그려내지만 심상은 아직도 무인의 환상에 속박되어 있었다.

'그동안의 수행이 헛되었도다. 나는 무엇을 배우고 무엇을 깨달았단 말인가?'

문득 죽은 제자의 얼굴이 떠올랐다.

말이 거칠고 호승심이 넘쳐흘렀던, 하지만 정말로 자랑스러웠던 제자 가신우.

그 아이는 태극의 도를 알고 있었다. 생의 마지막 순간에 진리를 깨달았기에 만족스럽게 웃었으리라.

"좋군. 아주 좋아. 이것이 궁극의 경지인가."

흑서령이 기영준을 거세게 몰아치면서 웃는다.

이 순간, 그는 평생 동안 꿈꾸던 경지에 올라 있었다. 아홉 개의 기심으로부터 대해처럼 쏟아져 나오는 내력과 심상을 현실에 구현하는 기술을 손에 넣었다.

모든 것이 위대한 흑영신의 축복이었다. 자연의 정수라 할 수 있는 빙령의 조각을 품고, 산 채로 요괴가 된 것이 혼돈과 파멸을 부르는 동시에 영적인 능력을 극대화시켰다.

저 멀리, 아득히 높은 곳으로부터 위대한 어둠의 지혜가 쏟아져 내려온다.

팔대호법은 무인인 동시에 흑영신을 섬기는 신관이다. 그들은 흑영신의 뜻에 닿은 권속이라 할 수 있으니, 영적인 능력이 활성화될수록 흑영신의 권능을 발휘할 수 있게 된다.

모르던 것을 알게 되고, 할 수 없던 기술을 구사하게 되고, 없던 힘도 발휘한다.

"삿된 말로 가련한 연옥의 주민들을 미혹하는 죄인이여, 어둠의 지혜가 무서움을 알겠느냐?"

"…사악한 지혜에 홀려 사람의 마음을 모르는 마물아."

쏟아지는 뇌격과 냉기의 폭풍우 속에서 정신없이 밀려나던 기영준이 말했다.

"가련하구나."

"뭐라고?"

"스스로의 발로 올라간 것도 아니면서 그저 높은 곳에 있는 것만을 자랑스러워하다니, 자신이 얼마나 불쌍한지도 모르는구나."

검이 춤춘다.

아니, 검만이 아니다. 피투성이가 된 기영준의 몸도 함께 춤추고 있었다.

폭풍처럼 쏟아지는 한기와 뇌전과 어둠 속에서, 마치 가랑잎처럼 팔랑거리면서 원을 그려낸다. 검극이 막힘없는 원을 그려나가면서 모든 것을 흘려보냈다.

'이런……!'

흑서령이 경악했다.

기영준에게서 느껴지는 기운은 미약하다. 그는 흑서령이 발한 심상경의 절예를 두 번 막아내면서 막대한 기운의 손실을 겪었다. 아마 지금 남아 있는 진기는 절반도 되지 않을 터.

그런데 그가 다가오는 것을 막을 수가 없다.

기영준이 발하는 기운은, 흑서령이 쏟아내는 기운의 백분의 일도 안 될 것이다. 몰아치는 광풍을 촛불 같은 기운만으로 모조리 흘려 버리면서 다가오고 있다.

"검은 사람이 생각해 내고, 사람이 벼려내어, 사람의 손에 쥔 것이니……."

기영준의 발걸음이 멈추지 않는다. 주변에 태풍에 휩쓸린 것처럼 초토화되고 있는데도 그만이 도도한 강물처럼 나아가고 있다.

"사람의 마음이 담긴 검만이 태극의 도(道)에 이르리라."

"삿된 소리!"

흑서령이 노성을 질렀다.

힘으로 압도하는 것은 불가능하다?

아니다. 심상을 현실에 구현하는 영역에서는 기영준이라 하더라도 힘 대 힘의 대결을 강요받을 수밖에 없다. 앞선 두 번에서 기화한 스스로의 일부를 잃어버렸듯이, 이번에도 마찬가지다.

"태극의 도 따위, 인간에게는 필요 없다. 안식의 어둠으로 떨어져라!"

검은 벼락이 쳤다.

기영준이 주춤했다.

흑서령과 동시에 기화해서 공격을 흘려보냈다. 하지만 그의 심상이 조화에 이르지 못했다. 이번에도 막대한 기운을 잃어버렸다.

흑서령이 외쳤다.

"너희들이 지껄이는 헛된 소리가 연옥의 주민들에게 고통을 강요하고 있음을 모르는가!"

기영준은 대답하지 못했다. 그의 뒤쪽에 나타난 흑서령이 다시금 검은 벼락이 되어 그를 쳤다.

기영준이 주저앉았다. 검을 지팡이 삼아서 가까스로 쓰러지지 않고 있었다.

'신우야, 너는 조화를 보았더냐?'

그는 자신의 마음속에 있는 제자에게 물었다.

대답은 들려오지 않는다. 제자는 생전에 그랬듯이 삐딱한 웃음만을 짓고 있었다.

왠지 모를 유쾌함이 밀려와서, 기영준은 웃어버리고 말았다.

그런 그에게 흑서령이 돌아선다.

"후우우우……"

긴 숨을 토하는 흑서령 역시 멀쩡하지 않았다. 연달아 심상경의 절예를 구사하면서 파멸이 가속화되고 있었다.

기영준의 말대로 그는 스스로 심상경에 올라선 것이 아니다. 초월자의 지혜를 빌려오고 있을 뿐인지라 사용할 때마다 스스로가 부서져 흩어져 버릴 것만 같은 아슬아슬한 줄타기를 해야 했다.

'상관없다.'

어차피 여기서 연옥의 고행을 끝내기로 한 몸이다. 기영준을 데려갈 수만 있다면, 그것으로 족하다.

인정한다. 기술로는 기영준을 이길 수 없다.

그러니 힘으로 압도한다. 영혼까지 남김없이 불사를 각오로 힘 대 힘의 대결을 강요하겠다. 자신이 결국 반동을 이기지 못

하고 죽는다 하더라도, 기영준 역시 파멸을 피할 수 없으리라.

"선검이여, 종지부를 찍을 때다."

흑서령이 기맥에서 날뛰는 기운을 다스리며 선고했을 때였다.

섬뜩한 감각이 닥쳐왔다. 극대화된 영적 감각이 그에게 경고하고 있었다.

쫘광!

푸른 섬광이 소용돌이치며 폭발했다.

"크윽……!"

흑서령이 이를 갈았다. 내공이 9심에 도달한 그조차도 내장이 뒤흔들릴 정도의 충격이다. 기영준이 탈진 상태에 빠진 지금, 이런 힘을 발휘할 자는 한 명밖에 없었다.

"명을 재촉하는구나! 흉왕의 제자! 어차피 네놈은……!"

말을 마치기도 전에 형운이 그의 앞에 나타났다.

흑서령이 눈을 부릅떴다. 아무런 조짐도 느끼지 못했거늘!

쾅! 쾅!

연달아 폭음이 울리며 흑서령의 몸이 공처럼 허공을 튀어 다녔다.

형운은 운화로 공간을 뛰어넘으면서 흑서령을 몰아붙였다. 아무런 조짐도 없이 사라졌다 나타나면서 맹공을 퍼부으니 흑서령조차도 정신을 차릴 수 없었다.

'지금밖에 없어!'

그러나 맹공을 퍼붓는 형운은 식은땀을 흘리고 있었다.

지금뿐이다. 지금 끝을 내야만 한다.

이자가 정신을 바로잡기 전에, 무리해서 기영준을 몰아붙이느라 흐트러진 기운을 수습하기 전에!

하지만 그 순간은 형운이 바라는 것보다 빠르게 찾아왔다.

"카아악!"

흑서령이 괴성을 지르며 뇌격을 발했다.

저주의 마기도, 냉기도 형운은 거뜬하게 버텨낸다. 그러나 뇌기만은 그럴 수 없었다.

쫘르릉!

뇌명이 울리며 형운이 튕겨 나갔다. 형운은 곧바로 운화를 이용해서 위치를 바꾸려고 했지만, 흑서령이 한발 빨랐다.

쫘광! 꽝!

벼락이 연달아 몰아치면서 형운이 운화할 여유를 빼앗았다. 그리고 스스로 뿌려낸 뇌격을 뚫고 달려든 흑서령이 형운을 후려갈겼다.

"크악!"

형운이 비명을 지르며 나가떨어졌다.

감극도로 막았지만 소용없었다. 흑서령은 뇌격으로 형운의 움직임을 제약시켜 둔 뒤 막을 테면 막아보라는 듯 뻔히 보이는 일권을 날렸다. 그리고 막는 순간 막대한 힘을 폭발시켰다.

허공에서 신형을 바로잡는 형운을 누군가 붙잡았다. 기영준이었다.

"으윽……!"

기영준이 비틀거렸다. 흑서령과의 격돌로 기운이 고갈되어서 형운을 받아내는 것조차 힘들었다.

"대협!"

형운이 놀라서 외쳤다. 조금이라도 그가 힘을 회복할 여유를 벌어주고자 끼어들었는데 상황이 이렇게 되다니?

그리고 섬뜩한 감각이 찾아들었다.

'아!'

형운은 눈앞에서 검은 벼락이 치솟는 것을 보았다.

생각하기도 전에 몸이 움직인다. 기영준을 옆으로 밀쳐서 피신시키는 동시에 운화한다.

동시에 절망감이 밀려들었다.

'늦었어.'

예감은 빗나가지 않았다. 몸이 운화하기 전에, 검은 벼락이 그를 관통한다.

아무것도 할 수 없었다. 형운의 존재가 소멸했다.

4

인간은 불일치하는 두 세상의 경계를 걸어가는 생물이다.

마음으로 그리는 심상 세계와, 몸으로 체험하는 현실 세계.

인간은 늘 이 경계를 허물어뜨리길 원했다. 마음에 품은 것을 이루기 위해, 현실에서 노력한다.

사랑을 품는 것만으로 상대를 얻을 수 없다. 그러니 사랑받기 위해 노력한다.

살의를 품는 것만으로 상대가 죽지 않는다. 그러니 죽이기 위해 노력한다.

무인도 늘 이 경계를 허물어뜨리기 위해 발버둥치는 존재들이다.

다만 그들이 바라는 것은 어디까지나 이상을 현실로 끌어오는 것이다. 그 역은 성립하지 않는다.

왜냐하면 인간의 뿌리는 현실에 있으며, 현실을 잃고서는 존재할 수 없으므로.

'왜 여기에 있어?'

누군가 묻는다.

'모르겠어.'

정말로 모르겠다.

저 질문에 대한 답만이 아니다. 아무것도 모르겠다.

이곳이 어딘지, 자기가 왜 여기 있는지, 애당초 자기가 누구인지조차도······.

'아직 여기 올 때가 아니야.'

알 수 없는 누군가는 상냥했다. 상처 입은 아이를 위로하듯이 다정한 목소리다.

왠지 자신이 아는 누군가의 목소리 같다. 늘 자신의 안에 있는, 하지만 더 이상 세상 어디에도 없는··· 그런 사람의 목소리.

'여기가 어디지?'

'경계 너머야.'

동시에 뭔가가 떠오른다. 대답을 들어서 아는 것 이상의 지식이 쏟아져 들어오고 있다.

이곳은 삼라만상의 근원이다.

형상을 지닌 존재들이 사는 세상의 뿌리이며, 그곳에 발 딛고서 있는 한 넘을 수 없는 경계 너머다.

세상 만물은 기(氣)로 이루어져 있다.

기와, 기가 모여서 빚어낸 형상 사이에는 영원한 경계가 존재한다.

그것은 마치 동전의 양면 같은 것이다. 동전의 앞과 뒤는 한 몸이지만, 영원히 만날 수 없다. 만나는 순간이 온다면 동전이 더 이상 동전이 아니게 될 때이리라.

그 경계가 무너지는 순간이 온다면, 그것은…….

'양면이 조화를 이룰 때다.'

다른 누군가의 목소리였다.

왠지 이 목소리 또한 자신이 아는 사람의 것이라는 생각이 든다. 뻐딱하고 오만하기 짝이 없어서 신경을 건드리는 목소리다. 하지만 그러면서도 왠지 그를 미워할 수 없었던, 아니, 좋아했던 것 같은 기분이 든다.

'멍청아. 돌아가면 일생 동안 찬양해라. 태극의 도(道)야말로 사람의 마음이 자아낸 궁극의 이치라고.'

'…가신우?'

순간 자기도 모르게 상대의 이름을 부른다. 그러자 눈앞이 새하얗게 밝아지면서 목소리의 주인들이 보였다.

미소 짓는 유설과 가신우였다.

'돌아가, 형운.'

형운은 자신이 누구인지 깨달았다.

5

검은 연기가 피어오른다.

파괴의 흔적에서 피어오르는 것이 아니다. 그것은 마치 오랜 시간이 지난 흔적처럼 아무런 열기도 발하지 않는다.

연기를 피워 올리는 것은 파괴의 주체, 흑서령이었다.

"으음……!"

흑서령이 부들부들 떨리는 몸을 돌려 세웠다. 그의 눈에 경악이 떠올랐다.

"무슨 짓을… 한 것이지……?"

그 자신에게 무슨 짓을 했냐고 물은 것이 아니다. 흑서령은 스스로의 상태를 정확하게 파악하고 있었다. 스스로 이뤄낸 것이 아닌, 빌려온 지혜로 심상경을 연달아 구사한 반동으로 파멸이 가속화되고 있다.

흑서령이 놀란 것은 눈앞에서 벌어진 일이다.

"조화다."

기영준이 차분하게 대답한다.

그의 옆에 형운이 어안이 벙벙한 기색으로 서 있었다.

"조화? 무슨 헛소리를……."

흑서령은 믿을 수가 없었다.

분명 자신이 한 줄기 검은 벼락으로 화해 형운을 꿰뚫었다. 심상경에 이르지 못한 형운은 그대로 기화, 스스로를 정의하던 형상을 잃어버리고 삼라만상의 일부가 되어야 했다.

그런데 형운이 돌아왔다.

기영준은 그의 말을 무시하고 형운에게 말을 걸었다.

"괜찮은가?"

"무슨 일이… 벌어진 거죠?"

"유감스럽게도 설명하고 있을 여유가 없군. 그 이야기는 이 싸움이 끝나면 차라도 한잔하면서 나누도록 하세."

기영준이 빙긋 웃었다. 멍청하니 그를 보던 형운은 한 가지 섬뜩한 사실을 깨달았다.

"대협, 팔이……."

기영준의 팔이 없었다.

그것도 검을 쥐던 오른팔이 팔뚝 아래로 썩둑 잘려 나간 것처럼 사라져 있었다. 평생을 단련해 온 단단한 근육도, 무궁무진한 변화를 새겨온 손도 보이지 않는다.

흑서령의 공격에 잃어버린 것이다. 형운이 밀친 덕분에 직격당하는 것은 피했지만 대신 치명적인 부상을 입었다.

기영준이 허허 웃었다. 마치 자신이 무슨 일을 당했는지 모르는 것처럼, 너무나도 평온한 기색이었다.

"힘을 빌려주게."

그런 기영준에게 한 자루 검이 날아들었다. 주변에 널브러진 시체들 사이에서 허공섭물로 불러들인 것이다. 그것을 왼손으로 쥔 기영준이 흑서령을 바라보았다.

흑서령이 움찔했다. 기영준의 눈은 마치 고요한 수면처럼 깊게 가라앉아 있었다. 적의도, 각오도 엿보이지 않는 눈동자는 모든 것에 초연한 것 같았다.

기영준이 물었다.

"끝을 내야 하지 않겠나?"

"…그래. 그렇지."

흑서령이 이를 악물었다.

기술로는 따라갈 수 없기에 심상경의 절예로 힘 대 힘의 대결을 강요했다. 심상경에서 격돌할 때마다 기영준은 막대한 기운을 소실했고, 그것은 흑서령도 마찬가지였지만 그에게는 대해처럼 거대한 여력이 있었다. 반동으로 파멸이 가속되는 것을 감안하더라도 함께 죽을 자신이 있었다.

그런데 뜻하지 않은 기회로 기영준은 오른팔을 잃었다. 그가 평생 우수검(右手劍)을 연마해 왔음을 생각하면 치명적인 손상이다.

지금이라면 차라리 심상경의 절예가 아닌 평범한 공격으로 쓰러뜨리는 편이 낫지 않을까? 그쪽이 좀 더 확실하게…….

'아니, 아니다.'

흑서령은 유혹을 뿌리쳤다.

어차피 여기서 최후를 맞이할 결의를 다진 몸이다. 그렇다면 가장 확실한 방법으로 기영준의 목숨을 빼앗는다.

"마지막이다!"

기영준은 흑서령이 기화하는 것을 무심히 바라보고 있었다. 마치 모든 것을 포기하고 죽음을 기다리는 사람처럼.

검은 벼락이 뻗어나갔다.

세상을 가르는 격렬한 선이 기영준이 있던 자리를 관통한다.

사람들이 눈에 보이는 풍경을 가르는 어둠의 선을 보았을 때, 이미 공격은 끝나 있었다.

흑서령이 기영준의 뒤쪽에 서 있었다. 그리고…….

"무슨 짓을 한 거냐……?"

기영준도 그 자리에 그대로 있었다.

분명 흑서령이 기화하여 그를 쳤다. 검은 벼락이 관통하는 순간에도 기영준은 아무것도 하지 않았다. 그를 기다리는 운명은 기화하여 산산이 흩어지는 것뿐이었다.

그랬어야 했다.

"조화를 구했느니."

기영준이 흔들림 없는 어조로 말하며 그를 돌아보았다.

쩌적…….

동시에 흑서령은 자기 안에서 균열이 생기는 소리를 들었다.

무언가가 잘못되었다. 그가 이 자리에서 파멸을 맞이하는 것은 필연이었지만, 거기에 예기치 못한 요소가 끼어들었다.

기영준을 돌아본 흑서령은, 자신의 몸이 검에 꿰뚫려 있다는 사실을 깨달았다.

"이런, 바보 같은, 일이……!"

기영준이 왼손에 들고 있던 검이 사라져 있었다. 그 검이 기화했다가 육화한 그의 몸을 관통하고 내부에서 치명적인 균열을 일으키고 있었다.

"허어……."

그런 그의 앞에서 기영준이 주저앉았다. 그도 더 이상 싸울 힘이 남아 있지 않았다.

흑서령의 눈이 광기로 불타올랐다.

"그래도, 너만은, 너만큼은……!"

파멸이 눈앞까지 다가와 있었다. 한 걸음 내딛는 것만으로도 육신이 찢겨 나갈 것만 같아서 버티기가 힘들다. 하지만 지금 당장 죽는다 하더라도, 기영준만은 죽여야 한다.

쫘르릉! 쫘광!

격렬한 뇌격이 쏟아져 나갔다.

'해냈다!'

흑서령이 그렇게 판단하고 미소 짓는 순간이었다.

"그렇게 하게 두진 않아."

흩어지는 뇌격 너머에서 형운이 나타났다.

경악한 흑서령 앞에서 형운이 주먹을 당긴다. 자신을 죽이기 위한 행동을 보면서도 흑서령은 더 이상 아무것도 할 수 없었다.

'원통하다······!'

형운은 그가 울분을 토하기를 기다리지 않았다. 화살처럼 쏟아져 나간 주먹이 흑서령을 관통했다.

6

총단에 머무르면서 제자단을 지도하던 귀혁에게 형운의 소식이 들려온 것은, 형운이 총단을 나선 지 두 달이 다 되어갈 무렵이었다.

물론 그 전에도 어디를 들렀다, 운강에 무사히 도착해서 마교 대책반에 합류했다는 소식은 접하고 있었다. 하지만 이번에 들려온 소식은 대단히 인상적이었다.

"허어, 이 녀석이······."

한창 제자단에게 가르침을 내리던 중에 보고서를 받은 그는 혀를 내둘렀다.

그 앞에서 힘없는 목소리가 들려왔다.

"사부님, 혹시… 사형의 일인가요?"

강연진이었다. 기진맥진해서 주저앉아 있던 그가 묻고 있었다.

"그렇단다."

귀혁은 빙긋 웃으며 그를 바라보았다.

강연진만이 아니다. 열 명의 제자단 전원이 다 죽어가는 표정으로 엉금엉금 기어 다니고 있었다.

지금 주변에는 귀혁이 중압진을 펼쳐 두고 있었다. 일반인은 이 안에서 숨쉬기조차 버거울 것이고 무인이라고 해도 별로 다르지 않다.

제자단이 자신의 중압진으로 이 중압진을 중화하면서 움직이는 것이 귀혁이 그들에게 내린 과제였다. 다들 엉금엉금 기어 다니고 있는 와중에 강연진이 질문을 던지는 여유를 보이자 귀혁은 흡족해했다.

그것을 본 양우전의 눈이 경쟁심으로 빛났다. 그는 자신이 제자단 중 최고라고 자부하고 있었다. 누구든 간에, 특히 못난이 취급하던 강연진에게 뒤지는 것은 용납할 수 없었다.

"무슨 일인지 말씀해 주실 수 있습니까?"

한껏 멀쩡한 척 허세를 부리면서 묻자 귀혁이 대답했다.

"너희들의 대사형이 흉명이 자자한 마창사괴를 격살하고, 흑영신교의 팔대호법 중 하나를 쓰러뜨리는 데 한몫했다는구나."

"……."

그 말에 다들 깜짝 놀랐다.

다들 강호 경험이 없는지라 마창사괴는 아는 이도 있고 모르는 이도 있다. 하지만 흑영신교의 팔대호법이 어떤 존재인지는 설명이 필요 없었다.

"갈수록 내 예상을 상회하는군. 너희들도 좀 더 정진해야겠다."

"으윽……!"

양우전이 이를 악물었다. 마음속에서 불길이 치솟는다.

사실 형운은 이미 구름 위의 존재나 다름없었다. 경쟁심을 불태우기에는 너무 멀리 가버렸다.

그래도 양우전은 형운에 대한 호승심을 버릴 수 없었다. 벌써 몇 번이나 패배감을 맛보았지만 그래도 포기하고 주저앉기는 싫었다.

기를 쓰고 일어나던 양우전은, 옆에서 강연진이 자신과 똑같이 일어나고 있는 것을 발견했다.

'대사형의 충견 같으니!'

강연진에 대한 양우전의, 아니, 다른 제자단 전원의 평가는 그러했다.

지금도 강연진은 호승심이 아니라 숨길 수 없는 경탄과 동경의 표정을 드러내고 있었다. 그런데 그런 감정으로 자기와 똑같이 행동하는 것을 보니 양우전의 심사가 심히 뒤틀렸다.

자신을 노려보는 양우전의 시선에 강연진도 지지 않고 마주 노려보았다. 이미 강연진도 예전의 그가 아니었다. 시간이 지날수록 제자단 사이에서 두각을 드러내며 함부로 자신을 건드리지 못하게 만들고 있었다.

"허허, 기운이 좋구나. 젊을 때는 그래야지."

귀혁은 열정을 불태우는 제자들을 보며 흐뭇하게 웃었다.

7

"하아."

진예는 한숨을 푹 쉬었다. 그러자 그녀의 사저 주미령이 그녀를 바라보았다. 진예와 나이 차가 열 살도 넘게 나는 그녀는 이자령의 셋째 제자로 마교 대책반에 합류한 백야문도들을 이끌고 있었다.

"얘는 큰 공을 세워놓고 왜 한숨을 푹푹 쉬고 있니?"

"공을 세우기는요."

마교 대책반의 백야문도들 사이에는 기쁨과 슬픔이 공존하고 있었다.

이번 전투로 인해서 한 명이 사망했고, 한 명은 사경을 헤매는 중상을 입었다. 다들 분위기가 무거울 수밖에 없었다.

하지만 그들은 빙령의 조각을 회수했다.

"전부 형운 공자가 한 거고 제가 한 일은 아무것도 없는걸요."

설원에서 빙설마를 쓰러뜨렸을 때 그랬듯이, 이번에도 형운이 흑서령의 목숨을 끊고 그의 몸속에 있던 빙령의 조각을 회수했다. 형운은 당연한 듯이 빙령의 조각을 진예에게 전해주었고,

백야문도들은 크게 감사했다.

주미령이 말했다.

"설산의 사람은 은원을 잊지 않는다. 살다 보면 언젠가 그에게 진심을 다할 기회가 올 것이다."

"그랬으면 좋겠네요."

형운에게 고마운 것은 고마운 것이고 분한 것은 분한 것이다. 자신의 힘이 부족해서 백야문도로서의 사명을 다하지 못하고 외부인인 형운의 신세를 지기만 한다는 사실이 자존심 상한다.

마창사괴의 삼괴를 쓰러뜨린 일로 그녀는 확고한 명성을 얻었다. 지금까지는 설산검후 이자령의 제자가 된 성운의 기재라는 사실만이 유명했지만 이제는 진예라는 젊은 여검객이 주목받으리라.

하지만 정작 진예 본인은 스스로의 명성에는 아무런 관심도 없었다.

'더 강해져야 해.'

진예는 이자령이 알았으면 참으로 흐뭇해했을 결의를 다졌다.

8

"이번에는 정말 잘해주었어. 네가 아니었다면 분명 사망자가 나왔을 거야."

형운에게 치하를 받는 무일은 복잡한 심정이었다.

이번 전투에서 무일은 호위단을 잘 이끌었다. 가려가 형운과 함께 움직였기 때문에 호위단을 지휘하는 것은 온전히 그의 몫이었다.

호위단이 이번에 입은 피해는 부상자 두 명뿐이었다. 둘 다 한동안 정양해야 할 중상이기는 했지만 그래도 시간이 지나면 복귀할 수 있다는 진단을 받았다.

"아닙니다. 공자께서 그 괴물들을 막아주신 덕분이지요."

무일이 겸양했다.

무일은 형운이 마창사괴 중 둘을 쓰러뜨리는 장면을 보았다. 기영준과 함께 흑서령을 끝장내는 것도 보았다.

'공자의 무공은 정녕 끝이 안 보이는구나.'

형운에게 미래를 의탁한 지도 1년이 넘었다. 하지만 지금까지도 형운의 한계를 알 수가 없었다.

'성운의 기재들조차도 공자에게는 미치지 못한다.'

스스로가 별 부스러기라는 것을 아는 입장에서는 성운의 기재들을 보면서 질시와 박탈감을 느낀다. 날 때부터 그들이 주인공이고 자신은 스쳐 가는 등장인물 중 하나밖에 될 수 없다고 낙인찍힌 기분이다.

그래서일까? 자신이 윗사람으로 선택한 형운이 그들 이상으로 활약하는 것을 보니 통쾌했다.

'하지만 나는……'

무일은 형운이 좋았다. 처음에는 철저한 계산 끝에 접근했지만 자신에게 진심으로 대해주는 사람에게 정을 주지 않기란 쉽지 않은 법이다.

그러나 과거가 발목을 붙잡는다. 과연 이 꺼림칙함에서 벗어날 수 있는 날이 올까?

'만약 그들이 공자를 해하려고 한다면 그때는… 어떻게 해야 하지?'

지금까지는 그저 정보를 건네주는 것에 불과했다. 하지만 정체를 알 수 없는, 아마도 마교라 추정되는 그들이 형운의 파멸을 바란다면… 그때는 어떻게 행동해야 할까?

순간 머리가 지끈거렸다.

'뭐지?'

의아해하는 순간, 마음 한구석에서 시커먼 생각이 떠올랐다.

'그게 무슨 상관이야?'

죄책감을 가지려면 처음에 가졌어야 했다. 자신을 양지로 건져 올려준 은인들에게 소소한 이익을 던져 주고, 자신은 양지에서 출세할 수 있으면 그걸로 족하지 않은가?

그들이 자신에게 뭘 요구할지 몰랐다? 그건 말도 안 되는 소리다.

'알려주진 않았지. 하지만 뻔히 마교일 거라고 추측했잖아?'

그런 자들이 바란 것이 단순한 첩보 활동? 그럴 리가 없다. 아마 결정적인 순간에 별의 수호자를, 혹은 형운을 배신할 것을 요구하리라.

그래, 알고 있었다. 무일은 그런 사실을 상상 못 할 정도로 순진한 인물이 아니니까.

'이제 와서 양심 있는 인간인 척하고 싶은 거야?'

이것은 분명 무일의 내면에 잠들어 있던 생각이다. 하지만 뭔가 이상하다. 무일의 의지와는 별개로, 마치 누군가 공격적인 어조로 비난하듯이 떠오르고 있었다.

'이건, 대체 무슨……'

문득 형운이 물었다.

"왜 그래?"

무일의 호흡이 거칠어져 있었다.

"아, 아닙니다."

"안색이 굉장히 안 좋아 보이는데?"

"괜찮습니다. 좀 지친 것뿐… 으윽."

무일이 비틀거렸다. 머리의 지끈거림이 극심해지고 있었다. 난폭하게 떠오르는 내면의 목소리가 무일의 사고 기능을 마비시킨다.

'스스로를 속이지 마.'

'이미 돌아오기에는 너무 멀리 왔어.'

'억지로 현실을 외면할 필요 없어.'

'그냥 하던 대로 계속하면 돼.'

무일은 하나하나 반박하면서 사고의 중심을 유지하고자 했다. 하지만 부질없는 노력이다. 일거에 쏟아지는 목소리가 무일의 자기변호를 박살 내면서 사고를 마비시켜 갔다.

"아, 아악……"

머리가 깨질 것처럼 아프다. 아무것도 생각나지 않는다.

"무일!"

누군가의 목소리가 귓가를 파고들었다.

그리고 내면에서 강렬한 기세로 온기가 퍼져 나갔다.

"…헉!"

무일이 헛숨을 토해냈다. 잠시 격하게 숨을 토해내던 무일은 곧 형운이 주저앉은 자신의 손을 잡고 있다는 사실을 깨달았다.

"괜찮아?"

"……."

형운이 진기를 불어넣어서 상태를 진정시켜 준 것이다. 지금도 조금씩 정순하기 그지없는 일월성신의 진기가 유입되면서 기맥을 안정시켜 주고 있었다.

동시에 무일은 또 다른 사실을 깨달았다.

'조금 전 것은 설마…….'

짚이는 사실이 있었다.

고민하는 그에게 형운이 말했다.

"지금 곧바로 여기 의원에게 갔다가 쉬도록 해. 내일까지 휴가를 줄게."

"하지만 제가 처리해야 할 일이……."

"누나한테 맡기면 돼."

형운은 무일의 반박을 허락지 않았다. 그리고 안도의 한숨을 쉬며 말했다.

"아무래도 만상붕괴에 노출됐던 때의 충격이 남은 모양이야."

"네?"

"전에 사부님이 그러셨는데… 후유증이 있을 수도 있고 최악의 경우 감각에 장애가 남을 수도 있다더라고. 당분간은 몸 상태를 주의 깊게 살피도록 해. 뭔가 이상하다 싶으면 꼭 말하고."

"어, 그, 그렇군요."

"내일까지는 몸을 다스리면서 쉬어. 그 후에도 상태가 이상하면 더 쉬고."

무일은 어쩔 수 없이 그 말대로 따라야 했다.

9

조검문도들과 함께 운강의 별의 수호자 지부로 온 천유하는 한동안 정양하라는 진단을 받았다. 마창사괴의 사괴를 상대하는 과정에서 몸 여기저기에 크고 작은 상처를 입었고, 또 그 후에 일어난 일로 인해서 내상도 입었기 때문이다.

별의 수호자에서 내준 약을 먹고 휴식을 취하던 그는 뜻밖의 인물의 방문을 받았다.

"네가 웬일로……."

그를 찾아온 것은 마곡정이었다. 형운이라면 모를까, 이 녀석이 웬일로?

마곡정은 자기가 찾아와 놓고도 인사 한마디 없이 천유하를 바라보았다. 뭔가 못마땅한 듯 째려보고 있기는 한데, 잘 보면 입술을 달싹이는 것이 말을 꺼내기는 해야겠는데 좀처럼 목소리가 안 나오는 상황인 것 같다.

어색한 침묵이 흘러갔다. 결국 천유하가 뭔가 물으려고 하는데 마곡정이 불쑥 뭔가를 내밀었다. 작은 목함이었다.

"이건 뭔데?"

"허약해 빠진 네 녀석이 내상 입고 골골거린다길래 주는 거다."

"…내상약이라면 이미 여기서 받았는데?"

"그런 흔해 빠진 약이랑 똑같은 줄 아냐?"

천유하가 목함을 열어보니 진한 약향이 코를 찔렀다. 동시에 은은한 기운이 기감을 자극하는 것을 보니 정말 귀한 비약임을 알 수 있었다.

"어, 고, 고맙다."

천유하는 당혹감을 감추지 못하고 마곡정을 바라보았다. 이 녀석이 자신에게 이런 걸 줄 녀석이었던가?

마곡정은 시선을 피하며 말했다.

"뭐, 네놈 덕분에 공을 챙겼는데 맨입으로 넘어가는 것은 빚 지는 기분이라서 가져온 거다. 간다."

"아니, 잠깐만……."

"바빠. 너 상대할 시간 없어."

천유하가 뭐라고 말하려고 했지만 마곡정은 자기 할 말만 하고 가버렸다. 잠깐 동안 멍청하니 열린 문을 바라보던 천유하가 헛웃음을 흘렸다.

"설마 이거, 저 녀석 나름대로는 화해의 표시나 그런 건가?"

10

기영준은 평소처럼 단정한 모습으로 형운을 맞이했다.

하지만 겉모습이 단정하다고 해서 그가 입은 상처가 사라지는 것은 아니다. 이번 일로 그는 너무나도 큰 것을 잃었다. 평생 동안 검을 연마해 온 오른팔이다.

"몸은 괜찮은가?"

그런 그가 빙긋 웃으며 물어오니 형운은 당황할 수밖에 없었다. 마치 입장이 바뀐 것 같지 않은가?

"난처하게 하려고 묻는 것이 아닐세. 소협은 자신이 어떤 일을 겪었는지 이해하고 있는가?"

기영준은 인사차 물은 것이 아니라 진지하게 묻고 있었다. 그 사실을 눈치챈 형운이 잠시 생각해 보고는 대답했다.

"본래대로라면 심상경에 도달해야만 겪을 수 있는, 완전히 기화했다가 다시 육화하는 상황을 겪었지요. 육화는 제 스스로의 힘이 아니라, 대협의 힘에 의해서였고……."

"이해하고 있군."

"뭐라고 감사드려야 할지 모르겠습니다. 이 은혜는 결코……."

"그러지 말게나. 목숨을 구한 것을 은혜라고 한다면, 나 역시 자네에게 은혜를 입었으니까. 서로 간에 마음의 빚은 없는 것으로 해두지 않겠는가?"

기영준이 부드럽게 웃었다. 형운이 안타까워하며 말했다.

"하지만 대협께서는……."

"이것은 자네의 책임이 아니라 나의 모자람이 부른 결과일세. 그때 소협이 스스로를 희생해 가면서 나를 구하지 않았다면 나는 죽었을 걸세. 그건 확신할 수 있다네."

기영준은 오른팔을 잃었으면서도 초연했다. 마치 그것이 아무런 문제도 아닌 것처럼…….

형운은 그의 태도를 이해하기 힘들었다. 보통 사람이 신체 한

부분을 잃는다 하더라도 그 상실감과 고통은 견디기 어려울 지경일 것이다. 하물며 평생 동안 오른손으로 검술을 연마해 온 사람이 그 노력의 결정체를 잃었는데 어쩌면 저리도 태연할 수 있을까?

기영준은 그런 형운의 의구심을 무시하고 말을 이었다.

"기화한 타인을 육화하는 것은 전례가 없는 일은 아닐세. 그런 만큼 그 위험성이 얼마나 큰지도 잘 알려져 있지."

"그랬군요."

하긴 그렇지 않았다면 기영준이 진지하게 몸 상태를 물어보지는 않았으리라.

기영준이 말했다.

"심상경에 도달한 자가 스스로를 기화했다가 육화하는 과정에서도 손실이 발생하게 마련일세. 완벽하게 기술이 이루어졌다고 하더라도 자신이 지닌 기운의 일부를 소진하지. 그리고 실패할 경우에는 보통 자신이 뚜렷하게 심상에 새겨 넣지 못한 것들을 잃어버린다네. 예를 들면 의복이나, 평소 소홀히 하던 부분들을."

그렇기에 흑서령과 대결할 때처럼 연속적으로 심상경의 절예를 맞부딪치는 것은, 뻔히 보이는 파멸로 걸어 들어가는 것과 마찬가지 행위다. 만약 그때 형운이 기영준을 구하지 않았다면 기영준은 다시 육화할 수 없었으리라.

정확히는 다시 육화해 봤자 목숨을 잃었을 것이다. 격돌로 인한 손실 때문에 신체를 온전히 구성하는 데 필요한 최소한의 기를 확보할 수 없었을 테니까.

"자신을 대상으로 해도 그럴진대 하물며 타인을 기화하고 재구성하는 것이 얼마나 위험한 행위일지는 더 말할 필요가 없지. 기록된 사례들을 보면 거의 대부분이 온전히 돌아오지 못했다네."

누가 봐도 멀쩡하게 돌아오지 못한, 아니, 아예 인간임을 알아보기 어려울 정도로 참혹한 꼴을 당한 자들이 있었다.

겉으로 보기에는 멀쩡하지만 속에는 치명적인 문제가 발생했던 자들도 있었다.

"소협이 온전히 돌아온 것은, 내 힘이 아니라 소협 스스로의 심지가 확고했기 때문일세."

"…아닙니다."

형운은 부끄러워하며 말했다. 얼굴을 붉히며 흐릿하게 남아있는 기억을 더듬거린다.

"그때, 그러니까 기화했을 때… 경계 너머에서 기다리고 있던 사람들이 있었습니다."

"자네는 그때를 기억하고 있는 것인가?"

기영준이 놀라서 물었다. 형운이 고개를 끄덕였다.

"희미하긴 하지만요. 처음에는 거기가 어디인지, 제가 왜 거기에 있는지, 심지어 제가 누구인지조차 알 수 없었습니다만……."

그곳에서 자신을 알아보고 이름을 불러준 사람들 덕분에 돌아올 수 있었다.

"그 녀석이 그러더군요. 돌아가면 태극의 도야말로 사람의 마음이 자아낸 궁극의 이치임을 일생 동안 찬양하라고."

"……."

"그저 제가 바라는 환상을 봤을 뿐인지도 모르겠지만……."

"…아니, 아닐세."

만난 순간부터 지금까지 차분함을 유지하던 기영준의 표정이 일그러졌다. 그가 하나밖에 남지 않은 손으로 눈가를 짚었다.

"자네도 만났던 거군."

눈가를 가린 손 아래쪽에서 투명한 눈물이 흘러내린다.

기영준의 머릿속에서 그때의 일이 되살아났다.

형운이 자신을 밀치고 대신 흑서령의 공격을 맞았을 때, 기영준은 곧바로 심상경에 들어 형운을 되돌리고자 했다. 그것은 아무런 확신도 없는, 그저 형운을 죽게 놔둘 수 없다는 마음에서 나온 행동이었다.

그때까지 기영준의 심상경은 무인의 환상에 속박되어 있었다. 하지만 세상 무엇이든 베어버리는 검의 심상으로는 형운을 되돌릴 수 없었다.

그 사실을 잘 알기에 기영준은 그 어느 때보다도 조화의 심상을 원했다. 필사의 각오로 기화하여 경계를 넘었을 때, 그곳에서 가신우를 보았다.

'스승님은 할 수 있어요. 못 하시면 그 자식한테 호언장담한 제 체면이 구겨지잖아요.'

가신우는 기영준이 기억하는 모습 그대로 웃고 있었다.

그리고 기영준은 그동안 안개처럼 흐릿하기만 했던 태극의 이치를 깨닫고 조화의 심상에 이르렀다.

"어쩌면 우리는 같은 백일몽을 꾼 것인지도 모르지."

"……."

형운은 아무 말도 할 수 없었다. 그저 믿고 싶었다. 그것이 그저 덧없는 꿈이 아니었다고.

눈시울이 붉어진 기영준이 말했다.

"평생을 연마한 검을 잃었지만 대신 평생을 꿈꿔온 조화를 얻었네. 슬퍼하거나 좌절하지는 않을 걸세. 그러면 그 아이가 실망할 것 아닌가."

"하실 수 있을 겁니다."

형운은 미소 지으며 고개를 끄덕였다.

"대협이라면 꼭… 하실 수 있을 겁니다."

11

운강에서 홀로 살아남은 이십사흑영수의 일원, 한음도귀는 흑영신교의 성지에 발을 들이고 있었다.

"큰 희생을 치렀구나."

흑영신교주의 목소리에는 안타까움이 가득했다.

흑서령의 최후는 정해진 결말이었다. 하지만 그 목숨을 대가로 얻고자 했던 것들 중 달성한 것은 고작 하나뿐.

한음도귀가 고개를 조아렸다.

"신녀께서 내려주신 예지를 지켜내지 못한 것을 사죄드리옵니다."

그들이 얻은 결과는, 신녀가 예지한 가장 최악의 가능성보다
도 더 나빴다.

운강에서 치른 부활 의식은 목적인 동시에 함정이었다. 그곳
을 흑서령의 생애 마지막 전장으로 결정했던 것은 그의 목숨을
가치 있게 쓰기 위함이었다.

선검 기영준을 제거하고, 정파의 유망한 무인들을 몰살시킨
다.

흑영신교에게 골칫거리로 부상하고 있는 형운을 제거한다.

성운의 기재들을, 시신으로라도 사로잡아 교주가 그 별의 힘
을 취한다.

하지만 이런 의도들은 철저한 실패로 끝났다.

"흠⋯⋯."

문득 기묘한 울림이 섞인 목소리가 울렸다.

교주 앞에 무릎 꿇은 한음도귀는 혼자가 아니었다. 공손히 받
쳐 든 두 손 위에 누군가가, 정확히는 누군가의 머리가 있었다.

"당신께서 당대의 교주이신가? 선대보다 잘생기셨구먼."

"무엄하다!"

호통을 치며 나선 것은 흑천령이었다. 그러자 그가 의아해하
며 물었다.

"음? 자네 혹시 흑천령인가?"

그렇게 묻는 그는 사람의 모습을 하고 있지 않았다. 살은 모
두 썩어서 사라지고 오로지 백골만이, 그것도 해골만이 남아서
한음도귀의 두 손에 들려 있었다.

운강에서 흑영신교가 희생을 감수해 가며 부활시킨 것이 바

로 그렸다. 어떤 강대한 존재가 아니라 그저 해골밖에 남지 않은 옛 사자(死者)를 되살린 것이다.

"그렇다."

"원래도 젊진 않았지만, 정말 폭삭 늙었구만. 하긴 30년이 짧은 세월은 아니지?"

"네놈……!"

"그만해라, 흑천령."

가만히 있던 교주가 입을 열었다. 재미있어하는 목소리였다.

씩씩거리던 흑천령이 입을 다물자 교주가 해골에게 물었다.

"신성한 의무를 다한 자여, 그대를 무어라고 부르는 게 좋겠나?"

"선대 교주를 모실 때는 흑서령이라 불렸으나, 교주께서 말씀하시는 대로 이미 연옥에서의 의무를 다한 몸. 흑서령의 직위에 오르기 전에는 만마박사(萬魔博士)라 불렸으니 그렇게 불러주시면 기껍겠소이다."

"알겠다. 그렇게 부르지."

교주가 고개를 끄덕였다. 그리고 물었다.

"만마박사여, 그대를 다시 연옥에서 되살린 이유를 아는가?"

"듣지 못하였소. 그리고 아시다시피 나는 이미 연옥에서의 의무를 다하고 흑암정토에 든 몸이라 되살렸다는 표현은 온당치 못하다오."

"그대의 의식을 연옥으로 불러들였다고 정정하면 되겠나?"

"그러하오. 지금 교주와 대화를 나누고 있는 나는 연옥에서 고행하던 시절의 잔재와도 같은 것이니. 내가 교주께 예의가 부족하다고 여길지 모르나, 내 입장에서는 연옥의 만휘군상이 허상으로밖에 여겨지지 않아서 경의를 표하기 어렵소. 부디 넓은 아량으로 이해하셨으면 좋겠군."

"이 무엄한 놈……!"

"아아, 그냥 두어라, 흑천령이여."

흑천령이 참지 못하고 앞으로 나서자 교주가 재차 제지하였다. 흑천령이 흠칫하여 고개를 숙였다.

"주제넘게 교주의 명을 어기고 경망되게 입을 놀렸나이다. 벌해주시옵소서."

"되었다. 나는 그의 존재가 무척이나 흥미롭구나. 또 필요하기도 하고."

"흠. 교주께서는 왜 이 과거의 망령을 필요로 하시는 게요?"

만마박사가 의아해하며 물었다. 그의 기억은 사망하는 순간에서 멈춰 있었다. 그 후에 자신의 영혼이 흑영신이 보낸 사자의 인도로 흑암정토에 들었다는 것은 알고 있으나, 지금 이곳에 있는 것은 스스로 말한 것처럼 살아 있던 시절의 잔재다.

"한음도귀가 어디까지 이야기하였는가?"

"내가 죽은 후에 불경한 것들이 성지를 짓밟고 선대 교주와 신녀를 해하였다고 들었소. 그리고 30년 정도의 세월이 흐르면서 새로운 성지를 구하고, 교를 훌륭히 재건하셨다고."

"대충 그렇다."

"그런데 왜 이제 와서?"

"당시에 우리가 너무 많은 것을 잃었기 때문이다."

성지가 발각되어 짓밟히는 과정에서 팔대호법을 비롯한 고수들이 무수히 죽어나갔다. 구전으로만 전하던 비전들이 유실된 것은 물론, 교의 비술들을 기록한 비급들마저 유실되었다.

"심지어 신물들조차 상당수 잃어버렸지."

흑영신교의 성지에는 백야문을 공격할 당시에 썼던 흑영의 잔만이 아니라 수많은 신물이 있었고, 누대에 걸쳐 축적해 온 무궁무진한 기보들이 있었다. 당시의 참화로 그 대부분을 잃고 말았다.

"우리를 불쌍하게 여기신 흑영신께서 내려주시는 신성한 어둠의 지혜 덕분에 우리는 부족함을 채우며 여기까지 올 수 있었다. 그러나 역시 누대에 걸쳐 축적해 온 지식을 잃은 것은 너무나도 뼈아프다. 대업을 수행하면 할수록 그 사실을 실감하게 되는구나."

"그렇군."

만마박사는 대번에 교주의 뜻을 이해했다.

"내 머릿속에 들어 있는 지식이 필요했구려."

만마박사는 생전에 흑영신교의 모든 비술을 머릿속에 기억하고 있다고 일컬어졌던 불세출의 천재였다.

교주가 고개를 끄덕였다.

"걸어 다니는 비술서고라 불렸던 만마박사여, 우리가 잃어버린 지식을 채워줄 수 있겠느냐?"

제50장
졸업

성운을 먹는 자

1

형운과 천유하는 요즘 들어서 한 가지 의문을 공유하고 있었다.

"성운의 기재는 모두 생일이 같지?"

"하루나 이틀 정도의 오차는 존재하는 것으로 알지만, 어쨌든 거의 같다고들 하지."

"그럼 벌써 초대가 왔어야 하는데……."

의아해하는 형운의 손에는 얇은 금패가 들려 있었다. 표면에 해검(海劍)이라는 글자가 음각된 이 금패는 작년에 양진아가 주고 간 것이다.

이 금패를 주면서 양진아는 내년 자신의 생일 때 형운과 천유하를 초대하겠다고 말했다. 하지만 이미 일자가 지난 지금까지도 소식이 없었다. 형운과 천유하의 생일이 5월 2일이니 양진아

역시 마찬가지일 텐데…….

하물며 위진국의 청해군도까지는 아득히 먼 거리다. 하운국에 사는 두 사람을 초대할 생각이라면 아무리 늦어도 반년 전에는 초대장이 당도했어야 일정을 맞추는 게 가능했으리라.

형운이 고개를 갸웃했다.

"까먹은 것 아닐까?"

"…양 소저 성격을 생각하면 있을 수 없는 일이 아니라는 점이 무섭지만, 그래도 한번 한 말은 책임질 사람이라고 본다."

"혹시 무슨 일이 생긴 것은 아니겠지?"

"음…….

천유하가 눈살을 찌푸렸다.

강호의 무인으로 살아간다는 것은 목숨을 칼끝에 올려둔 것이나 같다. 사람들이 천명을 지니고 태어났다고 칭송하는 성운의 기재라고 해도 마찬가지다. 그녀가 무인으로서 살다가 목숨을 잃었다면 그 또한 이상한 일은 아니리라.

그래도 천유하는 그런 가능성을 부정하고 싶었다. 그가 물었다.

"아직 별의 수호자 측에도 입수된 정보가 없는 거지?"

"없어."

"그럼 쓸데없이 이것저것 상상하는 것은 관두자. 뭔가 피치 못할 사정이 있겠지."

"하긴 성운의 기재에게 무슨 일이 생겼다면 시끌시끌했겠지."

사검우의 죽음 때도, 가신우의 죽음 때도 그랬다. 다들 성운의 기재에게 주목하고 있었기에 그들의 사망 소식은 강호를 떠 들썩하게 했다.

형운이 물었다.

"넌 그럼 내일 떠나는 거냐?"

"그렇게 되겠지. 일정을 생각하면 빨리 돌아가서 준비해야 하니까."

흑서령과 마창사괴를 쓰러뜨린 전투가 벌어진 지도 한 달가량의 시간이 흘렀다.

그 후로 운강에 모인 마교 대책반은 별일 없이 대기하고 있었다. 물론 전투조 말고 다른 이들은 바쁘게 움직였다. 죽은 마인들의 시체를 파악하고, 그곳에 남은 흔적으로 흑영신교가 무엇을 한 것인지 밝혀내고자 했기 때문이다.

아직 일이 완전히 마무리된 것이 아닌데도 천유하가 이곳을 떠나게 된 것에는 이유가 있었다. 예령공주가 석 달 후에 벌어지는 자신의 생일 행사 초대장을 보내왔기 때문이었다.

양진아 이야기가 나온 계기도 그것이었다. 하지만 지금으로서는 단서가 없었다.

'가뜩이나 청해군도는 정보가 없는 곳이기도 하고…….'

아무래도 위진국 황실의 통제에서 벗어난 무법지대다 보니 별의 수호자의 정보망도 미치지 못한다.

형운은 양진아에 대한 생각을 털어버리고는 농담을 건넸다.

"너 이러다가 부마도위(駙馬都尉) 되는 것 아니냐?"

"음……."

"…정말 진지하게 생각하고 있는 거야?"

농담을 한 것인데 천유하의 표정이 심각하다. 형운이 당황하자 그가 쓴웃음을 지었다.

"글쎄다. 주변에서는 예령공주께서 그런 마음이 있으시다고 하는데 내가 딱히 신분이 좋은 것도 아니고……."

천유하의 집안은 호장성에서는 잘사는 집안이지만, 그뿐이다. 황족과 맺어질 만한 신분이 아니었다.

"그리고 솔직히 난 예령공주님이 어떤 사람인지도 잘 모르겠다. 우리가 많은 시간을 함께 지낸 것도 아니고……."

"흠……."

"지금 생각해 봐야 의미 없는 일이지. 만약 그런 일이 닥친다면 그때나 고민하겠어."

예령공주의 사랑을 받아서 황실의 부마도위가 된다. 많은 사람들이 꿈에도 부러워할 일이겠지만 천유하는 별로 그렇게 생각하는 것 같지 않았다.

"고생이 많다."

형운은 달리 할 말이 생각나지 않아서 천유하의 어깨를 두드려 주었다.

2

천유하가 떠나가고 나서, 형운도 5월 말쯤에 총단으로의 복귀령을 받았다.

예상했던 것보다 짧은 파견이었다. 하지만 운강으로 집결한 가장 큰 이유를 해결했으니 당연한 일이기도 했다.

별일 없이 총단에 도착했을 때는 6월 중순이었다. 초여름이지만 북방에 위치한 성해는 아직도 서늘하다.

"아이고, 돌아왔다."

거처에 오자마자 형운이 푹신한 의자에 몸을 던졌다. 예은이 차를 가져다주며 말했다.

"총단은 공자님 이야기로 난리예요."

"음? 내 이야기? 왜?"

"이번에 파견 가서 대활약을 펼치셨다고 소문이 자자한걸요? 그동안 별호도 바뀌셨고……."

"…내 별호가 바뀌었다고?"

정작 본인은 금시초문이었다. 예은이 고개를 갸웃했다.

"모르셨어요?"

"전혀. 뭘로 바뀌었는데?"

"선풍권룡(旋風拳龍)이래요."

"뭔가 거창해졌네?"

"공자님의 명성이 격상된 느낌이 팍팍 들지 않아요? 사람들이 차기 지성은 공자님밖에 없다고들 하고 있어요."

"지성이라니, 나 같은 애송이한테 무슨……."

예은은 잔뜩 들떠서 말했지만 형운은 기가 막혔다. 강호에 나가서 활약을 좀 했다 하나 스무 살밖에 안 된 자신이 지성의 자리에 오른다니, 말도 안 되는 일이다.

그러나 총단에는 실제로 그런 여론이 팽배했다. 형운의 무력이 도저히 후기지수라고 볼 수 없을 정도로 빼어난 데다가 나갈 때마다 큰 공을 세우고 돌아오니 그럴 수밖에.

이번에 마창사괴의 일괴와 이괴를 쓰러뜨리고, 기영준과 힘을 합쳐 흑영신교의 팔대호법 중 하나인 흑서령을 쓰러뜨린 일은 강호를 경동시키고 있었다.

소문은 날개 달린 새보다도 빠르다고 하지 않던가? 성운의 기재도 아니면서 백야문을 공격한 흑영신교주를 격퇴했을 때부터 세상은 형운을 주목하고 있었다. 그런 데다 이번 일이 더해지니 그 명성이 하운국 전체를 진동시키고 있다 해도 과언이 아니었다.

이쯤 되자 별의 수호자는 형운의 명성이 '뛰어난 후기지수'의 수준을 아득히 뛰어넘었음을 인지하고 슬슬 정보 조작에 들어갈 필요성을 느꼈다.

하지만 이미 늦었다. 그러기에는 너무 많은 사람들이, 특히 공신력 높은 인물들이 형운에 대해서 많은 이야기를 하고 있었다.

형운은 몰랐지만 윗선에서는 이번 일로 인해서 그동안 지켜온 정보 취급 방침을 바꾸자는 이야기까지 나오고 있는 판이다.

"피곤하게스리… 으, 그래도 이참에 챙길 수 있는 것은 챙겨둬야지."

형운은 이번 일로 얻을 수 있는 이득을 생각했다. 일단 당분간 차분하게 수련할 수 있는 시간을 얻을 수 있을 것이고, 비약 지원이나 무공 열람권도 욕심을 내볼 만했다.

'누나한테 적합한 심법을 욕심내 보기로 하고… 무일한테 줄 고급 비약을 하나 타내봐야지.'

호위단은 정말로 잘해줬다. 마곡정을 따라간 노련한 호위무사들 중에 두 명이 전사했다는 사실을 감안하면, 사실상 첫 실전 투입이었던 형운의 호위단이 단 한 명도 안 죽었다는 것은 기적적인 일이다.

형운은 호위무사 개개인에게 충분한 포상을 내릴 생각이었다. 그리고 총단에 머무는 동안 공들여서 전력을 다듬어갈 것이다.

짐을 풀고, 몸을 씻은 뒤 옷을 갈아입은 형운이 물었다.

"사부님께서는?"

"영성님께서는 사제분들을 훈련시키고 계세요."

"가봐야겠군."

귀혁에게 향하던 형운이 문득 위를 올려다보며 말했다.

"누나, 안 따라와도 돼요. 일단 거처로 가서 좀 쉬어요."

"그럴 수는 없습니다."

"밖에 나가는 것도 아니니까 괜찮아요. 좀 쉬고 있어요."

"……."

"고집쟁이."

형운이 구시렁거렸다. 고작 영성의 거처에서 제자단의 거처로, 즉 바로 옆 건물로 이동하는 것뿐인데도 저렇게 고집을 부리다니.

하지만 가려 입장에서는 형운이 말하는 대로 따랐다가는 임무를 방기하는 셈이다. 형운도 그 사실을 알기에 강제할 수 없었다.

곧 형운은 제자단의 공동 수련장에 도착했다. 안에서는 요란한 소리가 울려 퍼지고 있었다.

"대련이라도 하나?"

그렇게 생각하고 수련장의 육중한 철문을 연 형운의 눈이 크게 떠졌다.

후우우우우우!

푸른 광풍이 휘몰아치고 있었다.

문을 열자마자 무시무시한 바람이 몰아닥친다. 옷자락이 펄럭이다 못해 찢어질 것 같은 풍압이었다.

'광풍혼 수련 중이었군.'

형운은 금세 놀람을 가라앉히고 대응했다. 광풍혼으로 몸을 휘감은 채 상황을 살핀다.

수련장 한가운데서 귀혁이 광풍혼을 일으키고 있었다. 그가 광풍혼을 일으키는 것만으로 사람이 날아갈 것 같은 광풍이 수련장을 지배한다.

게다가 더 무서운 것은 그의 광풍혼이 줄기줄기 뻗어나가서 제자단을 덮치고 있다는 것이다.

제자단은 다들 천근추의 수법으로 땅에 달라붙어서 필사적으로 광풍혼을 전개했다. 하지만 귀혁에게서 뻗어 나온 광풍혼 줄기에 닿을 때마다 그들의 광풍혼이 상쇄되면서 몸이 뒤흔들린다.

'흠……'

형운은 재미있어하며 수련 광경을 지켜보았다. 이건 그도 오래전부터 겪었던 수련이었다. 광풍혼을 일으키고 유지하는 것 자체가 꽤 어려운 일이라서 별의별 험한 꼴을 다 당해가면서 몸에 새겼었다.

"왔으면 냉큼 이 사부에게 인사부터 올리지 않고 무엇하는 게냐?"

귀혁이 말했다. 고막이 찢어질 듯한 굉음이 울려 퍼지는데도 마치 조용한 곳에서 말한 것처럼 똑바로 귓가에 울린다. 형운이 씩 웃으며 걷기 시작했다.

주변 상황이 어떻든 형운에게는 거의 영향이 없다. 스스로 일으킨 광풍혼으로 몸을 보호하는 그만이 이 난장판에서 홀로 괴리되어 있는 것 같아서 제자단의 시선이 절로 몰린다.

하지만 그래도 되는 상황이 아니었다. 잠시 집중력이 흩어졌던 제자단의 일원, 양우전이 광풍혼의 제어를 잃고 허공으로 붕 날아올랐다.

"으악!"

"어이쿠."

형운이 전광석화처럼 양우전의 목덜미를 잡은 다음 빙글 돌려서 내려놓았다. 그리고 어깨를 두드려 주며 말했다.

"거 한눈팔면 천장으로 날아가서 처박힌다. 한계까지 쥐어짜내는 게 목적인 수련에서 그러면 쓰나?"

"개구리가 올챙이 적 시절 생각 못 한다더니, 왠지 네가 옛날에 어땠는지 생각난다만?"

"어허, 사부님. 사제들 앞에서 제 체면을 진흙탕에 처박으시면 어떡하시나요?"

너스레를 떠는 형운을 보면서 양우전이 이를 갈았다. 그가 보는 앞에서 멍청한 실수를 저질러서 도움까지 받은 것이 너무나 수치스러웠다.

형운은 그런 시선을 느꼈지만 무시했다. 그리고 귀혁 앞으로 나아가서 인사를 올렸다.

"다녀왔습니다."

"수고했다. 이번에 활약을 좀 했다더구나."

"들으셨어요? 제자가 힘 좀 썼죠."

"자세한 이야기가 궁금하구나. 하지만 일단 애들 수련 좀 마무리해야 하니 내 거처에서 보자꾸나."

"알겠습니다. 모두 수고해라."

형운은 사제들에게 상큼하게 웃어 보이고는 가벼운 발걸음으로 나가 버렸다. 그 모습을 보는 제자단은 모두 질려 버렸다.

"괴물… 으아아아악!"

그렇게 중얼거리던 제자단 아이가 광풍혼 제어를 잃고 천장까지 날려가 버렸다.

형운이 철문을 닫으며 혀를 찼다.

"쯧쯧. 그렇게 한눈팔면 안 된다니까."

3

귀혁이 제자단을 수련시키고 돌아오자 형운은 마교 대책반에서 겪었던 일들을 이야기해 주었다.

물론 귀혁은 그동안 올라온 보고를 통해서 꽤 상세한 정보를 알고 있었다. 하지만 역시 본인에게 들어야만 알 수 있는 부분들이 있는 법이다. 예를 들면…….

"…적의 공격에 맞서서 기화했었다고?"

"네."

"……."

형운이 흑서령의 공격에 맞고 기화했다가, 기영준의 도움으로 다시 육화한 부분이 그렇다.

귀혁이 무섭게 굳은 표정으로 형운을 바라보았다. 순간적으로 할 말이 떠오르지 않고 그저 활화산처럼 감정이 치솟았다.

형운도 그것을 느꼈다. 하지만 뭐라고 말하는 대신 가만히 그가 말하기를 기다렸다.

"…몸은, 이상한 곳은 없느냐?"

귀혁이 감정을 가라앉히고 물었다. 형운이 대답했다.

"네. 선검 대협께서도 걱정하시더군요. 저도 신경이 쓰여서 그 후로 죽 신경 써서 꼼꼼하게 몸 상태를 파악해 봤는데, 이상은 없었어요."

"다행이구나."

귀혁이 안도의 한숨을 내쉬었다. 그가 자신을 생각하는 마음이 느껴져서 형운은 가슴이 뭉클해졌다.

귀혁이 쓴웃음을 지었다.

"굉장히 화가 나지만 누구에게 화를 낼 문제가 아니구나. 너를 위험에 빠뜨린 흑서령이라는 놈은 이미 죽었고, 선검 그자는 너를 구해주었고… 흠. 아니, 생각해 보니 화를 내도 되는 대상이 하나 있군?"

"누군데요?"

"너다, 이 녀석아."

"컥."

귀혁이 주먹으로 형운의 머리통을 쥐어박았다. 골수까지 울리는 알밤에 형운이 머리를 감싸 안았다.

"아니, 제가 뭘 잘못을 했다고⋯⋯."

"능력도 안 되면서 누군가를 구하겠다고 경솔하게 몸을 던진 죄다."

"제가 안 그랬으면 어차피 다 몰살당했을 거거든요?"

"설득력이 없다."

"어째서요?"

"넌 머리도 나쁘고 상상력도 부족하기 때문이지. 머리 좋고 상상력도 풍부한 나였으면 분명 다른 방법을 찾을 수 있었을 것이다."

"⋯⋯."

형운이 인상을 찌푸렸다. 콧방귀를 뀌는 귀혁을 보면서 아니꼬운 마음이 팍팍 들었지만, 그냥 아무 말도 안 하기로 했다.

"하여튼 솔직하지 못하시기는⋯⋯."

"뭐가 말이냐?"

"아닙니다. 그냥 그렇다고요."

형운이 흥 하고 코웃음을 쳤다.

귀혁이 못마땅한 기색으로 말했다.

"어쨌든 다시는 그런 짓을 하지 말거라."

"그게 제 마음대로 되나요? 애당초 심상경의 절예라는 것은 인지하고 피할 수도 없는 건데. 그걸로 저를 치겠다고 하면 그냥 맞을 수밖에 없죠."

"이 녀석아. 왜 못 피한다는 거냐?"

"컥."

귀혁이 또다시 형운의 머리통을 쥐어박았다. 그리고 짜증 섞인 목소리로 말한다.

"그건 마치 저자가 고수라서 주먹이 전광석화 같군요. 그러니 전 멍하니 있다가 맞아 죽겠습니다. 그런 소리 아니냐?'

"…그거랑 그게 같아요?'

"같은 소리다. 심상경의 절예는 말하자면 궁술과도 비슷하다."

"궁술이라뇨?'

"일반인을 기준으로 생각해 보자. 바로 앞에서 활을 당겨서 쏘면 어떻게 되겠느냐?'

"그야 맞고 죽겠죠."

무공을 연마한 고수들이야 화살을 무기로 쳐 내거나 맨손으로 잡아버리는 것도 가능하지만 일반인에게는 불가능한 일이다. 바로 앞에서 조준한 다음 쏜다? 그럼 뭐가 날아온다 싶으면 이미 관통당한 후일 것이다.

"심상경의 절예도 그와 같다. 같은 심상경의 고수가 아닌 한에야 일단 화살이 쏘아진 후에는 피할 수도 막을 수도 없지."

일단 발동된 후에는 방어는커녕 반응 자체가 허락되지 않는다. 인간의 반응 속도를 초월한 일격이기 때문이다.

"하지만 활시위를 당기고, 조준하는 과정이 있지 않더냐? 그것을 파악하고 대응하면 되는 것이다. 하물며 너한테는 운화라는, 다른 사람들보다 절대적으로 유리한 무기도 있지."

심상경의 고수와, 그렇지 못한 고수가 싸운다. 그러면 어떻게 될까?

아마 많은 이들이 당연히 심상경의 고수가 이긴다고 생각할 것이다. 하지만 사실은 그렇게 쉽게 장담할 수 있는 문제가 아니다.

기술이 뛰어나다고 반드시 승리하는가?

무기를 쥔 자는 무기 없는 자에게 절대적인 승산을 갖는가?

그렇지 않다.

애당초 무술이란 자연계에서는 약자였던 인간이 강자를 쓰러뜨리기 위해 발전시켜 온 불합리한 광기의 산물이다.

가만히 듣고 있던 형운이 물었다.

"사부님이나 혼마 선배님, 그리고 검후님처럼 심상경의 절예를 심즉동으로 구사하는 고수를 만나면요?"

"그럼 그냥 맞아 죽어야지."

"……."

"농담이다."

귀혁이 피식 웃었다.

"물론 그 정도로 격차가 심하면 승산은 희박하지. 하지만 형운아, 승부에 '절대'란 없다."

더 많이 단련한다고 해서, 더 강건한 육체를 가졌다고 해서, 더 뛰어난 기술을 가졌다고 해서 절대적인 승리를 보장받지 못한다. 이 불합리한 세상의 이치를 두려워하기에 인간은 늘 조금이라도 승산을 높이기 위해 발버둥 치는 것이 아니겠는가?

"심즉동의 고수라고 해서 활시위를 당기고 조준하는 과정이 없어지는 것은 아니다. 일단 표적을 인식해야 하고, 어떤 기술로 무엇을 해야 할지 사고해야 하며, 의념으로 기를 통제해서 기술을 발해야 한다."

"그럼 심즉동은 허상에 불과하다는 말씀이신가요?"

"그것은 사람들이 편의에 맞춰 붙인 명칭일 뿐이다. 무심의 경지를 보자. 그저 특정 행동을 무심의 경지까지 끌어 올리는 것만으로는 대단할 게 없다는 것을 너도 알고 있지."

특정한 행동을 반복적으로 숙련해서 무심의 경지에 이를 정도로 뛰어난 완성도를 갖춘다.

무인들이 수련할 때 목표로 하는 지점이다. 그러나 그것이 단순한 반사 행동에 그친다면 의미가 없다. 확고한 철학과 명확한 이치를 기반으로 완성되어야만, 무의식중에 나오는 행동인데도 그 상황에 적절한 대응이 되어야만 하는 것이다.

"우리는 감극을 좇는다. 동시에 인간이 생각하는 존재인 한, 그리고 생각의 힘이야말로 인간을 강하게 하는 근본인 한 감극이 절대로 사라질 수 없다는 것도 알지."

감극도는 감극을 극한까지 좁힌다. 없애는 것이 아니다.

싸움에 임할 때 판단하는 과정을 최적화시키고, 사고 속도를 번개처럼 빠르게 가속시킨다. 특정한 심상을 집중적으로 기름으로써 기의 제어 속도를 빠르게 하고, 신체를 단련하고 변화시켜 나감으로써 종합적인 반응 속도를 궁극으로 끌어 올린다.

이것이 감극도을 체현하기 위한 기본 조건이다.

모든 무공이 그렇듯이, 감극도도 전투에 임함에 있어 상대를 상정한다. 스스로 감극을 좁히는 것과 동시에 타인의 감극을 넓히는 것을 목표로 한다.

상대의 감극을 읽어야 한다. 상대가 싫어하는 변수를 발생시켜서 사고에 부담을 주고, 인식의 허를 찔러서 당황하게 만들어야 한다.

형운 역시 실전에 임하면 이런 철학에 기반해서 움직였다. 마창사괴와의 싸움이 그렇지 않았던가?

"심즉동은 화살을 활시위에 걸어서 당기고, 겨누고, 쏘기까지의 과정을 극한까지 줄인 자들에 대한 찬사다. 심상경에 도달한 자들이라면 보통은 심상경의 절예를 제외한 기술들이 그러한 경지에 도달해 있을 것이다."

뒤늦게 도달한 심상경의 절예만이 평생 연마해 온 다른 기술들에 비해 완성도가 열등한 것이다.

"그러다가 심상경의 절예도 다른 기술들처럼 자연스럽게 할 수 있게 되면 그걸 두고 심즉동에 이르렀다고 하는 거란다. 그러니 심즉동의 경지에 올랐다고 해서 감극이 사라지는 것도 아니고, 더 빨라질 여지가 없는 것도 아니지."

"흠……."

"하지만 선검이 도달한 경지는 놀랍구나."

"조화의 심상 말인가요?"

"그래. 그 심상이 어떤 것인지는 직접 부딪쳐 보지 않고서야 알기 어렵겠다만… 네 설명만 들어봐도 놀라운 일이다."

흑서령의 공격을 받고 기화했던 형운을 멀쩡히 돌려놓은 것은 경탄할 일이다. 기영준은 형운의 심지가 굳어서 그럴 수 있었다고 말했지만, 귀혁의 생각은 달랐다.

"물론 그 말이 아주 틀린 이야기는 아니다. 너는 운화를 통해서 스스로 기화했다가 육화하는 경험에 익숙해져 있으니 그것도 도움이 되었을 것이다. 하지만 선검은 분명 그 순간, 너의 심상과 스스로의 심상을 조화시켰을 것이다."

귀혁은 형운과 기영준이 기화했을 때 가신우를 본 것도 그런 맥락에서 이해했다.

"자신의 심상을 현실에 강제하는 것에 그치지 않고, 타인의 심상과 조화를 이루어 녹아든다. 그건 정말 굉장한 일이다."

"사부님도 못 하시는 건가요?"

"못 한다."

"어……."

형운이 깜짝 놀랐다. 귀혁의 입에서 못 한다는 소리가 나올 줄이야?

귀혁이 못마땅한 표정을 지었다.

"허어. 이 녀석아, 사람인 이상 할 수 있는 일과 없는 일이 있는 것은 당연한 것 아니냐? 높낮이의 문제가 아니다. 성향의 문제다. 나는 더 대단한 일을 할 수 있을지언정, 그 일을 하지는 못하는 것뿐이다."

"사부님, 구차해요."

"내 제자가 해선 안 되는 경험을 하더니 사부에 대한 존경심을 내다 버렸군."

실실 웃는 형운을 두고 귀혁은 혀를 차고 말았다.

"어쨌든 한동안은 어디 나갈 일도 없을 테니 각오해 두어라."

"…각오라뇨? 뭘요?"

"모처럼 심상경을 몸으로 겪는 귀중한 경험까지 하지 않았느냐? 그 감각을 잃어버리기 전에 충실한 수련의 나날을 보내보자 꾸나. 네 이야기를 들으니 이 구차한 사부의 머릿속에서 아주 재미있는 수련 방법들이 떠오르는구나."

"아니, 저기, 사부님……."

"오늘은 푹 쉬어두거라. 최후의 휴식인데 제대로 즐기지 못 하면 얼마나 억울하겠느냐?"

"……."

사악하게 웃는 귀혁을 보며 형운은 식은땀을 흘렸다.

4

마교 대책반에서 돌아온 형운은 자율적으로 수련하는 시간이 많아졌다.

귀혁의 가르침은 강도가 높아지기는 했지만 시간적인 부담은 줄었다. 귀혁이 아직 한참 미숙한 제자단을 가르치는 데 더 많 은 시간을 할애했고, 형운은 호위단을 관리해야 했기 때문이다.

형운의 호위단은 영성 호위대처럼 전통 있는 조직이 아니다. 인원수는 적지만 조직 관리 측면에서 아직 배우고 신경 써야 할 점이 많았다.

무인들의 훈련 문제도 그랬다.

교관들을 초빙해서 호위무사로서의 몸가짐이나 기술들을 가 르치기는 했지만, 특정한 상황에 대비한 훈련은 형운이 직접 나 서는 수밖에 없었다. 예를 들면 형운 자신과 손발을 맞추는 훈 련이 그렇다.

"그래도 이제 다들 제법 안정적인 것 같아요. 실전을 겪어서 그런지."

"아직 멀었습니다."

가려가 고개를 저었다. 형운은 후한 평가를 줬지만 영성 호위 대원으로 자란 그녀가 보기에는 갈 길이 멀다.

가려도 호위단 전원에게 자신처럼 은신 호위를 할 것을 요구하지는 않는다. 은신술을 일정 수준 이상으로 익히기 위해서는 적합한 자질이 필요함을 알기 때문이다.

하지만 그 점을 제외하고 봐도 다들 부족한 점이 너무 많다. 그녀가 합격점을 주고 있는 것은 강주성 지부에서 어려서부터 호위무사 교육을 받고, 풍부한 실전 경험을 쌓아온 무일 정도다.

형운이 웃었다.

"누나는 너무 깐깐하다니까요."

"호위무사 일은 '미숙해서 실수했습니다'라는 변명이 통하지 않는 세계입니다. 앞으로도 계속 호위무사 일을 할지는 알 수 없지만 다들 경력을 흠 없이 관리해야 좀 더 나은 앞날을 고를 수 있겠지요."

"……."

찍소리도 못하게 만드는 지적이었다.

동시에 한마디 하고 싶어진다.

'누나 자신의 앞날도 좀 생각해 보라고요.'

남의 일은 그렇게 현실적으로 생각할 줄 알면서 왜 자기 앞날에는 관심이 없는지 모르겠다.

"그런데……."

한숨을 참는 형운에게 가려가 묘한 표정을 지었다.

"정말 괜찮으시겠습니까? 공자님의 업무가 너무 과중한 것 같습니다만……."

"제가 무슨 업무를 한다고 과중하다는 소리가 나와요?"

형운이 어이없어했다. 총단에 돌아온 후로 형운이 하는 일이 라고는…….

거의 매일 귀혁에게 한계를 자극하는 혹독한 가르침을 받는다.

자율적으로 수련한다.

강연진을 불러서 같이 수련한다.

호위단의 수련에 참여한다.

종종 귀혁에게 불려 가서 제자단의 수련에 협조한다.

'수련밖에 안 하는데?'

가려도 똑같이 어이없어하는 표정을 지었다.

"…공자님의 경우는 수련도 업무의 일환입니다만? 아직 영성 님의 제자라는 신분을 갖고 계시니 스승에게 배우는 것도 일이 지요."

그걸 넘어서서 자신만의 신분을 갖게 되어야 비로소 수련이 '제자로서의 업무'가 아닌 자기 관리가 되는 것이다. 별의 수호 자에서는 상식으로 통하는 인식이었다.

"아, 그렇게 따지면 맞는 이야기이긴 하네요."

"그런 기준으로 따지지 않아도 호위단의 수련이나 사제분들의 수련에 협조하는 것은 명백한 업무입니다. 거기에 제 수련까지 봐주시는 것은 아무래도 과로사하기 딱 좋아 보입니다만."

요즘 들어서 형운은 가려와 개인 수련을 하고 있었다.

당연히 가르침을 내리는 것은 아니다. 그녀의 내공 연마를 도와주고, 각종 기술을 연마하기 위한 상대가 되어준다.

이쯤 되면 형운이 하루에 다른 일을 하는 시간을 다 합쳐도 무인으로서 수련하는 시간이 더 많을 정도다. 가려가 걱정할 만도 했다.

하지만 형운은 방긋 웃었다.

"괜찮아요. 휴일도 착실하게 지키고 있고……."

"지키십니까?"

"…사부님의 훈련이랑 제 자율 수련은 안 하니까요."

그 외의 것들은 한다. 이걸 과연 휴일이라고 할 수 있을까? 가려의 눈빛이 날카로워지자 형운이 변명했다.

"아니, 솔직히 전 일월성신이라 몸은 엄청 튼튼하다고요. 냉정하게 보면 하루에 한 시진(두 시간)만 자도 되는데 과로의 기준을 일반인이랑 똑같이 잡으면 안 되죠."

"일월성신이라는 이름을 무슨 만병통치약처럼 말씀하시는군요."

가려가 한숨을 쉬었다.

하지만 형운이 이렇게 나오면 타박하기 어려운 것도 사실이다. 정신적인 피로와는 별개로 형운의 육체가 비정상적으로 강인한 것은 사실이니까.

"그보다 새 심법은 좀 몸에 맞는 것 같아요?"

변명이 먹힌다 싶으니 형운이 얼른 화제를 돌렸다. 뻔히 보이는 수작이라 가려는 눈살을 찌푸렸지만 그냥 넘어가 주기로 했다.

"전에 익히던 심법의 연장선상에 있으니까요."

형운은 목표한 대로 가려에게 새로운 심법을, 무일에게는 비약을 포상으로 내렸다.

가려는 괴령이 봉인되어 있던 유적에서 취한 막대한 기운을 소화하는 데 난항을 겪고 있었다. 거기에는 차분하게 수련에 임할 여유가 없이 계속 임무에 투입되었다는 것과, 그녀가 익힌 심법의 효율 문제가 크게 작용했다.

그래서 형운은 포상으로 무공 열람권을 획득해서 보다 상위 등급으로 분류되는 심법을 그녀에게 선물했다.

"하지만 시간이 좀 걸리기는 할 것 같습니다."

새로운 심법을 익히는 것은, 몸을 쓰는 기술을 새로 익히는 것과는 난이도가 완전히 다르다.

내공을 연마하기 위해서는 숨 쉬는 법조차 일반인과 달라지게 마련이었다. 사람이 본능적으로 행하는 편한 습관을 바꿔놓는 것부터 시작하니까.

고생고생해서 익힌 심법을, 아무리 같은 계통이라고는 해도 다른 것으로 익히게 되니 어려움이 있을 수밖에 없다. 오랫동안 노력해서 몸에 붙인 습관을 완전히 바꿔야 하니 당연하다.

'그래도 역시 누나야. 굉장히 진도가 빨라.'

가려는 호흡하는 방식이 이전과 바뀌어서 그런가, 늘 고요한 수면 같던 기파에 흐트러짐이 나타났다. 이것은 은신술을 특기로 삼는 그녀에게는 치명적인 약점이었는지라 완벽하게 정리가 될 때까지 형운에게 휴가를 요청했다.

형운은 흔쾌히 받아들이는 것에 그치지 않고 몸소 수련에 협력해 주겠다고 나섰다.

대련 상대가 되어주는 것만으로도 큰 도움이다. 그런데 막대한 내공을 지닌 형운이 내공 연마를 도와주는 것은, 가려 입장에서 보면 기연이라고 봐도 과언이 아닐 정도였다.

"공자님께서는……."

타인이 내공 연마를 돕는 것은, 보통은 스승과 제자 사이에서나 행해지는 일이다.

이것은 같은 심법을 익히지 않으면 효과를 보기가 어렵고, 또 보통 도와주는 쪽에서 내공 손실을 겪는다. 그러니 어지간히 정이 깊은 관계가 아니고서는 그렇게까지 하지 않는다.

"…왜 제게 이렇게까지 해주시는 겁니까?"

가려는 혼란스러워하는 기색이었다.

그녀를 아껴주던 영성 호위대장 석준조차도 이렇게까지 해주지는 않았다. 형운은 정말 그녀에게 무엇이든 해주고 싶어서 안달이 나 있었다.

"저한테는 그렇게 큰 부담도 아닌 거 아시잖아요? 부담 갖지 말고……."

"그런 이야기가 아닙니다."

일월성신의 특성은 무인 입장에서 보면 거의 반칙이다. 한없이 원기에 가까운 기운을 가졌기에 타인에게 기운을 주입해 줄 때 거부반응을 걱정할 필요가 없다. 게다가 신체가, 기맥이 어찌나 튼튼한지 내공 연마를 도와주는 것 정도로는 손실을 걱정하지 않아도 되었다.

하지만 가려는 그런 손익을 이야기하는 게 아니다.

"음⋯⋯."

형운이 난처한 듯 볼을 긁적였다. 자신을 빤히 바라보는 가려의 눈길에 어쩔 수 없다는 표정으로 입을 연다.

"누나를 좋아하니까요."

"⋯⋯!"

가려가 깜짝 놀라서 눈을 부릅떴다. 그녀가 당황해서 물었다.

"지, 지금 뭐라고 말씀하신⋯⋯."

"아시다시피 전 가족이 없잖아요."

"그, 그렇지요."

"사부님도 그렇지만 예은이나 누나도 오래 같이 지내서 그런가, 가족이 있으면 이런 느낌이 아닐까⋯⋯. 그렇게 생각될 때가 있어요."

형운이 아련한 표정을 지었다.

"그래서 그냥⋯ 무엇이든지 해주고 싶어요. 누나가 더 잘됐으면 좋겠고요. 이런 제 마음이 싫으세요?"

"⋯가족이라, 그, 그런 거군요."

가려는 가슴을 쓸어내리며 말했다. 평소의 그녀답지 않게 가슴이 쿵쾅쿵쾅 뛰는 게 느껴졌다.

그녀는 애써 냉랭한 표정을 지으며 말했다.

"그렇게 생각하신다면 사람 간 떨어지게 하는 무모한 행동은 좀 지양해 주시지요."

"아, 그건⋯ 할 말이 없네요."

형운은 멋쩍어하면서 시선을 피했다.

5

귀혁이 형운을 제자로 들였을 때, 최우선으로 생각한 것은 신체의 강화였다.

형운은 재능을 타고나지 않았다. 그렇다고 잘 먹고 잘 자란 것도, 일찌감치 몸을 단련하고 있었던 것도 아니다. 심지어 주변 환경조차도 신체를 발달시켜 줄 요소가 없었다.

그래서 귀혁은 의(衣), 식(食), 주(住)를 총동원해서 형운의 신체를 강화시켰다.

그중 '인간은 자신이 먹은 것으로 이루어져 있다'는 철학에 기반한 약선에 대한 일화는 별의 수호자 내부에서는 유명하다. 형운이 성공 사례로 인정받은 후에는 약선에 대한 연구가 본격화되고 있었다.

하지만 중요한 것은 그것만이 아니다.

"호오, 이제 너희도 용옥보의 입는구나."

형운은 자신의 거처로 찾아온 강연진을 보며 신기해했다. 그가 용옥보의를 입고 있었기 때문이다.

강연진이 한숨을 쉬었다.

"그리고 침상도 이상해졌습니다."

"염황옥과 빙청옥 침상인가?"

"네. 물론 너무 비싸니까 통째로 쓴 것은 아니고, 일부에만 써서 기환술사들이 제작했다던데……."

"…열 명이나 되어서 그런가?"

"네?"

"아, 아니."

무심코 중얼거렸던 형운이 얼버무렸다. 형운이 예전에 썼던 침상들은 통째로 염황옥과 빙청옥으로 만들어서 거기서 나오는 열기와 한기를 중화시키기 위해 다른 소재를 덧대는 식이었다. 하지만 아무래도 제자단 열 명에게 전부 똑같은 것을 제공하기에는 예산이 허락지 않았던 모양이다.

'하긴 나도 제작 단가를 듣고 기절할 뻔했으니…….'

그 침상들은 지금도 형운의 거처 한구석에 처박혀 있었다. 이런 보물을 그냥 놀려도 되나 싶지만 필요하다면 귀혁이 가져갔을 것이다.

강연진이 말했다.

"목욕도 중룡수로 하고 있습니다. 들어가는 것만으로도 숨이 막힐 것 같은 물인데……."

"나도 그걸로 목욕했었지. 약선도 먹고 있다면서?"

"네. 반년쯤 전부터 먹기 시작했습니다. 한 달에 2주지만……."

강연진의 표정이 일그러지는 것을 본 형운이 웃었다.

"예전에 나한테 하셨던 그대로 의식주를 다 채우셨군."

형운은 의식주 수련에서는 벗어났다. 용융보의도 더 이상 입지 않고, 침상도 정상적인 것을 쓰며, 목욕에도 약수를 쓰지 않는다.

약선도 제약이 꽤나 느슨해진 상태다. 총단에 있는 동안에야 약선을 먹기는 하지만 밖으로 나갔을 때는 뭘 먹든 마음대로 해도 되는데, 형운은 임무 때문에 꽤 많은 시간을 나다니는 편이다.

형운이 반쯤 의식주 수련을 졸업할 수 있었던 것은 일월성신을 이룬 덕분이다. 지금 형운의 신체 성능은 귀혁이 의식주 수련을 통해서 목표로 한 지점을 훨씬 넘어섰다.

하지만 의식주 수련으로 기반을 다지지 않았다면 일월성신을 이룰 수 없었으리라. 형운은 그 사실을 잘 알고 있었다.

강연진이 물었다.

"사형께서도 예전에 똑같이 하셨던 건가요?"

"응. 세부 사항을 살펴보면 조금씩 다르긴 하겠지만… 아마 내가 겪으면서 얻은 정보를 토대로 좀 더 효율적으로 개선하신 거겠지."

의식주 수련은 귀혁이 고안하고, 스스로도 체험해 본 것이다. 그것을 토대로 형운에게 적용했고, 더 많은 실증 자료를 얻어서 개선한 방법을 제자단에게 적용하고 있는 것이리라.

"괴롭기는 하지만 효과는 확실해. 날 보면 알 수 있잖아? 열세 살 때까지는 무공이 뭔지도 몰랐는데 지금은 그럭저럭 나쁘지 않은 수준이지."

"…대사형이 나쁘지 않은 수준이면 세상의 젊은 무인들은 전부 칼 물고 자살해야 할걸요."

강연진이 투덜거렸다.

곧 두 사람은 영성의 거처 지하에 위치한 연무장에 도착했다. 예전에는 귀혁의 개인 연무장이었지만 지금은 거의 형운의 전용 연무장이 된 그곳이다.

강연진이 혀를 내둘렀다.

"올 때마다 느끼는 거지만 이 기환진은 정말 굉장한 것 같아요. 저희 거처에도 있으면 좋을 텐데……."

이 연무장으로 오는 방법은 건물 몇몇 지점에 설치된 축지(縮地) 기환진을 통하는 것이다.

단번에 공간을 뛰어넘는 축지 기환진은 총단 곳곳에 설치되어 있었다. 하지만 강연진을 포함한 영성의 제자단이 머무는 공동 거처에는 존재하지 않는다.

형운은 그 이유를 알고 있었다.

"마존께서 다시 오시면 의뢰할 수도 있겠지만… 음. 다른 것보다는 비용 문제 때문에 쉽게 통과되진 않을걸."

세상의 수많은 기환술사들 중에 축지 기환진을 설치할 수 있는 인물은 단 한 명, 환예마존 이현뿐이기 때문이다.

영성의 거처에 축지 기환진이 있는 것은 이현이 총단 전체를 아우르는 기환진을 구축한 인물이기 때문이다. 그가 한번 기환진을 구축한 후에 지어진 건물들에는 축지 기환진이 없었다.

형운이 연무장에 설치된 기환진과 시설을 활성화시키며 말했다.

"자, 그럼 시작해 보자."

형운이 이 지하 연무장에 강연진을 데려온 것은 처음이었다.

이유는 요즘 들어서 제자단의 수련 내용을 들었기 때문이다. 강연진과 함께 수련할 수 있는 시간이 많지 않으니 이곳의 시설을 이용하는 게 효과적이라고 보았던 것이다.

스스스스······.

기환진이 활성화되면서 주변에서 안개가 몰려온다. 형운이 빙긋 웃었다.

"그럼 전력으로 광풍혼을 전개해. 안 그러면 다친다."

곧 지하에서 강연진의 비명이 울려 퍼졌다.

6

형운은 요 며칠 사이 무인으로서 충실한 수행의 나날을 보내고 있었다.

서로 일정이 맞을 때를 골라서 강연진을 불러서 함께 수련한다. 사실은 형운이 개인 교습을 해주는 것이나 마찬가지였지만, 강연진을 상대하다 보면 형운도 나름대로 얻는 것이 있었다. 동일한 무공을 터득한 동문 사제로서, 형운이 종종 생각 못 한 발상의 운용을 보여주었던 것이다.

이런 강연진을 자기가 예전에 귀혁에게 당했던 대로 고생시키는 것이 요즘 형운의 즐거움이었다.

"아, 나도 사부님을 닮아가나. 이러면 안 되는데."

형운이 투덜거렸다.

아무래도 제자단이 예전에 자기가 고생했던 것과 똑같이 고생하는 것을 보면 일종의 대리만족이 느껴진다. 세상에서 나 혼자만 알았던 괴로움을 남들도 맛본다는 심술궂은 즐거움이다.

그리고 그럴 때마다 아련한 기분이 들고는 한다. 이래서 괴로운 시절도 지나가고 나면 다 추억이라는 말이 있는 것일까?

"왔구나."

형운이 총단을 나와서 산으로 향했다. 기환진이 설치된 산속에 귀혁이 기다리고 있었다.

최근의 수련은 총단 내부의 수련장에서 행하는 것이 반, 이렇게 야외로 나와서 하는 것이 반이었다.

형운의 힘이 너무 커졌기 때문이다. 기술 그 자체를 연마할 때는 총단 내부에서도 해도 되지만, 마음껏 힘을 발휘해야 할 때는 아무래도 인적 없고 넓은 야외가 좋았다.

문득 형운이 말했다.

"사부님. 요즘 사제들한테 의식주 수련을 적용하고 계시다면서요?"

"그렇단다. 네가 요즘 돈을 덜 먹게 되어서 가능해졌지."

"아, 역시 그런 건가요?"

형운의 의식주 수련에 들어간 돈은 그야말로 상상을 초월했다. 염황옥, 빙청옥 침상만 봐도 알 수 있지 않은가?

제자단에 의식주 수련을 도입할 수 있게 된 것도 형운이 그 단계를 졸업했기 때문이었다.

귀혁이 쓴웃음을 지었다.

"아무래도 열 명이나 되다 보니 비용 절감의 필요성이 있어서 꼭 네게 적용했을 때보다 효과가 더 뛰어나지는 않다만……."

"수도 수지만 열 명에게 다 조금씩 다르게 적용하고 계시니 그럴 만도 하죠."

사람마다 체질이 다르고, 특성이 다르다. 그러니 의식주 수련도 완벽하게 똑같이 할 수가 없었다. 세부를 살펴보면 형운에게 할 때와 다른 것은 물론이고 제자단 하나하나마다 용육보의에 들어가는 약물, 약선의 구성 등이 조금씩 달랐다.

문득 형운이 고개를 갸웃했다.

"그 이야기를 듣고 나서 생각한 건데요."

"뭘 말이냐?"

"저 이제 약선 그만 먹어도 되지 않나요?"

"흠……."

형운의 지적에 귀혁은 곧바로 대답하지 않았다. 잠시 생각에 잠긴다.

애당초 형운에게 약선을 먹이면서 짧으면 7년, 길면 10년을 이야기했다.

사실 식사를 통한 육체 개선은 10년이 아니라 평생 동안 해도 좋은 것이다. 하지만 식사를 할 때마다 맛 때문에 정신적인 고통을 느낀다는 게 문제다.

제자단이 약선을 한 달에 두 주간만 먹는 것도 형운을 통해서 많은 자료를 얻은 덕분이다. 심적인 고통과, 그것을 감수함으로써 얻는 만족감 사이의 균형을 맞출 기준을 잡은 것이다.

귀혁이 고개를 끄덕였다.

"그렇구나. 네겐 더 이상 약선이 필요 없겠어."

"어……."

순간 형운은 어안이 벙벙해졌다. 사실 별로 기대하지 않고 그냥 말해본 것인데 이렇게 쉽게 승낙할 줄이야?

"…진심이세요?"

"왜, 막상 더 이상 약선을 안 먹어도 된다고 생각하니 아쉬운 게냐? 그렇다면야……."

"어허, 왜 이러십니까? 제가 약선을 포기한다면 사제들이 그만큼 혜택을 받을 수 있겠지요? 제자는 사제들을 위해 기꺼이 양보하겠습니다."

"말이나 못하면……."

귀혁이 피식 웃었다. 형운이 좋아서 몸을 떨고 있는 것을 본 그가 감개무량한 표정으로 중얼거렸다.

"허허. 생각해 보면 언젠가 이런 날이 올 것이야 알고 있었지만 그래도 감회가 새롭구나. 형운아."

"네."

"정식으로 말하마. 오늘로 의식주 수련은 졸업이다."

"그동안 감사했습니다."

형운이 정중하게 예를 올렸다.

이제 그 고통에서 해방됐다는 것 때문에 입이 귀에 걸릴 지경이다. 그런 한편 마음 한구석에는 귀혁과 같은 감회를 느끼는 자신을 발견했다. 고통으로 가득한 나날이기는 했지만, 그 나날이 있었기에 지금의 자신이 있을 수 있었음을 알기 때문이다.

귀혁이 피식 웃었다.

"누가 들으면 아주 내 밑에서 졸업하는 줄 알겠구나."

"에이, 분위기 타고 말한 거죠. 저야 아직 사부님께 배워야 할 게 산더미 같은데……."

"알고 있으니 되었다. 그럼 오늘도 즐겁고 유쾌하게 한계를 자극해 보자꾸나."

귀혁이 몸을 일으키는 것과 동시에 무시무시한 기파가 쏟아지기 시작했다. 형운이 침을 꿀꺽 삼키고는 말했다.

"그럼 갑니다."

"얼마든지 오거라."

"하앗!"

산을 죄다 뒤집어놓는 듯한 폭발과 굉음 속에서 간간이 형운의 비명이 메아리치기 시작했다.

그래도 수련을 마쳤을 때, 형운은 기쁨을 주체 못하고 실실 웃고 있었다.

'해방이다!'

그날, 형운은 7년 만에 약선으로부터 졸업했다.

제51장
위장 신분

성운을
먹는자

1

　서하령은 사흘에 한 번씩은 영성의 거처를 들락거렸다. 성운
을 먹는 자 일맥으로서의 가르침을 받기 위해서였다.
　막 귀혁에게 볼일을 끝내고 나가던 서하령은 형운이 평소와
다른, 좀 수수한 차림새로 나가는 것을 발견했다.
　"어딜 가는데 여름옷을 입었어?"
　총단의 기환진 안쪽은 계절의 변화 따위 아무런 의미도 없지
만 시기는 8월 중순, 북쪽에 위치한 진해성도 조금씩 더워질 때
였다. 바깥의 계절에 맞춰서 소매가 짧은 옷을 입은 형운이 말
했다.
　"신분 위장하러."
　"응?"
　예상치 못한 대답이라 서하령이 눈을 동그랗게 떴다. 형운이

피식 웃었다.

"흑도(黑道)의 신흥 세력이 깽판을 놔서 산운방(算雲幇)이 어려움에 처해 있더라. 좋은 기회니까 가서 굉호권의 제자로서 이름을 각인시켜 두고 오라는데?"

"아, 그거……."

산운방은 별의 수호자 산하의 세력이다. 진해성 본성에 있는 정도 문파로 총단의 요인들이 이곳 소속이라는 위장 신분을 갖고 있었다.

맨 처음 호장성에서 형운과 만나서 천가장을 찾아갔을 때, 귀혁은 자신을 산운방 소속이며, 굉호권(轟號拳)이라는 별호를 지닌 무인이라고 소개했었다. 공식적으로는 귀혁은 산운방의 장로 중 한 명으로 은둔 중이라는 설정이었다.

형운은 굉호권이 노년에 키운 제자라는 설정으로 신분을 위장할 계획이었다. 설명을 들은 서하령이 고개를 갸웃했다.

"별로 의미 없을 것 같은데?"

"…그렇지? 솔직히 나도 그렇게 생각하기는 해."

귀혁은 젊은 시절부터 별의 수호자 소속으로서의 자신과, 그렇지 않은 자신을 분리해서 활동했다. 그 결과 폭풍권호라는 출신 불명의 고수가 탄생한 것이다.

하지만 형운은 젊다 못해 어린 시절부터 대외적으로 너무 유명해졌다.

스무 살도 되기 전에 흑영신교주를 패퇴시키면서 풍혼권이라는 별호를 얻었다. 그리고 이제 마창사괴의 첫째와 둘째를 격파하고 선검 기영준과 힘을 합쳐 흑영신교 팔대호법을 격살한 시점에서 선풍권룡 형운이라는 무인은 후기지수 중 최강으로 공인받았다고 해도 과언은 아니다.

성운의 기재와 동세대이면서도, 아니, 오히려 그들과 비교되었기에 더더욱 유명해져 버린 것이다.

'성운의 기재를 압도하는 괴물 같은 후기지수가 탄생했다!'

사람들이 열광하는 것도 당연한 일 아니겠는가?

이미 사람들은 곳곳에서 이런저런 변형과 양념이 가미되어서 형운의 업적을 떠들어대고 있었다. 형운 입장에서는 가끔 그런 이야기가 들리면 낯 뜨거워서 어디로 숨어버리고 싶을 지경이지만, 원래 유명세란 다 그런 법이다.

"그래서 짜잔! 이런 게 지급되었습니다."

형운이 내보인 것은 얼굴 모양으로 만든, 소재를 알 수 없는 반투명한 가면이었다. 그것을 알아본 서하령이 놀랐다.

"인피면구?"

얼굴에 쓰면 다른 사람의 얼굴로 변해서 감쪽같이 정체를 위장할 수 있는 기물이었다. 워낙 제작 단가가 비싸고, 생산량이 적은지라 임무의 특수성을 인정받는 인력에게만 지급되는 장비다.

형운이 말했다.

"이거 쓰고 신분 위장하래. 다 써먹을 데가 있을 거라더라."

"하긴 세상일은 알 수 없는 거니까……."

서하령이 고개를 끄덕였다. 강호의 풍랑에 휘말리다 보면 무슨 일을 겪을지 누가 알 수 있겠는가?

문득 그녀가 물었다.

"며칠이나 다녀올 예정이야?"

"글쎄, 길면 거기서 한 달쯤 있지 않을까? 항쟁이라는 게 번 갯불에 콩 볶아 먹듯이 후다닥 끝나는 건 아닐 테니까. 나도 무 공을 숨긴 채로 싸워야 하고……."

"하긴 그렇네."

형운은 이 일을 위해서 며칠간 귀혁에게 특별 교습까지 받아 야 했다.

잠시 생각하던 서하령이 말했다.

"나도 갈래."

"응?"

"나도 귀혁 아저씨 제자로 위장 신분 만들어야지. 기왕 위장 신분을 만들 거면 그게 좋겠어."

"…아니, 넌 위장 신분 만들어두라는 명령도 안 받았잖아?"

"조금 전에 말했다시피 세상일은 알 수 없는 법이잖아?"

"그야 그렇다만… 솔직히 네가 위장 신분 만든다는 게 가당 키나 해?"

"무슨 뜻이야?"

서하령이 눈살을 찌푸리자 형운이 어이없어하며 말했다.

"거울 좀 보고 살라는 소리는 못 하겠고, 지나가는 사람 백 명 을 붙잡고 물어봐라. 한 번이라도 너를 보고 나서 잊어버릴 사 람이 있는지."

"어머, 그건 예쁘다는 뜻이지?"

"으으음. 그, 그렇다기보다는……."

"그렇다기보다는?"

"…아니, 맞아. 넌 예쁘지."

형운이 왠지 분한 기색으로 말했다.

서하령은 아름답다.

그 사실은 이미 별의 수호자만이 아니라 온 강호에 소문이 자자했다.

'성운의 기재 중에 경국지색(傾國之色)이라는 찬사가 아깝지 않은 미녀가 있더라! 보기만 해도 정말 눈이 평생 할 호강을 다한 기분이더라!'

서하령을 본 사람치고 그 미모를 칭송하지 않는 이가 없었다. 어릴 적에도 다들 넋을 잃을 정도였는데 스무 살이 된 지금은 만개한 꽃, 아니, 화원이라고 해도 과언이 아닐 정도다.

그리하여 붙은 별호가 영화권봉(穎花拳鳳).

"별로 달가운 별호는 아니지만."

그녀는 공식적으로 별호를 받을 정도의 활약을 펼친 적이 없다. 설산에서는 흑영신교주에게 패했고, 올해 초 설원에서 흑영신교 비밀 지부를 궤멸시킨 싸움은 외부로 드러나지 않고 별의 수호자 내부의 공적으로만 기록되었을 따름이다.

비록 그녀가 무인으로서의 명성에 욕심을 내지 않는다고 하더라도, 달갑지 않은 것은 달갑지 않은 것이다. 기회가 오면 세간의 평가를 바꾸고 싶은 욕심이 있었다.

서하령이 말했다.

"어쨌든 할아버지께 말씀드리면 인피면구는 얻을 수 있어. 저번에 할아버지 연구실에 굴러다니고 있는 걸 봤었거든."

"…굴러다니는 거냐?"

"할아버지는 기환술 연구도 열심히 하시니까. 내가 변장할 만한 얼굴을 만들어야 하기는 하지만, 그 정도는 기다려 줄 수 있지?"

"그래그래."

형운이 어쩔 수 없다는 듯 승낙했다.

2

이틀 후, 형운 일행은 진해성 본성에 도착했다.

"늘 생각하는 건데 진해성 본성이 딱히 성해보다 번화하진 않단 말이지."

보통 각 성에서 본성이 가장 크고 번화하다고 생각하기 쉬운데, 형운의 경험으로 보면 별로 그렇지도 않았다.

'생각해 보면 유수도 그랬고.'

호장성의 운강 유역에 위치한 도시 유수는 오히려 호장성 본성보다 더 번화했다.

서하령이 말했다.

"우리 총단이 있으니까 어쩔 수 없지. 그래도 여기가 규모는 더 크잖아?"

두 사람 다 일찌감치 인피면구를 써서 다른 사람의 얼굴로 변해 있었다.

형운이 선택한 것은 눈빛이 부리부리하고 위압적인 청년의 얼굴이었다. 원래의 형운이 크게 인상이 강렬한 얼굴은 아니라서 반대로 눈에 띄는 얼굴을 선택했다.

서하령은 약간 날카로운 인상의 젊은 여성의 얼굴을 골랐다. 평소 독설을 즐기는 그녀의 성품과 잘 어울리는 얼굴이었지만, 형운은 굳이 그 점을 지적해서 그녀의 폭력성을 자극하지는 않았다.

"공자님께서는 좀 더 목소리를 낮게 깔아보는 게 어떨까요? 그편이 어울릴 것 같습니다만."

그렇게 조언한 것은 평범한 차림새를 한 무일이었다.

이번 임무에는 무일만 따라왔다. 가려도 총단에 남아서 호위단을 관리해 볼 필요가 있다고 여겼기 때문이다.

가려는 불만이 가득한 기색이었지만, 이제는 무일을 신뢰할 수 있다고 여겼기 때문인지 별말 없이 따랐다.

형운이 말했다.

"내 목소리는 안 어울리나?"

"네. 좀 어색하게 들립니다. 공자님 목소리는 거부감을 안 주는 목소리니까요. 그 얼굴에는 위압적인 태도가 어울리죠."

"어려운데. 아, 아. 이 정도면 어때?"

형운이 약간 목소리를 내리 깔고 물었다. 무일의 감상을 들어가며 조절하고 있을 때 갑자기 옆에서 완전히 낯선 목소리가 들려왔다.

"난 이 정도면 될까?"

형운과 무일 둘 다 흠칫 놀라서 서하령을 바라보았다. 그녀는 약간 쉰 듯한 여성의 목소리로 말하고 있었다.

"…완벽해. 다른 사람 같아. 대단한데?"

"난 평소 음공을 수련하니까 이런 건 어렵지 않아."

그녀가 변장한 얼굴에 어울리는 차가운 미소를 지으며 말했다.

"형운, 너는 어설프게 완전히 다른 목소리를 만들려고 할수록 어색함만 늘어. 특정한 목소리를 만들어봤자 연기가 안될 거야. 말을 잘 안 하는 과묵한 성품의 남자를 연기하고, 목소리는 그냥 낮게 깔기만 해."

"음. 이 정도로? 그냥 이렇게 말하면 될까?"

"그 정도면 돼."

확실히 형운은 특정한 목소리를 계속 연기할 만한 재주가 없다. 서하령의 지적이 옳다고 여겼기에 순순히 따르기로 했다.

자신들이 연기할 인물상에 대해서 한차례 숙지한 일행은 진해성 본성으로 들어섰다.

산운방은 별의 수호자 진해성 지부와는 좀 멀리 떨어진 동쪽에 위치해 있었다. 그곳의 상권을 둘러싸고 청룡방이라는 흑도 문파가 시비를 걸고 있다는 모양이다.

"아마 큰 위험은 없을 겁니다. 물론 실력이 나쁘진 않겠지만……."

무일이 자신의 견해를 피력했다.

형운 휘하에 들어오기 전까지는 강주성 지부에서 일했던 무일은 무사로서의 업무 경험이 풍부했다. 강주성 지부도 산하의 세력이 도움을 요청했을 때 직접적으로 나서지 않고 신분을 위장한 무사들을 파견하는 경우가 있었다.

형운이 물었다.

"실력이 나쁘지 않다는 것은 어느 정도 기준이야?"

"일단 마교를 기준으로 생각하시면 안 됩니다. 그 기준은 잊어버리세요."

형운도 무인으로서 제법 실전 경험이 풍부한 편이다. 하지만 그 경험은, 강호 무인들의 평균 수준을 놓고 보면 지나치게 높은 곳에 편중되어 있었다.

"제가 자료를 보고 추측하는 바로는, 전에 호장성에 갔을 때 처리했던 진사방보다 좀 높은 수준 정도로 생각하시면 될 겁니다."

"흠. 산적들과 비교하면?"

"대충 격이 맞을 겁니다. 과격함으로 보면 좀 말랑말랑한 편이겠지만요."

"어? 명색의 흑도의 무리인데 그런가? 주먹으로 우열을 정하고, 얕보이면 끝장인 그런 세계 아냐?"

"산적은 민생이 이루어지는 곳 밖에서… 그러니까 관의 손길이 미치지 않는 곳에서 사는 짐승의 무리와 같습니다. 약탈하여 빼앗는 것이 기본이기에 강하고 약하고와는 별개로 산적으로서 자리 잡는 데 성공한 자들은 아주 살벌할 수밖에 없지요."

그에 비해 흑도는 불법적인 사업을 하기는 해도 어쨌거나 민생이 이루어지는 영역 안에 있다. 똑같이 한 사람이 죽는다고 쳤을 때, 산길에서 죽는 것과 도시 안에서 죽는 것은 천지차이다.

"그러니 산적에 비하면 온건한 무리일 수밖에 없습니다. 물론 어디까지나 상대적으로 그렇다는 것이지 그들이 정말로 점잖은 것들이란 의미는 아닙니다만."

"아, 그렇구나."

형운은 객잔의 심부름꾼으로 일하던 어린 시절을 떠올렸다. 진사방을 비롯한 힘쓰는 놈들의 조직들이 아웅다웅할 때도 누군가가 죽는 것은 굉장히 큰 일로 소문나고는 했었다.

무일이 말했다.

"그러니 공자님도 거기서 아무리 짜증 나는 놈을 적으로 만난다고 해도 함부로 죽이시면 안 됩니다."

"…아니, 그렇게 말하면 내가 무슨 사람 목숨을 파리 목숨으로 보는 인간백정 같잖아?"

형운이 어이없어하며 물었다. 하지만 무일은 진지했다.

"공자님은 지금까지 처절한 싸움을 많이 겪으셨습니다. 사투를 많이 겪은 시점에서, 목숨을 빼앗는 행위에 대한 단호함이 보통 사람과는 완전히 달라지신 겁니다."

"음……."

"전쟁터의 싸움과 뒷골목의 싸움은 다릅니다. 앞서 말씀드렸듯이 목숨의 경중부터가 그렇지요."

"무슨 말을 하려는지 알겠어."

형운은 무일이 하고자 하는 말을 이해했다. 확실히 지금까지 형운은 처절한 사투를 겪어왔다. 실전에 임했을 때는 적의 목숨을 걱정해 줄 여유도, 그럴 이유도 없는 상황이지 않았던가?

"하지만 산운방도 제법 힘 있는 문파일 텐데 그들을 곤란하게 하고 있을 정도로 실력 있는 놈들이라면 힘 조절이 힘들지도 모르겠네. 조심해야겠군."

"아니, 산운방도 그리 대단한 문파는 아닙니다."

"그래?"

"공자님을 기준으로 보면 확실히 그렇습니다. 영성님의 위장 신분인 굉호권 장로가 언제 나타날지 몰라서 함부로 건드릴 수 없다……. 그 정도 평가를 받고 있지요."

"하지만 산운방도 사람은 꽤 많은 편 아닌가? 장사 잘하는 편이라던데."

"무관으로서 장사를 잘하는 것과 문파로서 강력한 것의 간극은 굉장히 크답니다. 물론 둘 다 잘하는 곳도 있지만, 산운방은 그런 곳은 아니죠."

"흠……."

"지금까지 보아오신 명문정파의 무인들 같은 격을 기대하시면 안 됩니다. 산운방 같은 곳은 정파라고는 해도 상권에 관여해서 받는 보호비와 지분을 통해 얻는 이익으로 조직을 유지하기 때문에 생리 자체는 흑도에 가깝지요. 다만 불법적인 사업을 하지 않고, 치안 유지에 한손 보태서 자경단 노릇을 하고, 관에 무인들을 공급할 뿐."

관에 무인을 공급함으로써 안정적으로 사업을 할 수 있는 기반을 확보하고, 자경단 노릇을 함으로써 민심을 얻는다.

그것이야말로 무인들의 집단이 백도(白道)를 걷는 정파로 인정받는 기본적인 조건이었다.

하지만 흑도에 속한 사파라고 해서 합법적인 사업을 안 하는 것이 아니기 때문에, 서로 이권이 얽히게 되면 필연적으로 무력 충돌이 일어나게 된다. 이 경우 관에 인맥을 가진 정파가 대체로 유리하기는 하지만, 무력에서 큰 차이가 나면 그것만으로는 입지를 지키기 어려워진다.

"그것이 폭력으로 먹고사는 세계의 생리입니다."

"대충 알 것 같아. 아, 내 정확한 신분은 산운방에는 알려지지 않는 거지?"

"그렇습니다."

"그래도 아마 총단에서 지원하러 왔다는 것만으로도 산운방 주가 살살거릴 거고?"

"그렇지요. 어쨌거나 별의 수호자에서 파견 나왔다는 것만으로도 그에게는 높으신 분이니까요."

"내키지 않는 분위기겠네. 되도록 일을 빨리 끝내고 돌아가는 게 좋겠어."

"하지만 저쪽에서 최저 보름은 머물러 주셔야 합니다."

"알아. 앞으로의 상황 판단은 무일 네게 맡길게."

아무래도 산운방원으로 얼굴과 이름을 알릴 만한 시간이 필요하니 보름 정도는 머물러 줄 필요가 있었다. 그 후에는 어디 여행이라도 떠났다고 하면 그만이고.

3

"하하하! 흑풍검 어르신과 제자분 덕분에 앓던 이가 빠진 기분입니다. 한잔 받으시지요."

청룡방주는 만면에 미소를 띠고 있었다.

청룡방은 진해성 동부의 도시 다령의 암흑가를 호령하는 도룡방의 방계에 속하는 방파였다. 역사가 깊지는 않지만 초기에 도룡방에서 뛰어난 방원들을 지원해 주었고, 도룡방주의 무공을 배운 청룡방주 본인의 실력도 상당하기에 인근의 흑도 조직들을 평정하고 계속해서 세를 불려가는 중이다.

그러다가 최근 들어서 산운방과 맞부딪치게 되었다.

정파라 불리는 놈들과의 싸움은 신중해야 했다. 작은 놈들이야 별 문제가 없지만 전통이 있는 놈들은 관과의 인연이 깊은지라 함부로 건드렸다가는 뿌리째 털리는 수가 있다.

젊은 시절을 도룡방에서 보낸 청룡방주는 그 사실을 잘 알고 있었다. 그래서 어디까지나 관에서 나서기에는 애매한 영역에서만 싸움을 벌였다.

문제는 가끔씩, 몇 년에 한 번쯤 나타난다는 산운방의 장로, 굉호권이다.

산운방은 인원으로 보나 무력으로 보나 청룡방의 상대가 아니었다. 하지만 그동안 제압한 조직들을 통해서 알아보니 굉호권이라는 자의 무공은 정말 무섭다고 했다.

그래서 도룡방에 부탁해서 초빙한 것이 흑풍검(黑風劍)이라는 별호를 지닌 왕춘이었다.

소속 없는 낭인이지만 숱한 흑도의 항쟁에서 무력을 과시하며 명성을 날린 자다. 그의 무공은 도룡방주조차도 인정할 정도라고 하니 능히 굉호권을 감당할 수 있으리라.

'이자를 붙잡아 둘 수 있다면 중앙으로 치고 나가는 것도 가능할 텐데…….'

시험 삼아서 흑풍검과 그 제자를 항쟁에 투입해 본 결과는 놀라웠다.

나흘 전, 흑풍검은 인근에서 산운오협(算雲五俠)이라 불리는 산운방주의 다섯 제자를 단신으로 격파하는 어마어마한 위엄을 선보였다.

그들이 산운방의 정예 중에서도 정예였음을 감안하면 항쟁이 끝났다고 봐도 과언이 아니다. 직접 싸움을 지켜본 청룡방주는 흑풍검의 명성이 헛되지 않았음을 알 수 있었다.

"방주님!"

입에 침이 마르도록 듣기 좋은 소리를 늘어놓으며 흑풍검의 기분을 띄워주고 있을 때였다. 부하가 다급한 표정으로 뛰어 들어왔다.

"뭐냐?"

청룡방주가 인상을 구겼다. 조직의 흥망을 쥔 귀빈을 접대하고 있는데 분위기를 깨다니.

하지만 부하는 심각했다.

"저희 영업장이 공격당했습니다. 홍빈루의 아우들이 공격받고 있다고……."

"뭐? 산운방 놈들이냐?"

"그렇습니다."

"이것들이 간이 부었구나? 산운오협이라는 놈들이 처절하게 박살 났는데 싸움을 걸어?"

기가 막혔다. 정예가 박살 난 놈들이 뭘 믿고 싸움을 걸어왔단 말인가?

청룡방주가 뭐라고 말하려 할 때였다.

"방주님!"

또 다른 부하가 뛰어 들어왔다. 청룡방주가 눈살을 찌푸렸다.

"무슨 일이냐?"

"저희 영업장이 공격당하고 있습니다!"

"젠장. 도대체 애들 관리를 어떻게 하고 있는 거야?"

청룡방주가 화딱지가 나서 그릇을 집어 던졌다. 그걸 얻어맞은 부하가 비명을 지르며 쓰러졌다.

"지금 보고받고 있는 사실을 또 보고하러 와? 제대로 안 해?"

"아, 아닙니다."

쓰러진 부하가 고통과 두려움이 묻어나는 목소리로 말했다. 청룡방주가 눈살을 찌푸렸다.

"뭐라고?"

"같은 걸 보고드리는 게, 아, 아닙니다."

"무슨 개소리야?"

"그, 그러니까……."

"뭐야, 제대로 말해라. 나 인내심 많은 사람 아닌 거 알지? 앙?"

"네, 넷! 봉 형님이 보고드린 홍빈루는 일각도 못 버티고 죄다 쓰러졌고……."

"뭐?"

청룡방주가 눈을 크게 떴다. 홍빈루는 제법 호화로운 주루인
지라 거기 배치된 녀석들도 제법 많았다. 그런데 거기가 일각도
못 버티고 박살이 나?

이어지는 보고 내용은 더 기가 막혔다.

"쉬지도 않고 양화각을 습격했습니다. 거기도 얼마 못 버틸
것 같다고 얼른 지원을 보내달랍니다."

"설마 산운방 놈들이 아니란 말인가?"

"아, 아닙니다. 맞습니다."

"…무슨 소리냐?"

"산운방이 맞습니다. 굉호권의 제자라고 하는 둘이 동문의
원한을 갚으러 왔다며 덮쳐 왔는데……."

"고작 두 놈이라고?"

청룡방주는 말이 안 나올 지경이었다. 자기가 사람의 말을 듣
고 있는 것인지 개가 짖는 소리를 듣고 있는 것인지 모르겠다.
말이 되는 소리를 해야 믿어주지?

"이놈이 정신이 나갔구나."

"정말입니다! 지금도……."

"방주님! 큰일 났습니다! 죽창거리 도박장이 습격당했습니
다!"

그때 또 다른 부하가 달려와서 외치는 소리에 청룡방주는 아
연해졌다.

"도대체 무슨 일이 벌어지고 있는 거냐?"

"확실히……."

형운은 낮게 깐 목소리로 중얼거렸다.

위로 들어 올린 손에는 형운보다 키는 작지만 덩치는 훨씬 큰 근육질의 사내가 피투성이가 된 채로 들려 있었다. 반쯤 정신을 잃고 헐떡거리는 그를 보던 형운이 짐짝을 취급하듯 옆으로 휙 던지자 쿠당탕 하고 요란한 소리가 울려 퍼진다.

"놀라울 정도로 별 볼 일 없는 것들만 있군."

형운이 중얼거리자 그를 보고 있던 도박장의 인원들이 흠칫했다. 솔직한 심정을 토로했을 뿐이지만 보는 입장에서는 그렇지가 않다.

도박장은 풍비박산이 나 있었다.

흑도가 관리하는 영업장 중에서는 아주 큰 이익이 나는 곳이고, 말썽이 끊이지 않기 때문에 꽤 많은 청룡방원이 배치되어 있었다. 이곳의 방원들을 총괄하는 흑견(黑犬)은 청룡방에서 알아주는 무투파 방원이었다.

그런데 그 흑견이 형운의 일권에 갈비뼈가 와장창, 속에 든 것을 다 게워내고는 한 손으로 허공에 대롱대롱 들어 올려졌다가 짐짝처럼 날아갔다.

"괴, 괴물들……!"

다리가 부러져서 주저앉은 청룡방원이 덜덜 떨리는 목소리로 중얼거렸다.

그를 그 꼴로 만든 것은 형운이 아니다. 위장용으로 두 자루의 단봉을 무기로 쓰는 서하령이었다.

그녀가 평소와 전혀 다른 목소리로 말했다.

"일이 마음에 안 드는 것은 알겠는데 너무 서둘렀어. 난 이런 도박장에는 처음이라 분위기를 느껴보고 싶었는데……."

"청룡방에서 관리하는 도박장이 세 군데라고 하던데, 그중 하나 정도는 여유 있게 즐겨볼까?"

형운이 콧방귀를 뀌며 물었다. 서하령이 어깨를 으쓱한다.

"세 군데를 다 털 거야?"

"글쎄."

고민하는 형운에게 모습을 감추고 있는 무일의 전음이 들려왔다.

─이 정도면 됐습니다. 솔직히 좀 너무하셨으니 조금 쉬엄쉬엄 가지요.

─네가 시킨 거잖아!

형운이 전음으로 말했다. 형운과 서하령이 청룡방의 영업장을 공격하고, 그 과정에서 어떤 행동을 취하는가는 무일의 판단을 기초로 하고 있었다.

─아니, 전 도박장에서는 기물도 좀 부숴가면서 날뛰셔도 된다고 했지 이렇게 풍비박산을 내라고는 안 했습니다.

─구차한 변명이다.

형운은 쓰러진 탁자를 바로 세우더니 거기에 앉았다. 그리고 의식을 유지하고 있는 청룡방원에게 물었다.

"어이."

"네, 넷? 저 말씀이십니까?"

"그래. 너."

형운은 일부러 위압적인 태도를 연기하고 있었다. 별로 성미에 맞진 않지만 인피면구로 위장한 얼굴과, 눈앞에서 선보인 압도적인 무력 때문에 아주 잘 먹혀들어 간다.

"위로 연락이 갔을 텐데, 사람이 오려면 얼마나… 아, 오고 있군."

형운의 기감에 일단의 무리들이 건물 밖에서 다가오는 것이 감지되었다. 서하령이 고개를 갸웃했다.

"다들 잔챙이인데?"

"그러게. 뭐지?"

다가오는 자들 중에는 강한 기파를 풍기는 자들이 없었다. 무일이 설명해 주었다.

―아무래도 청룡방 본거지까지의 거리가 있으니까요. 이놈들이 기환술사를 초빙해서 기물 연락망을 구축했을 리도 없지 않습니까? 이 정도 규모면 전서구 정도는 쓸 법도 한데 그것도 없는 것 같고요.

―그럼?

―위로 가는 보고와는 별개로 일단 주변 영업장에 있던 놈들 모아서 지원 병력이랍시고 보낸 거죠.

―아아.

곧 덜렁거리는 문을 박차고 칼과 봉 등으로 무장한 열 명의 청룡방원이 쳐들어왔다. 앞장선 자가 흉흉한 기세를 풍기며 말했다.

"감히 우리 영업장에서 행패를 부리는 자식들이 누구냐?"

"우리다."

형운이 한 걸음 앞으로 나섰다. 그리고 허공에다 대고 다짜고짜 주먹을 뻗었다.

쾅!

폭음이 울려 퍼졌다.

형운과 그들 사이의 거리는 4장(약 12미터)가량 떨어져 있었다. 그런데 공기가 터져 나가면서 귀가 멍멍한 굉음이 울리더니 누가 살짝 미는 것 같은 압력이 느껴졌다. 다들 흠칫했다.

"굉호권의 제자 형준과 하예가 산운방의 원한을 갚고자 나왔다."

지금 형운이 선보인 일수야말로 귀혁의 위장 신분에 굉호권이라는 별호가 붙은 절기였다.

'절기고 뭐고 순전 보여주기용이긴 하지만…….'

형운의 본신무공과 비교하면 정말 속이 얄팍하다. 그야말로 무공의 진체(眞體)를 알아볼 수 없도록 외형적인 효과만을 강화한 허세용 무공이라고나 할까?

물론 강력한 신체 능력과 막대한 내공을 지닌 형운이 시전하면 청룡방원들 수준에서는 천지가 개벽하는 것처럼 고강한 신공절학으로 보인다. 다들 압도당해서 입을 다물었다.

"연장 들고 우르르 몰려왔으니 다들 각오는 하고 왔겠지? 인명은 귀한 것이니 다들 저 정도로만 교훈을 새겨주도록 하지."

형운이 낮게 깐 저음의 목소리로 말하면서 한쪽을 가리킨다. 흑견이 게거품을 물고 쓰러져 있었다.

그것을 본 청룡방원들이 침을 꿀꺽 삼켰다. 슬쩍 자신들이 들어온 문을 돌아보니 어느새 서하령이 그곳을 가로막고 빙긋 웃고 있다.

형운이 손가락을 까딱거렸다.

"덤벼. 잡것들."

"빌어먹을. 쳐! 조져 버려!"

우두머리 격 되는 사내가 이판사판으로 외치자 청룡방원들이 두 무리로 나뉘어서 형운과 서하령을 노렸다.

물론 그들 전원이 전투 불능이 되기까지는 반의 반각도 걸리지 않았다.

5

흑풍검 왕춘은 젊은 시절부터 중년이 된 지금까지 20년 이상 낭인으로 활동해 온 인물이었다. 진해성과 호장성에서 인연이 닿은 흑도의 항쟁에서 그 무력을 과시하면서 흑풍검이라는 거창한 별호를 얻었다.

그럴 수 있었던 것은 그가 흑도에는 흔치 않은 정통 무공의 계승자여서이기도 했지만…….

"불길한데."

"왜 그러십니까, 사부님?"

"예감이 좋지 않구나. 이럴 때는 피하는 게 상책인데……."

노련한 낭인답게 낄 자리와 끼면 안 되는 자리를 구분하는 눈치가 뛰어났기 때문이다.

유서 깊은 대조직들이라면 모를까, 이런 변두리를 두고 다투
는 흑도 무리들의 수준은 얄팍하다. 이곳에서 알아주는 실력자
라고 해봤자 진짜 고수 앞에서는 바람 앞의 촛불과도 같다.

'하지만 발을 뺄 수가 없다는 게 문제군. 최소한 성의를 보여
야 하니…….'

도룡방주에게는 은혜를 많이 입었다. 소속 없는 낭인으로 활
동하면서 위험한 원한을 많이 졌는데 그를 좋게 본 도룡방주가
편의를 베풀어서 목숨을 건사한 적이 몇 번 있었다.

오늘 혈주(血酒)를 마신 의형제가 내일 뒤통수를 치는 것이
흑도의 생리고 그래서 거기에 속한 무리들이 사파(邪派)라는
불명예스러운 칭호로 불리는 것이다. 하지만 그 안에서 오랫동
안 버티면서 이름을 알린 자는 그만한 품격을 요구받게 되는
법이다. 흑풍검은 도룡방주에게 입은 은혜를 저버릴 수 없었
다.

제자가 물었다.

"굉호권이라는 자가 정말 그렇게 대단할까요?"

"글쎄다. 산운오협이라는 자들을 보면 그리 걱정되는 수준은
아니었다만……."

흑풍검은 스스로의 무공에 자부심을 가졌다. 명문이 배출한
진정한 고수에게는 견줄 수 없을지라도 평생을 고련하고, 목숨
을 건 실전을 통해 갈고닦은 검은 흑도의 명문인 도룡방에서도
인정해 줄 정도다.

그러니 이런 변두리 이권을 논하는 자들 따위는 눈 아래로 깔
아 보고 있었다. 정파의 협객입네 하면서 다섯이서 합공하길 주

저하지 않았던 산운오협이라는 것들은 식후 운동거리조차 안 되는 것들이었다.

광호권이라는 자가 그런 놈들보다 좀 격이 높다는 평가를 들어봤자 걱정할 게 있나 싶었다. 그런데 지금 상황은 뭔가 불안하다.

'광호권도 아니고 그 제자라면 새파랗게 어린 것들일 텐데……'

그런데 들려오는 소식마다 흑풍검 자신이라도 그럴 수 있을까 싶을 정도로 무지막지한 짓을 해대고 있었다. 도대체 어떤 놈들일까?

"흑풍검 어르신, 죄송한데… 장소가 바뀌었답니다."

앞서가던 청룡방주가 긴장한 표정으로 말했다. 광견처럼 흉폭하게 일대의 흑도 조직들을 평정한 그였지만 자신의 기반을 단번에 치고 들어온 정체불명의 무리들은 두려운 모양이었다.

흑풍검이 의아해하며 물었다.

"그새 말이오?"

"그렇습니다. 아마 창천거리 도박장으로 간 것 같다는군요. 발 빠른 애들을 보냈으니 가다 보면 어느 쪽인지 확인이 될 겁니다."

청룡방주는 미안해하며 말했다. 여기까지 한 식경(30분)을 넘도록 걸어왔는데 또 다른 곳으로 가자니 그럴 수밖에.

이것은 청룡방이 세력 확장을 시작한 후로 처음 겪는 문제였다.

좁은 구역을 관리할 때는 어디 문제가 생겼다 싶으면 바로 정예를 파견할 수 있었다. 하지만 주변 구역을 잡아먹으면서 세력을 확장한 지금, 그들의 연락망이나 병력 이동은 아직 거기에 최적화되지 않았다.

큰 조직들과 일해본 경험이 풍부한 흑풍검이 혀를 찼다.

'조직이 이 정도 규모로 컸으면 사람만이 아니라 급할 때 쓸 전서구 연락망, 말과 마차 정도는 준비해 두었어야 할 텐데… 아직 미숙하군. 방주가 젊어서 그런가, 아니면 너무 급격하게 세력을 확장해서 정리가 안 된 것인가?'

사실 지금까지는 별문제가 없었다. 본거지로 연락이 오는 동안 주변의 다른 영업장의 방원들을 지원 보내서 처리하면 되었으니까.

하지만 이번 사건은 청룡방이 안고 있는 문제를 적나라하게 드러내고 있었다. 흑풍검은 불길한 예감이 더욱 짙어지는 것을 느꼈다.

"알겠소."

고개를 끄덕인 흑풍검은 청룡방주가 멀어지자 제자에게 귀띔했다.

"만약 내게 무슨 일이 생기면 뒤도 돌아보지 말고 도망치도록 해라. 그리고 전에 내가 알려준 곳으로 가거라. 난 이미 파문당한 몸이지만, 그래도 너까지 야박하게 내치진 않을 게다."

"사부님께서는 어쩌실 생각이십니까?"

"난 입장상 빼도 박도 못할 신세다. 하지만 너까지 횡액을 당할 필요는 없지."

"하지만……."

"사람은 누구나 업을 지고 있다. 언젠가는 자기가 한 일들이 돌아오는 것을 정면으로 맞닥뜨려야 하게 마련이지."

흑풍검은 제자의 말을 막으며 충고했다. 뒷골목의 부랑아들 중에 눈빛이 마음에 드는 놈을 제자로 삼아서 데리고 다닌 지도 5년, 어쩌면 이번이 마지막 가르침이 될 수도 있겠다는 생각이 들었다.

'후. 칼로 흥한 인생, 칼로 끝난다면 그 또한 무인다운 것일 터.'

각오를 다지는 그의 몸에서 칼처럼 날카로운 기파가 풍겨 나왔다. 청룡방원들이 자기도 모르게 흠칫거리면서 거리를 벌린다. 하지만 흑풍검은 개의치 않았다.

곧 그들은 광호권의 제자들이 창천거리 도박장으로 향했다는 것을 확인하고 그쪽으로 향했다. 그리고 기세 좋게 도박장의 문을 걸어찼는데…….

"음?"

청룡방주가 의아해했다.

앞서 죽창거리 도박장에 갔을 때는 완전히 풍비박산이 나 있었던 터라 당연히 이곳도 그럴 줄 알았다. 하지만 문이 거칠게 열리는 바람에 다들 놀라서 바라볼 뿐, 누구 하나 상한 기색이 없지 않은가?

"어떻게 된 거지?"

"그, 글쎄요?"

부하들도 당황했다. 분명히 그 둘이 이곳으로 향하는 것을 확인했는데 어떻게 된 일일까?

"생각보다 빨리 왔군."

그때 정적을 깨고 낮은 저음의 목소리가 울렸다.

청룡방주가 2층을 올려다보았다. 그곳에는 주사위 도박을 하는 탁자에 앉아 있는 남자가 있었다. 눈빛이 부리부리하고 위압적인 인상의 청년이었다.

"잘 풀리고 있는 중이었는데 끝내야 된다니 아쉽네."

1층 한구석에서 젓가락 패 돌리기 도박을 하고 있던 여성이 말했다. 약간 날카로운 인상의 젊은 여성으로 두 개의 단봉을 들고 있었다.

청룡방주가 상황을 파악하고는 살기를 뿜어내기 시작했다.

"이놈들… 우리가 올 것을 알면서도 놀고 있었던 거냐?"

"그래."

2층에서 주사위 도박을 하던 청년, 형운이 대답했다. 그리고 난간을 휙 넘어서 아래로 뛰어내린다. 2장(6미터) 높이에서 뛰어내렸는데도 착지할 때 거의 무릎을 굽히지 않고, 심지어 소리도 거의 나지 않는 것을 본 흑풍검의 눈이 이채를 발했다.

'경공이 뛰어난 자다.'

기도만 보면 별로 위협적이지 않다. 그러나 지금의 움직임만으로도 강하다는 것을 알 수 있었다.

"건방진 연놈들, 이 자리에서……!"

청룡방주가 오만상을 찌푸리고 일갈했다.

아니, 일갈하려는 순간이었다.

휙… 파악!

뭐가 눈앞을 휙 하고 지나간다 싶더니 뒤에서 날카로운 소리가 울렸다. 청룡방주가 깜짝 놀라서 뒤를 돌아보니 젓가락 패가 문짝에 박혀서 파르르, 떨리고 있었다.

'나무 문도 아니고 철문인데?'

철문에다 나무로 만든 젓가락 패를 던져서 꽂아 넣으려면 대체 얼마나 무공이 고강해야 하는 것일까? 그들로서는 상상하기 어려웠다.

"나이 좀 처먹었다고 다짜고짜 년이라니, 여성을 존중하는 법을 가르쳐 드릴까?"

서하령이 생긋 웃는 것이 청룡방주에게는 인간의 탈을 쓴 살귀(殺鬼)가 이를 드러내는 것으로 보였다.

꿀꺽.

정적 속에서 청룡방원이 침을 삼키는 소리가 들려왔다.

형운이 말했다.

"하예, 그래도 방주라는데 말은 끝까지 하게 해줘야지."

"여태까지는 보이는 족족 박살 내놓고 무슨 소릴?"

"지금까지 자기가 용인 줄 착각하고 살던 놈이 꼬리 내린 개가 되기 전에 짖을 기회 정도는 주자는 소리다."

참고로 지금 형운은 웃음이 터져 나오려는 것을 애써 참고 있었다.

—와, 무일. 꼭 이런 식으로 말해야 해? 좀 정상적이고 쪽팔리지 않는 대사는 안 될까?

—안 됩니다. 흑도는 폭력으로 살고 폭력으로 죽는 수컷들의

세계. 이 정도 허세는 기본이죠.

　—아, 진짜 손발이 오그라든다. 부끄러워서 죽을 것 같아.

　형운은 대사 하나하나를 무일이 불러주는 대로 읊고 있었다. 서하령이야 자기가 설정한 인물을 어련히 잘 연기하지만 형운은 무일의 연기 지도를 받으면서 얼굴이 뜨거워지는 것을 억지로 참아야 했다.

　그리고 이런 연기는 아주 잘 먹히고 있었다. 형운이 한 걸음 다가가자 청룡방주가, 아니, 청룡방원 전체가 움찔해서 뒤로 물러났다.

　형운은 그들은 안중에도 없다는 듯 주변을 휘 둘러보며 말했다.

　"손님 여러분들, 죄송하지만 다 나가주시지. 산운방은 여러분이 싸움에 휘말려 들어 다치는 것을 원치 않소."

　낮게 깔린 목소리가 쩌렁쩌렁 울려 퍼진다. 내공을 실어서 말하고 있는 것이다. 다들 압도당한 가운데 흑풍검만이 차분하게 형운의 내공을 가늠해 보고 있었다.

　'젊은 놈의 내공이 상당하군. 설마 나와 비슷한 수준인가?'

　흑풍검의 내공은 4심에 이르러 있었다. 그런데 지금 형운이 내공을 실어 말하는 것을 보니 그에게 뒤지지 않아 보인다.

　도박장의 손님들, 점원들이 웅성거리며 밖으로 나갔다. 청룡방원들도 그들을 잡지 않았다.

　그들은 밖에 나가서 구경꾼이 될 것이고, 그게 더 많은 사람들을 부르겠지만 어쩔 수 없다. 백주 대낮에 몇 개의 영업장이 박살 나고 수많은 방원이 엉망진창으로 당했으니 여기서 끝장을 봐야 한다. 흑도는 얕잡아 보이면 끝이니까.

문제는…….

'흑풍검이 저놈들을 감당할 수 있을까?'

아까 전까지만 해도 흑풍검만 있으면 무서울 게 없을 것 같았다. 그런데 지금은 생각이 바뀐다.

'나는 결코 상대가 되지 못한다.'

청룡방주는 그 점을 확신했다. 둘 중 어느 쪽도 상대할 자신이 없었다.

다행인 것은 흑풍검은 겁먹은 기색이 보이지 않는다는 것이다.

'저 여자는… 단봉은 위장이고 암기를 투척하는 기술이 특기인가? 그게 아니면 양쪽 다 뛰어난 것인가?'

흑풍검은 방금 전, 서하령이 젓가락 패를 던진 한 수를 분석해 보고 있었다.

그러면 정확히 노리고 던진다 해도 피할 수는 있을 것 같다. 하지만 칼로 쳐 내는 것은 무리였다.

'연달아 던질 수 있다고 하더라도 두 번, 아니 세 번까지는 어떻게 피할 수 있겠군. 접근이 가능한가가 문제겠고… 하지만 둘이 합공해 온다면 필패다.'

잠시 생각하던 그가 형운과 서하령의 시선을 가리도록 청룡방주의 뒤로 슬그머니 움직였다. 그리고 아주 작은 목소리로 속삭였다.

"방주, 저놈과 나의 일대일 상황을 만들어주시오. 계집의 암기술이 대단히 뛰어나니 난전이 되면 위험이 클 것 같소."

청룡방주는 그의 말뜻을 알아듣고 살짝 고개를 끄덕였다.

이것은 일반인이라면 알아들을 수 없는 은밀한 의사 교환이었다. 하지만 형운과 서하령은 그 속삭임을 또렷하게 알아듣고는 약간 기가 막혀 하고 있었다.

―뭐야? 저 사람들 전음 못 하나?

―그런 것 같은데?

―저 아저씨는 그래도 한가락 한다고 나온 사람 같은데… 그런데도 못 하는 거야?

―그러게. 이상하네? 기파를 보면 내공은 나쁘지 않은 수준인데…….

형운은 그냥 전음을 날리는 것을 넘어서 다중전음으로 여러 사람에게 한꺼번에 전음을 보낼 수 있었다. 그래서 둘의 대화 내용을 들은 무일이 실소했다.

―전음은 상당히 고급 기술입니다. 전음을 할 만한 내공 수준이 되느냐는 둘째 치고, 그 기술 자체를 가진 집단이 그렇게 많지는 않지요. 있어도 대부분은 입술을 달싹이는 게 다 보인다거나 그렇고…….

―그래?

형운이 속으로 혀를 내둘렀다. 여기 와서 겪은 일들로 자신의 강호에 대한 감각이 상당히 높은 곳에 편중되어 있음을 알 수 있었다.

청룡방주가 나섰다.

"흥! 천둥벌거숭이 같은 녀석들! 주먹 좀 쓴다고 하늘 높은 줄 모르고 까부는구나!"

"설마 당신들이 '높은 하늘'이라는 건 아니겠지? 그러기에는 부하라는 것들이 너무 빈약한 것 같소만?"

형운이 비아냥거리자 청룡방주의 얼굴이 붉어졌다. 하지만 그는 본래의 의도를 잊지 않고 이야기를 끌어갔다.

"방자한 놈! 아무래도 네놈의 자만심을 짓밟아줄 필요가 있겠구나. 그렇게 자신 있다면 어디 사내답게 일대일로 싸워보겠느냐?"

"당신이 나서겠다는 것은 아닐 테고?"

"흥! 여기 흑풍검 어르신께서 네놈의 버르장머리를 고쳐 줄 것이다."

"언제쯤 그 말 나오나 했소."

형운은 눈썹 하나 까딱하지 않고 하품하는 시늉을 했다. 청룡방주는 몸을 부들부들 떨었지만 일갈하는 대신 옆으로 비켜섰다.

"받아들인 것으로 알겠다."

"좋소."

형운은 건성으로 대답하며 흑풍검을 바라보았다. 흑풍검이 날카로운 기파를 발하면서 앞으로 나섰다.

6

흑풍검과 대치한 형운이 무일에게 물었다.

─자료에 있던 그 낭인이군. 네가 보기엔 어때?

─실력이야 뻔하지만 너무 얕보시지 않는 게 좋습니다. 20년

이나 낭인으로 명성을 떨쳤을 정도면 보통 노련한 게 아닐 테니까요.

ㅡ주의하지.

형운의 눈이 서늘하게 가라앉았다.

이미 지긋지긋할 정도로 실전을 경험해 본 몸이다. 어떤 상대를 맞이하든 눈빛에 흔들림이 없었다.

형운과 눈을 마주한 흑풍검은 섬뜩함을 느꼈다.

'어린놈이 생사가 갈릴 싸움을 앞에 두고 저토록 차분하다니……'

강호에서 맨손의 권사가 명성을 떨치기는 쉽지 않다. 권갑 등으로 몸을 보호하고, 경기공으로 육신을 강화한다고 하더라도 무기를 상대로는 불리한 것이 당연한 이치다.

인피면구를 쓴 형운은 오직 가죽에다가 철판을 덧댄 권갑만을 끼고 있었다. 경기공을 공들여 연마했다고 하더라도 칼에 대한 공포심을 완전히 떨쳐 버릴 수 없을 텐데 어쩌면 저리도 냉정하단 말인가?

'세상 무서운 줄 모르는 애송이의 눈빛이 아니다.'

흑풍검의 감이 위험을 경고하고 있었다. 그는 칼을 앞으로 세운 채 호흡을 가다듬었다.

"왕춘이다. 흑풍검이라 불리고 있지."

"산운방의 형준이오. 별호는 없소."

"어린 형제가 무모하군. 칼에 목숨을 잃는 것이 두렵지 않은가?"

"적어도 당신의 칼은 두렵지 않소."

"예의를 모르는구나. 목숨을 잃게 되어도 내 칼이 무정하다 욕하지 마라."

"말이 많군. 흑도의 검객은 검 대신 입을 쓰는가?"

형운은 그렇게 말하며 거침없이 검이 닿는 거리 안으로 전진해 왔다.

'이놈이?'

흑풍검은 거의 반사적으로 검격을 날렸다. 검끝이 느릿하게 곡선을 그린다 싶더니 어느 순간 먹이를 덮치는 뱀처럼 빠르게 튀어 나간다.

쾅!

순간 폭음이 울려 퍼졌다.

'허억!'

형운이 검의 변화를 끝까지 지켜보지도 않고 냅다 허공에다 일권을 질렀다. 그러자 허공의 타점으로부터 기파가 폭발하면서 굉음이 울려 퍼지고 검이 밀려났다.

'이것이 굉호권인가! 과연 엄청나군!'

흑풍검은 당황하지 않았다. 미리 정보를 수집해서 굉호권의 무공 특성을 숙지해 뒀기 때문이다.

문제는 형운이 무시무시한 일권을 내지른 직후, 전혀 내력을 수습하는 기색도 없이 파고들어 왔다는 것이다. 그리고 흑풍검이 검을 찌르거나 말거나 반대쪽 주먹을 내질렀다.

쾅!

또다시 폭음이 울리며 흑풍검이 밀려났다.

이번에는 흑풍검의 얼굴에 뚜렷하게 낭패한 기색이 드러났다. 형운의 주먹이 생각 외로 깊게 뻗어오는 바람에 위험했다. 그의 옷자락이 살짝 찢겨 나가 있었다.

그리고 형운이 계속해서 전진해 오고 있었다.

"큭! 이 애송이가!"

흑풍검의 검술은 검끝으로 느슨한 변화를 일으켜 상대의 시야를 현혹시킨 다음 단번에 치고 들어가는 것을 시발점으로 삼는다. 처음에 힘을 비축한 다음 단번에 폭발시켜서 한 호흡에 질풍처럼 공격을 퍼붓는 것이다.

그런데 형운은 그가 제대로 검술을 펼칠 기회를 주지 않았다. 뭘 해보려고 하면 그 순간 무식하게 주먹을 내지르는데…….

쾅!

흑풍검에게는 닿지도 않는, 검격의 궤적만을 관통하는 일권이 검이 일으킬 변화를 완벽하게 봉해 버린다.

귀혁이 내린 위장용 지침은 명확했다.

'직선적으로. 무식하고 강렬하게. 움직임은 적게, 한 방 한 방에 확실한 힘을 싣는다. 종권(縱拳)은 쓰지 않고 횡권(橫拳)만을 쓴다. 주먹의 궤도는 항상 일직선.'

굳이 하나부터 열까지 다른 권형을 쓸 필요는 없다. 형운에게 그런 것을 요구해 봤자 혼란에 빠질 뿐이다. 몇 가지 제약 조건을 설정하고, 허세용 무공인 굉호권을 쓰는 것만으로도 평소의 형운과는 완전히 다른 인상을 줄 수 있었다.

굉호권은 형운 입장에서 보면 참 실속 없는 무공이다. 하지만 지금 싸우는 수준에서 보면 완전히 이야기가 달라진다.

흑풍검은 식은땀을 흘리고 있었다.

'맞으면… 아니, 주먹에 닿기만 해도 위험하다.'

주먹이 허공을 칠 때마다 강맹한 기파가 폭발한다. 권기(拳氣)라고 할 정도까지는 아니지만 그저 가까이 있는 것만으로도 검을 밀어낼 정도다.

쾅!

게다가 울려 퍼지는 굉음은 심리적인 압박감을 배가시키는 것은 물론이고 고막까지 먹먹해진다. 진기로 고막을 보호할 수 없다면 두어 번 굉음을 듣는 것만으로도 균형 감각이 흐트러지리라.

흑풍검은 최대한 멀리서 피하면서 검을 찔렀다. 그러다가 어느 순간, 형운이 오른 주먹을 회수하는 것과 동시에 옆으로 비껴서 뛰어들었다.

'걸렸다!'

그가 회심의 미소를 지었다.

형운의 움직임이 직선적인 것을 파악하고는 호흡을 파악하기 위해 정신을 집중하고 있었다. 앞으로 내지르는 권이 위력적이긴 하지만 이렇게 엇박자로 옆으로 뛰어든다면 대응할 수 있을까?

흑풍검은 형운이 돌아서기 전에 허리를 찔러갔다.

'끝이다!'

그러나 그때 생각지도 못한 일이 벌어졌다.

막 회수된 형운의 오른 주먹이 튕기듯이 옆으로 뻗어 나와서 흑풍검의 검면을 가격하는 게 아닌가?

쾅!

직선으로 뻗어낼 때보다 위력은 떨어지지만 이 또한 굉호권이었다. 폭음이 울리며 흑풍검의 검이 튕겨 나갔다.

'커억!'

흑풍검이 주춤했다. 격돌의 충격으로 기맥이 뒤흔들렸다. 주먹으로 검을 때렸는데 이런 충격이 오다니!

그 순간 승부가 났다.

퍼억!

형운이 굉호권이 아닌 보통 권격으로 그의 복부를 가격했다. 흑풍검은 그대로 붕 날아서 나가떨어졌다.

"저, 저런……."

청룡방주는 물론이고 다들 할 말을 잃었다. 흑풍검이 이렇게 쉽게 당하다니!

"흠."

형운이 차가운 눈으로 그를 바라보며 한 걸음 내디뎠다. 서하령의 전음이 들려왔다.

─저 아저씨는 마교의 일반 전투원과 좋은 승부를 할 수 있을 것 같네.

─그쯤 되겠군.

흑풍검에 대한 형운과 서하령의 평가는 그 정도였다. 이 정도 실력으로 흑도에서는 명성을 떨친다니, 왜 사람들이 마교를 그토록 두려워하는지 이해가 간다.

그때였다.

"음?"

쓰러진 흑풍검 앞을 한 소년이 가로막았다. 열대여섯 살 정도 되는 소년이 검을 뽑아 들고 있었다.

형운이 나직하게 말했다.

"비켜라."

"사부님을 해하게 두지 않겠다."

"그 검객의 제자인가?"

"그렇다."

형운은 자신을 향한 소년의 시선에서 결사의 각오를 읽었다. 정말로 목숨을 버려서라도 흑풍검을 지킬 셈이다.

'어쩐다……'

잠시 고민하는데 흑풍검이 헐떡이며 말했다.

"비, 비성…… 그만둬라. 이것은…… 나의, 일이다……"

"사부님의 일이 제 일입니다."

"어리석은, 녀석……!"

"음지에서 살지언정 은혜를 알고 의리를 지켜야 한다. 그렇게 가르쳐 주신 것은 사부님이십니다."

"……"

죽을 각오로 말하는 소년, 비성의 말에 형운이 혀를 찼다. 그리고 맥이 풀렸다는 듯 어깨를 으쓱했다.

"흑풍검, 훌륭한 제자를 둔 것을 하늘에 감사하시오. 그대의 제자를 봐서 오늘은 고이 보내주겠소."

"으음……"

관용을 배푸는 형운의 말에 흑풍검의 눈이 흔들렸다. 형운이 고개를 젓고는 걸어 나갔다.

"흥이 식는군. 이쯤 하지. 다시 날을 잡아 오겠소, 청룡방주. 열심히 칼을 갈아두는 편이 좋을 것이오."

"다음에는 내가 하지."

서하령이 싸늘하게 웃으며 덧붙였다.

두 사람은 거침없이 입구를 통해 걸어 나갔다. 늘어서 있는 청룡방원들 사이를 대담하게 가로지르는 데 아무런 주저함도 없다.

하지만 청룡방원들은 두 사람이 자신들 사이를 지나치고, 등을 보이며 멀어져 가는데도 아무것도 할 수 없었다. 열린 문으로 모여든 구경꾼들이 웅성거리는 소리가 그들의 체면이 진흙탕에 떨어졌음을 알려주고 있었다.

청룡방주가 이를 갈았다.

"제기랄! 이대로 끝나진 않는다. 절대로……!"

7

밤바람은 후텁지근했다. 밤하늘이 찌푸리고 달조차 뿌옇게 흐려 보인다.

형운은 산운방의 지붕 위에서 달을 올려다보고 있었다. 한서불침이라 이런 날씨에도 전혀 불쾌감이 느껴지지 않고 땀도 흐르지 않는다.

"왜 술도 없이 청승이야?"

문득 익숙한 목소리가 들려왔다. 왠지 나른한 느낌의 미성(美

聲), 서하령이었다.

"여기 있는 동안은 완벽하게 하예를 연기하겠다고 하지 않았어?"

"듣는 사람도 없을 때 정도는 괜찮아."

본래의 목소리로 말하던 서하령은 대담하게 인피면구까지 벗어버렸다. 인피면구를 쓰고 있는 기분이 그리 좋지는 않다. 누구도 보지 않는 지금은 좀 숨을 돌리고 싶었다.

기와지붕 위를 평지처럼 걸어온 그녀가 형운 옆에 다가와서 앉았다. 그리고 술병과 술잔을 내보였다.

"술 마시면서 청승 떨자고?"

"기왕 청승 떨 거면 모양새라도 갖춰. 산운방주가 내준 술인데 혼자 마시기는 좀 그래서. 내팽개치기에는 제법 괜찮은 술이야."

"흠……."

산운방주 딴에는 꽤 돈을 써서 준비한 술이지만, 서하령은 사는 세계가 다른 몸이다. 철든 후로 워낙 비싸고 이름난 술들만 마시고 살아왔으니, 그녀가 '괜찮다'고 하면 그건 상당한 호평으로 해석해도 된다.

두 사람은 말없이 뿌연 달을 올려다보며 술을 홀짝거렸다.

문득 서하령이 말했다.

"그동안 제법 강호 경험이 풍부해졌다고 생각했는데… 여기 오니까 참 편식하고 있었다는 생각이 들어."

"나도 마찬가지야. 내키는 일은 아니지만 상당히 공부가 되고 있어."

형운이 쓴웃음을 지었다.

그동안 강호를 여행하며 사람들을 이끄는 법을 배우고, 외지의 낯선 풍광을 구경하고, 적들을 만나 목숨을 걸고 싸우고… 그렇게 제법 많은 경험을 쌓아왔다고 생각했다. 그러나 이곳에 와서 보니 아직도 배워야 할 것들이 한참 남아 있는 것 같았다.

서하령이 생긋 웃었다.

"형운 너도 귀하신 몸이니까. 필시 젊은 날의 귀혁 아저씨는 이런 일들을 거쳐서 지금까지 네가 해온 일들을 하는 자리까지 올라가셨겠지."

"그 말대로라면 나는 사부님하고 거꾸로 경험을 쌓고 있는 셈이군."

"그래. 무일만 봐도 알 수 있잖아? 보통은 낮은 곳에서 높은 곳으로 올라가. 하지만 넌 귀혁 아저씨를 만남으로써 아주 높은 곳에서 출발하게 된 거야. 그리고 이제야 비로소 아래쪽을 겪어보게 된 거지."

"누가 들으면 너는 아닌 줄 알겠다?"

"나야 할아버지가 높으신 분이라 귀하게 자란 아가씨니까 어쩔 수 없잖아?"

"와, 자기 입으로 귀하게 자란 아가씨라니."

형운이 흥 하고 코웃음을 쳤다. 서하령이 재미있다는 듯 미소 지으며 물었다.

"그래서, 왜 심기가 불편하신지?"

"내가? 그래 보여?"

"응."

"흠……."

"이런 데서 혼자 달구경하면서 청승 떨면서 스스로가 기분 좋아 보일 거라고 생각했어?"

"아니, 그런 건 아닌데……."

"말해봐. 내게 속내를 들려주는 영광을 선사할게."

"…너 얼굴 좀 예쁘다고 너무 막 나간다."

"내 얼굴 보고 홀라당 넘어가는 사람에게는 이런 말도 안 해. 생각해 보면 넌 정말 대단한 재주를 가졌어."

"뭐가?"

"여자한테 면전에서 '너 참 예쁘다'고 말하는데도 눈곱만큼도 두근거림이 없잖아? 이렇게 무감동하게 말할 수 있는 것도 재주지."

"감수성이 부족해서 미안하군요, 강호에서 절세미인으로 칭송받는 영화권봉 소저… 야!"

시큰둥하게 말하던 형운은 서하령이 느닷없이 주먹을 날리는 통에 기겁했다. 감극도로 그것을 받아내고는 투덜거린다.

"어휴, 이 폭력녀야. 만날 이러고 사는데 내가 어떻게 네 얼굴 보고 두근거리면서 '오오, 그대는 정녕 죄 깊은 여인. 그대의 아름다움은 언제 봐도 옆의 꽃을 초라하게 만드는구려' 하면서 두근거리겠어?"

"…와, 진지하게 한 대 때려주고 싶을 정도로 닭살 돋는 대사였어."

"이미 때리려고 주먹을 날려놓고 할 소리냐? 예은이가 읽던

책에 나온 구절이라고."

"흠. 무슨 내용인지 궁금해. 빌려달라고 해야지."

"난 한 장도 못 읽고 내려놨지만. 시비들 사이에서는 인기 있는 책이라던데."

형운이 어깨를 으쓱했다. 서하령이 잠시 생각하는 기색을 보이더니 말했다.

"맞혀볼게."

"뭘?"

"네가 청승떨던 이유."

"너 참 끈질기다."

"그 흑풍검이라는 낭인 때문 아니야?"

"아주 틀리진 않았지만……."

"그럼?"

"근본적으로는 그냥 지금 이 일 자체가 영 마음에 안 들어서야."

형운이 양손을 들며 항복 선언을 했다.

서하령이 고개를 갸웃했다.

"왜? 약한 사람들 괴롭히는 것 같아서 마음에 안 들어?"

"넌 아주 신이 나서 즐기는 것 같더라마는."

"으음. 처음 해보는 경험이니까. 솔직히 이야기 속의 주인공이 된 것 같은 그런 기분으로 들뜨지 않았다고는 못하겠어."

서하령이 새침한 표정으로 말했다. 그녀는 왕후장상이 부럽지 않을 정도로 귀하게 자란 아가씨다. 그러다 보니 이번 일이 신선하고 재미있는 자극으로 다가오고 있었다.

형운이 피식 웃었다. 서하령이 간만에 참 귀여워 보였다. 지금의 모습을 망막에 새겨두고 싶을 정도로.

7년 동안 보고 지냈고, 본성을 적나라하게 알았기 때문에 이제는 그녀의 아름다움에 무덤덤해졌다. 여전히 아름답다고는 생각하지만 그것은 마치 일상의 한 부분처럼 자연스럽게 여기게 된 것이다.

그러나 인간은 매 순간순간마다 살아 있는 존재다. 이따금씩 서하령에게서 그런 모습을 엿볼 때마다 그녀가 아름답다는 것을 새삼 실감하게 된다.

'입이랑 주먹만 얌전하면 그야말로 절세미인인데.'

형운이 술잔에 비춘 달을 보며 말했다.

"청룡방원들을 손봐주는 것은, 그래, 솔직히 그것도 별로 기분 좋은 일은 아니야."

귀혁의 제자가 된 지도 7년이 지났다. 스무 살이 된 지금까지 피와 살이 튀는 살벌한 경험을 충분히 겪어왔다. 하지만 그래도 형운은 여전히 누군가에게 폭력을 행사하는 것을 그리 즐기지 않았다.

그저 해야 하니까, 하지 않으면 안 되니까 단호한 결의로 할 뿐이다.

"그래도 그 일에 죄책감을 느끼진 않아. 별로 건실하고 선량하게 살아가던 자들은 아니니까."

"그거구나."

"응?"

"건실하고 선량하게 살아가던 사람들에게 피해를 주고 있다는 거. 그렇지?"

"그래."

내심을 읽힌 형운이 좀 놀란 눈으로 서하령을 바라보았다. 서하령이 살짝 우쭐해하며 말했다.

"널 몇 년이나 봤는데. 그 정도는 알지."

"거참."

청룡방의 구역에 있는 가게들을 공격할 때, 형운과 서하령은 그곳에 배치된 청룡방원들만을 제압했다. 하지만 그런다고 해도 그곳에서 일하는 일반인들에게는 피해가 간다.

서하령이 말했다.

"그건 어쩔 수 없는 문제라고 생각해. 훨씬 더 엉망진창이 될 수도 있었던 상황을 우리가 나서서 빠르고 깔끔하게 정리해 주는 거라고… 그렇게 생각하면 마음이 편해지지 않을까?"

"나도 그렇게 생각은 하는데… 그냥 좀 마음이 불편해서."

"그런 쪽으로는 또 감수성이 예민하네. 하긴 강호에 협객으로 이름난 선풍권룡 형운 대협이니까."

"복수냐? 쩨쩨하긴."

"그런 주제에 도박장에서는 아주 난동을 부려놓고서는."

"거기는 별로 성실하고 선량한 사람들의 일터가 아니니까."

형운은 그 점에서는 거리낌이 없었다. 서하령이 기가 막혀 하며 혀를 찼다.

"형운, 너도 충분히 뻔뻔해."

"그런가? 사부님을 닮아가나 보지."

형운은 빙긋 웃으며 술을 홀짝거렸다.

282 성운을 먹는 자

무일은 눈이 가느다래서 여우 같은 인상이었다. 무표정하게 있으면 다들 무섭다고 했기 때문에 어려서부터 웃는 연습을 많이 했다.

그래서 지금은 감정과는 별개로 늘 웃는 여우 같은 인상이다. 기파를 조절하는 것도 능숙해서 일반인들은 다들 그를 편안하게 여겼다.

하지만… 그를 앞에 둔 흑풍검은 등골이 오싹했다.

"누구냐?"

다친 몸을 이끌고 제자와 함께 밤거리를 걷던 그의 앞을 무일이 가로막았다. 웃는 여우같은 얼굴이었지만 평소 부드럽게 조절하던 기파를 해방하니 한 자루 칼을 앞에 두고 있는 것 같다.

"흑풍검 왕춘과 제자 비성이지요?"

무일이 물었다. 잘 제련된 칼날 같은 기파를 뿜어내고 있지만 검을 뽑지는 않는다. 노련한 흑풍검이었지만 무일이 싸울 의지가 있는지 없는지 파악하기 힘들었다.

그는 반사적으로 제자 앞을 몸으로 가렸다. 새파랗게 어린 청년이지만 다친 몸으로는 대적할 수 없다. 무인의 본능이 그렇게 경고해 주고 있었다.

무일이 손을 들어서 그를 진정시켰다.

"싸우러 온 게 아니니 그렇게 긴장하실 필요 없습니다. 청룡방에 돈을 돌려주고 이번 일에서 손을 떼기로 하셨다지요?"

산운방 출신으로 위장한 형운과 승부를 결한 지 사흘이 지났다. 부상을 입은 흑풍검은 무일이 말한 대로 이번 일에서 손을 떼겠다고 선언하고 떠나는 중이었다.

"…산운방에서 나왔나?"

"그렇습니다."

믿기 어려운 말이다. 척 봐도 무일은 산운오협 따위와는 비교도 안 되는 실력을 지닌, 최소한 명문정파, 아니…….

'전통 있는 사파의 후기지수.'

흑풍검이 보기에 무일의 분위기는 정파보다는 사파 쪽에 가까웠다. 사실 무일이 호위무사로서 은신술 등을 교육받아 왔음을 고려하면 당연한 일이다.

'그 둘도 그렇고, 이자까지… 이런 젊은이들이 산운방 출신이라면, 산운방은 일대의 패주가 되고도 남았어야 정상이다.'

이 정도면 이 도시의 중앙 구역에서도 이름을 떨칠 수 있는 실력파들이다. 같은 진해성 본성에서 이권을 다툰다고 하나 도시의 부(富)가 모여 있는 중앙 구역과 변두리 구역은 수준 차가 심하게 났다.

'굉호권 그자가 괴짜라고는 하지만, 이 정도의 인물들을 키워냈으면서 사문의 위상을 저대로 내버려 두는 것도 이상하지 않은가?'

"다시 말씀드리지만 싸우러 온 것이 아닙니다."

무일은 그렇게 말하고는 자신이 나온 골목을 가리켰다. 흑풍검은 그곳에 네 명의 남자가 쓰러져 있는 것을 볼 수 있었다.

"당신을 노리던 자들입니다."

"청룡방주가 보낸 자들인가?"

자세한 설명을 들을 것도 없이 쉽게 상황을 파악할 수 있었다. 흑도에서 낭인으로 일하다 보면 비일비재한 일이었기 때문이다.

흑풍검의 표정이 씁쓰레해졌다. 자신은 도룡방주에게 입은 은혜를 생각해서 할 만큼 했다. 그런데 이런 지저분한 대우를 하다니…….

"그렇겠지요. 아무래도 돈을 토해내고 물러가는 것만으로는 만족하지 못했거나… 아니면 청룡방에 대해서 뭔가 꺼림칙한 사실을 알게 되신 것 같습니다만."

무일의 말에 흑풍검이 흠칫했다. 그 반응만으로도 무일은 자신의 짐작이 맞아떨어졌음을 알았다.

"역시 그렇군요."

무일은 별의 수호자에서 밑바닥부터 차곡차곡 무사로서의 경험을 쌓아온 인물이었다.

어린 나이에 연줄로 강주성 지부에 들어가서 호위무사 육성 교육을 받았다. 열두 살 때 첫 실전을 겪었고 그 후로 지속적으로 임무에 투입되면서 풍부한 경험을 쌓아왔다.

형운과 서하령이 위장 신분도 만들 겸 행하고 있는 임무도 무일이 경험해 본 유형이다. 별의 수호자는 산하에 있는 조직이 곤란에 처했을 때 종종 무력을 지원해 주었으니까.

하지만 무일이 흑도의 생리를 깊숙이 꿰뚫고 있는 것은 그보다는 별의 수호자에 들어오기 전의 경험이 있기 때문이다.

"청룡방에 대해서 좀 조사해 봤는데… 안 좋은 소문이 많이 돌더군요."

흑도의 무리들이 불법적인 사업을 벌인다고 해도 본격적으로 건드리기를 꺼려하는 것이 두 가지 있다.

마약과 인신매매다.

마약을 제조하거나 유통했다는 사실이 드러나면 관련자 모두 무사하지 못한다. 사형 판결도 너무나 쉽게 내려지는 건수였으며 정기적으로 관에서 단속을 벌여서 피바람이 불고는 했다.

인신매매의 경우, 하운국에서는 관노를 제외한 노비가 존재하지 않는다. 그러니 인간의 매매를 국법으로 금하고 있었다.

그럼에도 인신매매는 음성적으로 자행되고 있다. 보통은 여기에 대해서 핑곗거리를 준비해 두게 마련이다. 예를 들면 빚을 갚기 위해 기녀로 일하는 것이다. 그런 명분이 존재하는 경우에는 관에서도 굳이 들쑤시지 않았다.

하지만 무일이 조사한 바에 의하면 청룡방의 인신매매는 훨씬 본격적이다.

"갈 곳 없는 아이들을 잡아 와서는 변태적인 취향을 가진 놈들에게 팔아먹고 있다지요?"

"음……."

흑풍검이 침음했다.

마약과 인신매매는 흑도에서도 금기시되는 것으로, 적어도 전통 있는 조직들은 손을 대지 않는다. 내일을 생각할 여유가 없을 정도로 밑바닥 인생을 사는 놈들의 사업이었다.

즉 도룡방의 방계인 청룡방에서 손을 댈 만한 건수가 아니다.

"직접 본 것은 아니네만……."

청룡방주도 바보가 아닌지라 도룡방의 인맥으로 초빙한 흑풍검에게 그 둘을 노출하지는 않았다. 하지만 조직을 급격하게 확장했기 때문일까? 부하 관리가 그리 잘되는 편이 아니라서 입이 싼 놈들이 떠들어대는 소리가 들려왔던 것이다.

이렇게 된 이상 청룡방주에게 의리를 지키겠다고 사실을 감출 이유도 없어졌다. 흑풍검은 자신이 들은 것들을 무일에게 이야기해 주었다.

"감사합니다. 이건 제 성의로 받아두시지요."

무일이 돈주머니를 건넸다. 그것을 받아 든 흑풍검이 머뭇거리는 기색으로 말했다.

"혹시 자네는… 아니, 아닐세."

혹시 도룡방에서 자신의 방계가 벌이는 사업을 점검하고자 나온 게 아닐까, 그런 생각이 들었지만 파고들어 봤자 좋은 꼴은 못 보리라. 호기심을 억누를 줄 아는 것도 흑도에서 오래 살아남기 위해 필요한 덕목이다.

무일이 여전히 여우처럼 웃으며 물었다.

"어디로 가십니까?"

"글쎄. 낭인은 자신의 칼을 필요로 하는 곳으로 갈 뿐이지."

"제가 모시는 분께서 전해달라고 하셨습니다. 훌륭한 제자분을 두셨으니, 부디 사부로서 옳은 길을 선택하라고."

그 말에 흑풍검이 흠칫 놀랐다. 마치 자신의 출신 성분을 알고 있는 듯한 말이 아닌가?

"강주성 풍검문의 제자로 인정받는다면 제자분께서도 장래에는 정파의 협객을 꿈꿀 수 있겠지요."

"어떻게 그 사실을……."

흑풍검이 말을 더듬었다.

그는 강주성의 유서 깊은 백도 문파 풍검문의 제자였다. 괴팍한 사부 밑에서 배우다가 사사건건 사형과 비교해 가며 멸시하는 말을 견디지 못해 사문을 뛰쳐나왔고, 그 후 험난한 세파에 휘말려 들어서 20년간 흑도의 낭인으로 살아왔다.

무일이 말했다.

"예전에 풍검문의 풍검십육형을 견식해 본 적이 있습니다. 변덕스러운 바람처럼 변화하는 검술이었죠. 많이 변화시키긴 하셨지만 검끝으로 시선을 홀리면서 변화를 시작하는 풍검십육형의 특성은 똑같더군요."

"으음……."

"듣자하니 풍검문의 장로 산풍검은 20년 전에 재능 있는 제자를 잘 보듬지 못하고 뛰쳐나가게 한 것을 평생의 한으로 삼고 있다고 합니다."

"……."

흑풍검은 말을 잊었다. 이 청년은 대체 누구이기에 자신에 대해서 속속들이 알고 있단 말인가?

"그럼 가시는 길 무탈하시길."

무일은 우아하게 예를 표하고는 골목으로 사라졌다. 흑풍검은 한참 동안이나 멍청하니 무일이 사라진 자리를 바라보고 있었다.

9

"공자님도 참, 사람이 너무 좋으시지."

어두운 골목길을 걸으며 무일이 중얼거렸다.

그와 풍검문과의 인연은 그리 좋았던 것은 아니다. 별의 수호자 산하에 있는 문파와 시비가 붙어서 지원을 나갔을 때 그들과 격돌한 적이 있었을 뿐.

그때의 기억을 떠올리고 말하자 형운은 진해성 본성 지부에 연락해서 흑풍검에 대한 정보를 수집했다. 보고서를 받은 후에는 무일을 보내어 청룡방주가 흑풍검을 암살하고자 보낸 자객들을 처리하고 앞날까지 배려해 주었다.

그것은 흑풍검이 마음에 들어서가 아니라, 목숨을 걸고 사부를 지키고자 했던 제자 비성을 좋게 보았기 때문이다.

"너무 좋은 분이지. 너무……."

한숨이 짙게 밴 목소리로 중얼거리던 무일의 표정이 일그러졌다.

'그게 무슨 상관이지?'

'정을 붙여봐야 좋을 것 하나도 없어.'

'어차피 할 일은 정해져 있으니까.'

머리가 지끈거린다. 동시에 마음 한구석에 잠들어 있던 지저분한 생각들이 떠올라 무일의 의지를 꺾으려고 했다.

"심마(心魔)라……."

무일은 식은땀을 흘리며 진기를 일으켰다. 심법으로 육신을 통제하여 통각을 둔화시키고 반쯤 자신의 몸에서 물러난 듯한 감각으로 내면을 관조한다.

그래도 그의 마음을 괴롭히는 사악한 속삭임은 사라지지 않는다. 다만 육신의 고통에 휘둘려서 사고력을 잃을 위험을 둔화시킬 수 있을 뿐.

"이런 경험을 두 번이나 하게 만들다니… 개자식들."

무일은 비틀거리며 벽을 짚었다. 달을 올려다보는 눈에 결연한 빛이 떠올라 있었다.

『성운을 먹는 자』 10권에 계속…

초대형 24시 만화방

신간 100%, 샤워실, 흡연실, 수면실(침대석), 커플석, 세탁기 완비

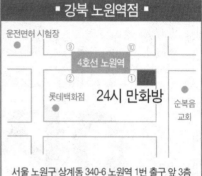
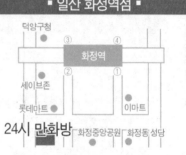
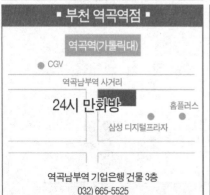
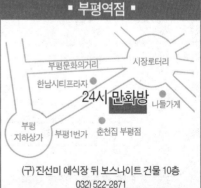

네르가시아 장편소설
FUSION FANTASTIC STORY

도시 무왕 연대기

글로벌 기업의 후계자 김태하.
탄탄대로를 걷던 그에게 거대한 음모가 덮쳐 온다!

『도시 무왕 연대기』

가장 믿고 있었던 친척의 배신,
그가 탄 비행기는 추락하고 만다.

혹한의 땅에서 기적같이 살아나
기연을 만나게 되는데……

**모든 것을 잃은 남자,
김태하의 화끈한 복수극이 시작된다!**

Book Publishing CHUNGEORAM

유행이아닌 자유추구
WWW.chungeoram.com

야차전기

임영기 新무협 판타지 소설

FANTASTIC ORIENTAL HEROES

『무정도』, 『등룡기』의 작가 임영기.

2015년 봄, 야차가 강림한다!

"오 년 후에 백학무숙을 마치게 되면
누나를 찾아오너라."
가문의 멸망.
복수만을 꿈꾸며 하나뿐인 혈육과 헤어졌다.
하지만 금의환향의 길에 벌어진 엇갈림…

모든 것이 무너진 사내 화용군!
재처럼 타버린 위에
삼면육비(三面六臂)의 야차가 되어 살아났다!

악이여, 목을 씻고 기다려라!

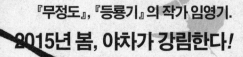

이경영 판타지 장편소설

FANTASY FRONTIER SPIRIT

그라니트
용들의 땅

G R A N I T E

사고로 위장된 사건에 의해 동료를 모두 잃고 서로를 만나게 된 '치프'와 '데스디아'.
사건의 이면에 상식을 벗어난 음모가 있음을 알게 된 둘은
동료들의 죽음을 가슴에 새긴 채 각자의 고향으로 돌아간다.
2년 후, 뜻하지 않게 다시 만난 두 사람은 동료들의 복수를 위해
개척용역회사 '그라니트 용역'을 설립해 다시금 그 땅을 찾게 되는데······

용들이 지배하는 땅 그라니트!
그곳에서 펼쳐지는 고대로부터 이어지는 운명적 만남,
깊어지는 오해, 그리고 채워지는 상처.

『가즈 나이트』시리즈 이경영 작가의 미래형 판타지 신작!

Book Publishing CHUNGEORAM

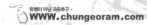
유행이 아닌 자유추구 -
WWW.chungeoram.com